探偵★日暮旅人の笑い物

山口幸三郎

Detective
Tabito Higurashi's
laughingstock.

Kouzaburou
Yamaguchi

目次

探偵★
日暮旅人の笑い物

山口幸三郎

Detective Tabito Higurashi's laughingstock.

Kouzaburou Yamaguchi

雪路雅彦《ゆきじまさひこ》が連れてきた少女——百代灯衣《ももしろてい》は、今でこそやけに大人びていてとても利発な子供であるが、日暮旅人《ひぐらしたびと》と出会った当初は無口で無愛想でいて、ひどく人見知りであった。

当時はまだ三歳《さい》の幼児で、知らない環境《かんきょう》で知らない人間に囲まれ、その上、頼るべき母親が行方《ゆくえ》不明とあっては心を閉ざすのも仕方がなかったのかもしれない。

けれど、泣きもせず愚痴《ぐち》すら吐《は》かないというのは少し不気味だった。

「あの子は現状を漠然《ばくぜん》とだけど理解しているんだろう。母親が何らかの事件に巻《ま》き込まれたということも、僕たちが胡散臭《うさんくさ》い人種であることも、きっと見抜《みぬ》いている」

「胡散臭いは余計だっつーの。……でも、そのとおりなんだよな。俺《おれ》たちに頼っても何も改善しないとわかってるんだ」

ママを言ったところで意味が無いことを知ってる。泣いて喚《わめ》いてワガ

苛《いら》つくぜ——、雪路雅彦はそう吐き捨てて部屋の隅《すみ》に蹲《うずくま》る灯衣を見遣《みや》った。

子供らしさがまるでない、感情を表に出さない彼女は、さながら人形の様相である。

雪路に仮住まいとして提供されたラブホテルの一室で共同生活を送る旅人と灯衣。しかし、灯衣の様子を見ればふたりの仲が良好だとは言い難《がた》かった。旅人にならば心を開くのではないか、と淡《あわ》い期待もあったのだが、目論《もくろ》みはどうやら外れたようである。

「このままだとあのガキ、いずれ潰《つぶ》れるぜ?」

極度のストレスが幼児の人格に与える影響《えいきょう》は殊《こと》のほか大きい。下手《へた》をすれば今後の人生を左右する。雪路は赤の他人の子供に同情し、関わった不運に嘆息《たんそく》した。

普段《ふだん》は物言わぬ人形のように大人しい灯衣であるが、しばしば大胆《だいたん》なこともしでかした。雪路はそのたびに頭を抱《かか》えた。

「……また出て行きやがったのかよ。——ったく、何度言わせりゃ学習すんだ、あのバカ。ちゃんと見張ってろって言ってんのによ」

灯衣が家出をしたのである。今回が初めてではなく、泣きも喚きもしない代わりにふらりと音もなく姿を消す灯衣に大人たちはいつも振《ふ》り回されていた。

「あまり怒《おこ》らないであげようよ。出て行ってしまったものは仕方がない。僕がテイちゃんを探しに行ってくるよ」

舌打ちする雪路を宥《なだ》め、旅人はいつものように灯衣を探しに行く。

　五感のすべてを宿した目を使って、灯衣の足取りを追う。毎度の家出で灯衣の行動パターンは把握《はあく》していた。今回はきっとこの辺《あた》りのはずだ——、そのように当たりを付けて向かった先で、果たして、歩道の隅で蹲る灯衣を発見した。

「見つけた」

「……」

　少し泣きそうな、ふて腐《くさ》れた表情でそっぽを向く。旅人が苦笑しつつ連れ帰ろうと抱《だ》き上げると、灯衣も素直にしがみついてきた。

　重みも温もりも旅人にはわからない。けれど、上着を力強く握《にぎ》る灯衣の感情は視て取れた。重くて熱い、感情の発露《はつろ》だ。

　激しい悲しみだった。

「お母さんは見つかった？」

　灯衣は答えない。それは否定を意味するだけでなく、母親を捜《さが》していることも認めていた。泣くまいと顔を顰《しか》める様子がいじらしく、旅人は抱く腕に力を込めた。

「お母さんを探したい気持ちはよくわかるけど、それで迷子になってしまったら本末転倒《てんとう》だ。無事で良かった。もう危ないことはしないでほしいな」

　ぶんぶんと頭を振る。その強情さが灯衣の仮面を外していく。人形みたいじゃなく、どこにでもいる子供のように、喜怒哀楽《きどあいらく》を体中で表現していた。

「いるもん！」

鼻声交じりに旅人に噛《か》みついた。探せば見つけられる――、そう言いたいらしい。

すぐ近くに、いつでも傍《そば》に、母親の気配を求めている。

だが、現実は非情だ。少なくとも旅人の視界にそれらしい人物は視当たらない。

「テイちゃんのお母さんは今、遠くにいるんだ。近くにいればきっと迎えに来てくれる。だから今は大人しく待っていようよ」

「やだ！　迎えに行くもん！」

「お母さんは僕が必ず見つける。約束する。だからもう一人でどこかに行かないで」

心配だよ――、そう言うと、灯衣が睨《にら》みつけてきた。

「うそ」

怯《おび》えた小動物のように牙《きば》を剝《む》く。最初の味方であるはずの母親がいないことで本能的に警戒心を高めていた。どんな甘言《かんげん》にも惑《まど》わされるものかと。善悪の基準はすべて親に委《ゆだ》ねられる年頃《としごろ》である、無知であるが故《ゆえ》に誰《だれ》にも心を開けない。

心を埋められるものは〝信頼〟だ。依存しあうことで彼我《ひが》の距離を縮めていく。

旅人は灯衣の髪《かみ》を一撫《ひとな》でし、柔《やわ》らかく微笑《ほほえ》んだ。

「嘘《うそ》じゃないよ。どんな形であれ、関わったのならそこには絆《きずな》があるんだ。僕とテイちゃんはもう、他人じゃない。一つ屋根の下で暮らして、同じご飯を食べている」

目線を合わせる。灯衣は不思議そうに旅人を見つめた。

「そういうのを家族と言うんだよ」

「かぞく？」

「さながら僕はお父さんになるのかな？　心配するのは当然だよ。家族なんだもん。テイちゃんが泣いていると僕も泣きそうになる。あの金髪《きんぱつ》のお兄さんだって、同じだ。だから僕たちはテイちゃんには笑っていてほしいんだ」

ラブホテルの玄関《げんかん》まで戻《もど》ってくると、雪路が舎弟の亀吉《かめきち》に怒《ど》鳴《な》っているのが見えた。

「このバカ！　目を離すなって何度も言っただろう⁉　テイちゃんにもしものことがあったらどうすんだ⁉　早く探し出せ！」

ケツを蹴《け》りつけて送り出す。灯衣から目を離した亀吉に対して怒っていた。子供が勝手を起こすのは当然だ、それよりも見守る側が無責任でいることに腹を立てている。

「あの子にこれ以上寂《さみ》しい思いをさせるんじゃねえよ」

その寂しそうな呟《つぶや》きを、灯衣は背後で確かに聞いた。

心配してくれる人がいる。テイに共感し、一緒《いっしょ》に泣いて怒って笑ってくれる人たちだ。

それはとても温かくて、優しくて、孤独《こどく》でないことを教えてくれた。

見上げれば旅人の笑顔とぶつかった。

家族がいた。

翌朝、灯衣は思い切って挨拶《あいさつ》をしてみた。

ぎこちなく、か細い声で、けれど、懸命《けんめい》に微笑みながら……。

「おはよう。……パパ、ユキジ――」


あの日から、灯衣は一人きりを覚えていない。常に誰かが傍に居て、常に灯衣を気に掛けてくれた。鬱陶《うっとう》しく思っている亀吉すらいないと寂しく感じるくらいには存在が大きくなってしまっている。まことに由々しきことである。

賑《にぎ》やかさは日に日に増していく。保育士である山川陽子《やまかわようこ》先生が事務所に通うようになってからは特にそう。パパもユキジもなんだか楽しそう。亀吉はいつもアホみたいに笑ってばかりだけど、昔よりは表情が柔らかくなったような気がする。

もちろん、灯衣も。

パパと陽子先生と囲む食卓がだんだん好きになっていた。

「あ、もう！　テイちゃん！　またお野菜残してる！　好《す》き嫌《きら》いしてたらダメでしょ！　大きくなれなくても知らないからね！」

「ふんっ！　陽子先生に心配されることじゃないわ！　これでもきちんと成長してるわよ！　ね!?　パパ!?」

「成長はともかく。せっかく陽子先生が作ってくれたのだから、きちんと食べなさい。テイはお行儀《ぎょうぎ》の良い子だったと思うけど？」

「ん－……」

最近、パパが厳しい。昔はワガママを言ったら大抵見逃《たいていみのが》してくれたのに。鼻を摘《つま》んで大嫌いなピーマンをかき込んだ。涙目《なみだめ》になりながらどうだと言わんばかりに空いた皿を見せると、パパに頭を撫でられて、陽子先生には肩を抱かれた。

すっごく、すっごく、くすぐったい。

心地よい愛情に溶《と》かされた。

この感覚を灯衣は十分過ぎるほど知っていた。

――一つ屋根の下で暮らして、同じご飯を食べている。

――そういうのを家族と言うんだよ。

たとえ仮初《かりそ》めであろうとも、今このとき三人は家族に違いなかった。

いつまでもはきっと続かない。

形容しがたい不安が足許《あしもと》から這《は》い上がってくる。この生活が長くないことを無意識は知っている。灯衣には血の繋《つな》がった本当の母がおり、旅人たちは所詮《しょせん》赤の他人である。

家族の形の歪《いびつ》さに気づいていた。

目を逸《そ》らしたくてももうできない。揺《ゆ》らいだ心は終わりをひたすら予感する。

一瞬《いっしゅん》でも長くこの時間を閉じ込めておきたくて、灯衣はぎゅっと目を瞑《つむ》った。

愛に囚《とら》われていたかった。

幸せなままでいたかった。

家の灯り

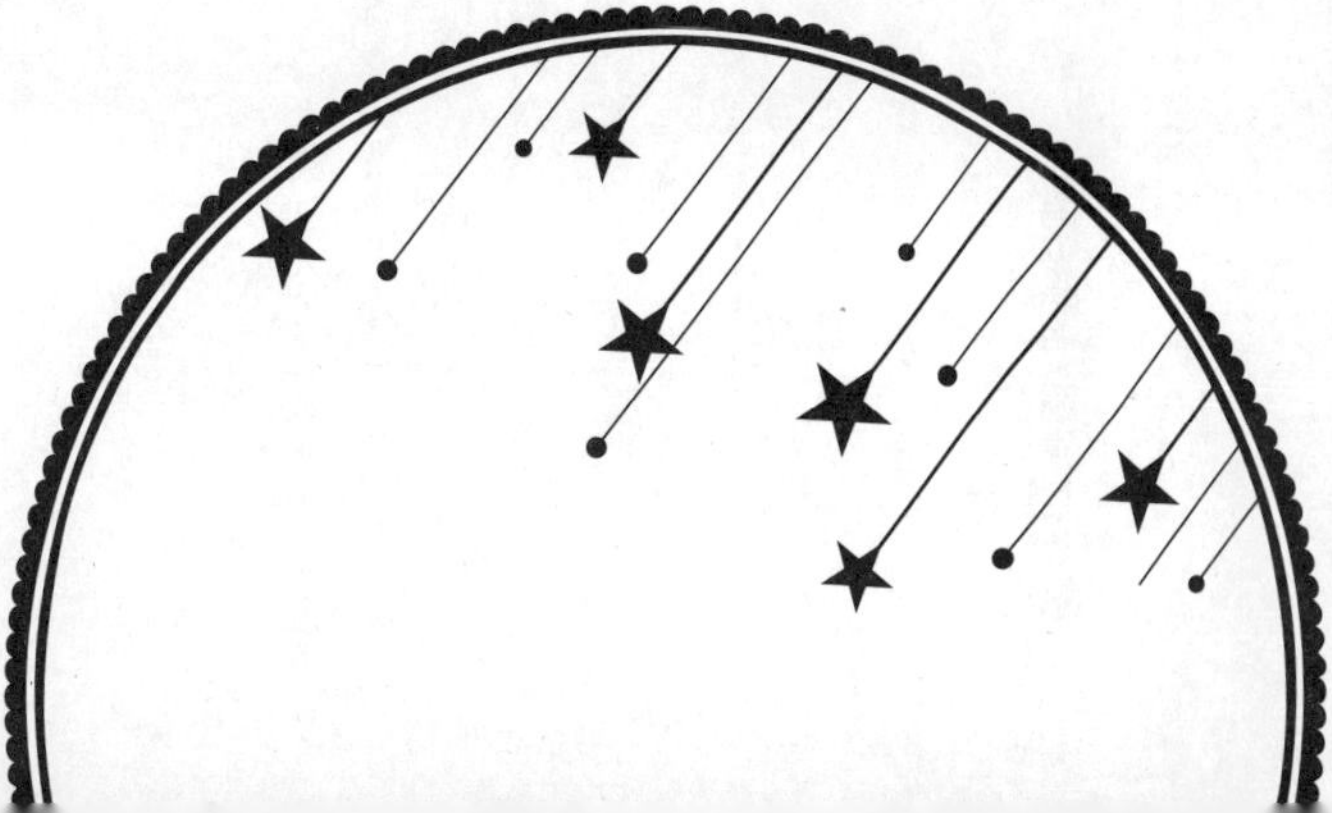

家屋に灯《とも》る明かりの数だけ幸せが存在するのだと、どこかで聞いたことがある。しかし、そんなものはただの言葉であり、実際に幸せかどうかは関係しない。家族とともに暮らしていても、とてつもなく冷え切った関係性に嘆《なげ》き苦しんでいる人たちだっているかもしれない。もしくは、独《ひと》り身《み》でどこにも行き場所が無く、家から出られないという人もいるだろう。そこに幸せだけを見出すのは間違っている。ただ、一つ一つの窓に暮らしの表徴《ひょうちょう》があるだけだ。

とはいえ、灯りの数だけ幸せは存在するんだって、そんな憧《あこが》れを抱《いだ》かずにはいられない、人を感傷的にさせる何かが『クリスマス』にはあった。

自分が幸せであるのなら、同じように皆も幸せであってほしいと願い、自分が不幸せであるのなら、同じような不幸を誰にも味わってほしくないと望み、あるいは、他人の幸せを想像することで一層自己憐憫《れんびん》に浸《ひた》ろうとする、そんな偽善的で倒錯《とうさく》した思考が働いてしまう不思議な一日。

ふと、自分以外はすべて幸せに包まれていると感じた。

夜道に立てば世界から切り離されたみたいに一人きり。そこら中に通行人が居るのに、帰る家だってあるのに、たとえプライベートが幸せの絶頂にあるのだとしても、ついつい他人の家の灯りに目は奪《うば》われてしまう。

温かそうな光に憧れた。

きっとこの光を目印にしてサンタクロースはやって来るのだ。

＊　＊　＊

一味《いちみ》珠理《じゅり》はその日、いつもはしない高価な口紅《くちべに》を塗《ぬ》りグロスで仕上げ、念のため見えないところにまで気を配り、気持ち程度にオシャレに決めてみた。別に誰に見せるわけでもないけれど、今日くらいは着飾《きかざ》っておかないといろいろな部分が廃《すた》れてしまうような気がしたのだ。

本日は十二月二十五日、クリスマス。

町の名士・雪路家のハウスキーパーをアルバイトでしている珠理は、若干《じゃっかん》クリスマスを意識しつつも特に気負うこともなく、いつもの調子で着々と出勤の支度《したく》を済ませていく。最後にブーツを履《は》き終えて「行って来まーす」玄関から中に呼びかけると、リビングのドアから母が顔を覗《のぞ》かせた。

「どこかへお出掛け？　って訊《き》くのは野暮《やぼ》かしら」

間延びしたのほほんとした声が廊下《ろうか》に響《ひび》く。年々顔がそっくりになっていく母に向かってパタパタと手を振った。

「残念ね。ご期待には添《そ》えかねます。お仕事よ。雪路さんちに行くの」

「あらま」

ものすごく悲しげな表情を浮かべて溜《た》め息《いき》を吐《つ》いてくれる。娘がクリスマスを誰とどう過ごすのか内心では気になって仕方がないらしく、まるで色気のないクリスマスを過ごすことになった本人よりも数倍がっかりしてくれる娘思いの出来た母だった。

「珠理ちゃんモテそうなのにねー。今の男の子は見る目がないのかしら」

「本当よね。ちょっと自信が揺らいでる」

前に付き合っていた人と別れてから一年近く経《た》つが、次の相手はまだ見つからない。それなりに合コンに参加したり友達の紹介で男性と知り合ったりするのだが、恋人にまで発展することはなかった。すべて空振りに終わっている。まことに遺憾《いかん》だ。

とはいえ、正直なところ、珠理はあまり気にしていなかった。

そりゃまあクリスマスは恋人と過ごしたいし、去年まではそうやって過ごしてきたけれど、今年に入ってからはそういった色恋《いろこい》に冷め切ってしまった自分がいる。

その原因については置いておこう。きちんと自覚しているので追及《ついきゅう》は許してほしい。珠理自身、彼とどうなりたいのかよくわかっていないのだから。

「今年はずっと雪路邸《てい》にいるわ。レイラちゃんとケーキ作る約束してるんだ」

「そんなこと言って。結婚《けっこん》したいと思わないの？」

「今日一日だけのことで結婚の心配までされるとは思わなかったわ」

「家政婦にだって珠理ちゃんよりも若い子がどんどん入ってきてるのよ？　そのうちお局《つぼね》さまって言われちゃうわよ？　焦《あせ》らない？」

母の声音が徐々《じょじょ》に深刻なものになっていく。話しているうちにどんどん気分が昂《たか》ぶってきたらしい。楽しい話題ならともかく、ネガティブ方面に調子を上げて行かれるとこっちまで鬱《うつ》になってくる。待ったを掛けるように掌《てのひら》を向けて、

「焦りません。そういうお母さんだって週に一回は雪路邸に行ってるでしょ。私ばかりが歳食《としく》ってるわけじゃないわ。ていうか、私はどっちかって言うと若い側だし」

ハウスキーパーの仕事は元々母がしていた。学生のときに何度か職場を見学させてもらったのだが、そのたびに雑用を押し付けられた。なんせバカみたいに広いお屋敷《やしき》である、家政婦が何人居たって足りやしなかった。短大を卒業してからは正式にアル

バイトとして勤務し、今ではなぜか専属みたくなっている。

慢性的《まんせい》な人手不足は相変わらず。珠理の短大卒業と入《い》れ替《か》わりに辞めたはずの母もいまだに週一で呼び出されている。

「お母さんもそうだけど、周《まわ》りはみんなパートの主婦ばかりだし。私より若い子なんて数えるくらいしかいないわよ。お局さまだなんてとんでもないわ」

「でもねえ、前に入った子なんて珠理ちゃんと歳も離れてないのに恋人もいて結婚も考えてるって言ってたわよ？　珠理ちゃんに良い人紹介してくれないかしらね」

「……まさか。そういうこと話したの？」

「そりゃまあ。どこにご縁《えん》が転がっているかわかんないし。ねえ？」

ねえ、じゃねえ。珠理は思わず脱力《だつりょく》する。母から職場の同僚に恋愛事情を暴露《ばくろ》されるだなんて恥ずかしいにも程がある。それが大して仲良くもない同僚ならお互い気まずいだけだ。誰かと訊いてみたら、案の定、曜日やパートタイムが一切被《かぶ》らない、一度も会ったことのない人だった。

「あー、最悪。口が軽いにも程があるわよ。……ん？　ちょっと待って」

お喋《しゃべ》り好きな母にうんざりするものの、それに関連してある疑惑《ぎわく》が生まれる。

「お母さん、もしかしてって思うんだけど、雪路家の悪い噂《うわさ》をあちこちで言《い》い触《ふ》らしてたりしてないわよね？」

「何よ、悪い噂って。珠理ちゃんのことじゃなくて？」

「私のことはいいの。いや、よくはないけど。そうじゃなくて、家政婦の間で囁《ささや》かれてる噂話よ。ほら、勝彦《かつひこ》さんのことか、奥様のことか……」

「ああ、寒い寒い。暖房《だんぼう》逃げちゃうからここ閉めるわね。珠理ちゃん、急がないと遅《ち》刻《こく》しちゃうわよ？」

すかさず話を打ち切ってリビングに引っ込む。……まったく。都合が悪くなるとすぐ逃げるんだから。誤魔化《ごまか》し方があからさま過ぎていてもはや疑念の余地がない。これは言い触らしていると見て間違いないだろう。

「行ってきます」

もう母が顔を出すことはなく、今度こそ玄関の扉《とびら》を開けて出て行った。

勤務先の雪路家にはいろいろと込み入った事情がある。

雪路家の主人、雪路照之《てるゆき》は元市長で、引退した今でも各方面に絶大な影響力を持っている、いわゆる町の重鎮《じゅうちん》であった。そのせいで汚職《おしょく》や暴力団との蜜月《みつげつ》に関する黒い噂が付いて回っていた。覚せい剤取引や人身売買に関わっているなどという随分《ずいぶん》とえげつない話まであって、極めつけはなんと子供を誘拐《ゆうかい》して政敵を脅迫《きょうはく》したという噂まで囁かれている。

どこまで真実かわからないけれど、不味《まず》いことに噂に信憑性《しんぴょうせい》を与えるだけの要素があの一家にはあるのだった。

長男の勝彦は自殺をし、次男の雅彦は非行に走った。今の奥様は前の奥様がまだ存命の頃からの愛人だったというし、末娘の麗羅《れいら》は愛人時代に余所《よそ》で作った子供だという疑惑がある。当然、家族関係は常に冷め切っていた。家族の不和は雪路照之の人間性を象徴《しょうちょう》しているかのようであり、家族仲を歯牙《しが》にも掛けない非情さに黒い噂がなお真実めいたものに映ってしまう。対外的には人格者であるが故に、内側を知る家政婦一同は雪路照之を不気味に感じていた。

「でも、私たちにとっては雇用主《こようぬし》だもんね。信じてついていかないと」

雪路照之が何者であれ、悪口を言える立場ではない。

無駄《むだ》に広い応接間の掃除《そうじ》を済まし、掃除機を抱えて廊下に出たところで麗羅と鉢合《はちあ》わせした。

上はタートルネックのセーター、下は膝丈《ひざたけ》のフレアスカートに黒のタイツ。色調が全体的に暗めなのは普段どおりで、麗羅の引っ込み思案な性格がよく表れていた。

黙《だま》ったままじっと珠理を見つめてくる。その瞳《ひとみ》が若干非難めいた色を宿していた。

「……」

早くケーキ作ってよ、と訴《うった》えているのだ。どうやら待ちきれなくなって珠理を呼びに来たらしい。

「……わかったわかった。これ片付けたらすぐに行くからキッチンで待ってて」

こくん、と真剣《しんけん》に頷《うなず》く。その素直なところがとても可愛《かわい》くて、麗羅の兄に爪《つめ》の垢《あか》を煎《せん》じて飲ませてやりたくなった。仏頂面を浮かべた金髪頭が脳裏を過ぎる。

ぱたぱたと長い廊下を走っていく麗羅を見送ってから、珠理は掃除機を片づけると、キッチンには直行せずに書庫となっている物置に道草した。

書庫の扉を一応ノックして、数秒置いてからドアを開ける。中は室内とは思えないほど冷え切っていた。

「ちょっと、こんなところに籠《こ》もってたら風邪《かぜ》引くわよ!?」

奥の机に座っている人物に呼び掛ける。机に座って難しい顔をしている金髪頭は、雪路家の次男、雪路雅彦だ。広げた参考書と問題集を交互《こうご》に眺《なが》め、時折思いついたようにペンを走らせる。山と積まれた辞書や専門書に埋《うず》もれる彼の姿は研究者か作家のようにも見える。

珠理は壁《かべ》に掛かったリモコンを押して暖房を作動させた。その間も雪路は珠理を意に介さず、それどころかいまだに存在に気づいていないのではないかと疑うほどに勉強に集中していた。珠理は呆《あき》れたように溜め息を吐くのだった。

——一体何のつもりかしら。

多種多様の専門書を取《と》り揃《そろ》えた書庫は、図書館に行くよりもお手軽で、調べ物や勉強をするにはもって来いの環境だった。理由が無ければ実家に寄り付こうとしなかった雪路が書庫に籠もって勉強に勤《いそ》しむようになったのはここ最近のことである。

大学三回生になってようやく勉学に目覚めた、とは正直考えにくい。雪路は、元々頭の良い方だが、必要最低限の勉強しかしようとせず、教科毎に知識に偏《かたよ》りがあった。雪路が志望した大学の入試の傾向《けいこう》と対策を一緒に考えた珠理は、そのときから雪路の要領の良さには一目を置いていた。

とにかく無駄を省くことに長《た》けているのだ。傾向として出にくい項目は潔《いさぎよ》く排除《はいじょ》し、基本を押さえつつ頻繁《ひんぱん》に出題される問題だけを重点的に勉強するスタイルを取っていた。合格ラインすれすれの点数さえ取れればいい、と肝《きも》の据《す》わったことを言い、最低限の勉強を終えたら街に繰《く》り出して遊び回るという、受験生にあるまじき日常を送っていた。遊びと言っても当時の雪路にとっては勉強よりも意味があったようで、詳しい事情を知らない珠理は口を挟《はさ》むことはしなかった。

いざ受験に合格したとき、珠理は大いに感動したものだが、当の雪路はさも当然という顔つきで喜びもしなかった。自分の能力を過信しているのか、あるいは弁《わきま》えているのか、テストの結果に一喜《いっき》一憂《いちゆう》することがない。まったく可愛げがないのである。

そんな雪路雅彦が何を思ったか勉強漬《づ》けの毎日を送っていた。始まりは一ヶ月ほど前。日暮旅人と探偵《たんてい》業の仕事を一つこなしたタイミングでの心変わりだった。その一件で何か思うところがあったらしい。

まさか就職活動の一環《いっかん》か、とも疑ったが、必要最低限の努力しかしないこの男がここまで頑張《がんば》ることに違和感を覚えるし、そこまでして入りたい会社があるとも思えなかった。人の下に付くくらいなら起業した方がマシと考える男である。その方がらしいし、今の勤勉な彼は似合わないどころかちょっと怖《こわ》い。

「あの、……」

意図を尋《たず》ね掛けて、思い止まる。訊いてもどうせ答えてはもらえないだろう。長い付き合いがあり一時は男女の関係にまで発展したこともあるのだ、雪路の性格を把握している珠理は出しかけた言葉を変えた。

「クリスマスくらい骨休めしたらどう？　あんまり根を詰《つ》めると体に良くないわよ」

「うん」

顔こそ上げなかったが、素直な返事が来て思わず面食《めんく》らってしまう。

「…………お茶淹《い》れてあげよっか？」

「うん」

身震《みぶる》いした。「ああ」でも「おう」でもない、子供っぽい相槌《あいづち》。普段とのギャップがあってときめいてしまう。――くそ。たまに可愛いから困る。麗羅ちゃんの爪の垢を煎じて飲んだのかしら。

多分全部上《うわ》の空《そら》なんだろうなと思いつつ、「うん」が聞きたくて質問を重ねた。

「今日は日暮さんトコ行かないの？」

「ああ？」

声のトーンが一気に不機嫌《ふきげん》なものへと変化した。どうやら地雷《じらい》だったらしい。

ようやく顔を上げた雪路は睨み付けるように珠理を見つめ、一転して不思議そうに
「いつから居た？」と呟いた。本当に気づいていなかったようだ。

「今来たとこよ。勉強お疲れさま。気分転換《てんかん》にこれから一緒にケーキ作らない？」

「作らねえよ。そんなもん、レイラとやってろ」

「あら、レイラちゃんも一緒よ。クリスマスくらい妹にサービスしてあげたら？　レ

イラちゃん、少しくらいなら喜んでくれるわよ？」

少しだけかよ、と苦笑する。どことなく顔つきが優しいのは妹への苦手意識が薄まってきた証拠《しょうこ》だろう。異母兄妹で年も離れているから心に距離ができるのも無理はないのだが、最近二人の仲はぎこちないけれど改善されてきたように思う。

完全に勉強を中断させられた雪路は諦《あきら》めたようにシャープペンシルを机の上に転がして、背筋を反らして伸びをした。目の下に隈《くま》まで作っている。何が目的か知らないが、頑張り過ぎるのは体に良くないはずだ。

気分転換は必要よね。うん。

「ねえ、今夜、二人でどこか出掛けない？　せっかくのクリスマスだし、家に籠もっていたんじゃ勿体無《もったいな》いわ」

いじらしく毛先を弄《いじ》りながら、そう提案した。深い意味は無いつもりだが、やはりどこかで意識している自分がいる。クリスマスに浮かれているのだろうか。

雪路は天井《てんじょう》を見上げたまま、「あー、悪い」と気の抜けた声を出す。

「夜は事務所でクリスマスパーティーだ。テイちゃんにプレゼント渡さないと」

あっけなく断られた。迷う素振りすら見せないとは何事か。

「……」

慣れたつもりでいたけれど、なんだろう、男に男を取られたような気分というのは思いのほか最悪だった。旅人の里子である灯衣ちゃんにプレゼントを渡すだなんて、口実以外の何物でもない。この男はいつも旅人にベッタリなのである。

――女の私が誘《さそ》ってるっていうのに！

「テイちゃんにプレゼント？　ふーん。私やレイラちゃんには無いのに？」

情けないことに旅人に嫉妬《しっと》した。思わず拗《す》ねた態度を取ってしまい、甘えていることを自覚してどきりとする。――あれ？　私、変なスイッチ入ってない？

明らかにいつもと違う受け答えをしてしまったことに焦り、慌《あわ》てて雪路の反応を窺《うかが》うと、雪路はふて腐れるようにしてそっぽを向いていた。珠理の態度を訝《いぶか》しんでいる様子はない。

「……あるよ」

ぼそりと呟いた。何が、と訊き返すと、雪路はわずかに躊躇《ためら》った後に口にした。

「……だから、二人にプレゼント」

「あるの!?」

驚《おどろ》いた。雪路がクリスマスプレゼント！　しかも二人分!?　まさか麗羅だけでなく珠理の分まで用意しているとは。

「大声出すんじゃねえよ！　何だよ⁉　俺が用意してちゃ悪いのか⁉」

「悪いわけないよ」

怒鳴り散らすのは照《て》れ隠《かく》しだ。あまりこの話題を引っ張り過ぎると本当に怒らせてしまうから、珠理は素直に喜んでみせた。

「ありがとう。嬉《うれ》しい」

どういうつもりかはあえて訊かない。雪路の性格を考えれば、プレゼントを渡すこと自体親愛の情の表れであることを珠理は知っている。

「プレゼント何かしらね。楽しみだわ！　あ、レイラちゃんにはプレゼントのこと内《ない》緒《しょ》にしておかなくちゃ！」

ふん、と鼻を鳴らすと雪路は再び勉強に戻った。もう珠理の方を見ようともせずに一人の世界に没頭《ぼっとう》する。パーティーの時間までもう一頑張りするようだ。珠理は邪魔《じゃま》にならぬよう静かに書庫を後にした。

後ろ手に扉を閉めてから、珠理は昔を思い出していた。

高校時代の雪路はやさぐれていて、近づく者はすべて父親の手先だとして警戒していた。珠理も例外ではない。初めて挨拶したときも態度はつれなかった。

「俺のこと親父《おやじ》に好きなように告げ口すりゃいい。だから、放《ほう》っておいてくれ」

柄《がら》の悪い連中と遅くまで遊び歩いているのは世間体としてもよろしくない。家を空けがちな両親に代わって家政婦たちで説得を試みるもますます雪路の反感を煽る形となり、直接関係しない珠理に対しても最初から反抗的であった。

珠理は雪路の寂しさを見抜いていた。後に兄・勝彦のことを人伝《ひとづて》に聞かされ、雪路の深層にあるコンプレックスにますます確信を得る。

要するに、拠《よ》り所《どころ》が欲しいのだ。父や周囲への反抗的な態度も、悪い連中と付き合うのも、勝彦や雪路の姓《せい》に依存しないことを標榜《ひょうぼう》したいがための手段だった。何物にも縛《しば》られない個人としての雪路雅彦を確立したときようやく父の呪縛《じゅばく》から解放されると信じていた。子供じみた考えだ。結局、悪い連中は姓に惹《ひ》かれて雪路と連《つる》んでいたのだし、夜遊びの金も父親からの小遣《こづか》いだ。

逃げ場所なんてどこにもなかった。わかっていながら、逃げつつも、葛藤《かっとう》に苛《さいな》まれた。特に高校二年生のときが一番酷《ひど》く、友人にさえも心を開かなくなってしまった。

珠理はそんな雪路を憐《あわ》れみ、恋愛感情からではなく、同情から一度だけ肌《はだ》を重ねた。誰かが捕《つか》まえておかなければ危うい状態だったのだ。彼自身もその状態に気づいていたからこそ珠理に身を委ねた。以来、二人はどこかで通じ合いながらも明確に一線を引いた関係のまま今日まで過ごしてきたのである。どちらかに別の恋人ができても互いを意識した。だからどうしても長続きしなかった。

いつかは決着を付けなければ二人とも先には進めない――そう思っていた。

ああ、だからだろう。珠理は、旅人と出会い丸くなった雪路に不安を覚えるのだ。抵抗《ていこう》なく雪路邸に帰って来られる彼に焦りを感じるのだ。目標を見つけて一心に勉強に励《はげ》むその姿に嫉妬するのだ。

私を置いて勝手に行かないでと、そんなふうに思ってしまう。

拠り所を見つけた彼に珠理はもう必要ないのではないか。嬉しさよりも先に不安が立った。そのときようやく珠理にこそ雪路が必要だったのだと気づかされたのだ。

色恋に冷め切ってしまった自分がいる――当然だ。たった一人に振り向いてほしかったのだから。

「……とんだクリスマスね。お母さんに心配されるわけだわ」

彼がプレゼントを用意してくれていると知ったときの喜びはこの上ないものだった。不味《まず》いことに雪路に心底惚《ほ》れていることをそのとき自覚してしまった。……こんなんじゃ他に恋人なんて考えられないなあ。

肩を落として歩き出す。今頃キッチンでは待たされ過ぎてご機嫌ナナメの麗羅が挙動不審《ふしん》に苛立《いらだ》ちを表現していることだろう。

もういいや。クリスマスプレゼントのことを暴露して宥めすかすことにしよう。逆恨《さかうら》みではあるけれど、先を行く雪路への意趣返《いしゅがえ》しということで。麗羅と二人で雪路をからかうのも悪くない。そんなことを考えていると少しだけ胸のつかえが取れた気がした。

そういえば、雪路邸でクリスマスにちなんだことをするのは初めてだ。クリスマスケーキも、プレゼントも、家族がそこにいなければ成り立たないイベントである。今はただその仄《ほの》かな温かさを祝福しよう。

ようやく訪れた人並みの幸せの形なのだから。

せめて美味《おい》しいケーキくらい振《ふ》る舞《ま》ってあげなくちゃ。プレゼントのお返しの意味も込めて。珠理は本心を一旦脇《いったんわき》に退《ど》かして今日という日を楽しむことを心に決めた。

「ようし、やるぞ！」

袖《そで》を捲《ま》くって気合いを入れ直した。

*

探し物探偵事務所のリビングでは、百代灯衣と亀吉が二人きりで留守番をしていた。今夜のクリスマスパーティー用の飾り付けも任されているのだが、動いているのは亀吉だけ。忙《せわ》しなく動くスキンヘッドの巨体を、灯衣はソファにふんぞり返りながら顰《しか》めっ面《つら》で眺めていた。亀吉に何度「一緒に準備しましょう」と言われても頑《がん》として首を縦に振らなかった。意固地になった灯衣は梃子《てこ》でも動かせない。

不機嫌の理由はもちろん里親である日暮旅人と、通っている保育園の先生・山川陽子が二人きりでお出掛けしていることにある。正午過ぎまで――つまり、つい先ほどまで保育園で働いていた陽子が、今頃は滅多《めった》にしないおめかしをして旅人と腕を組んで歩いているのだ、そのように想像すると自然と頰《ほお》も膨《ふく》らんだ。

大人の男女がお出掛けすることをデートと呼ぶ。しかも、クリスマスデート。いくら園児でもそのシチュエーションが意味するところの重大さには気づいている。こちとら女、色恋沙汰《ざた》には敏感《びんかん》なのだった。

旅人は普段どおりで変わりなかったのだが、陽子は平静を装っているものの朝からずっとそわそわしていた。見ているこちらが恥ずかしくなるくらいの浮かれっぷりだった。その姿が灯衣には面白くなかった。パパを取られてしまうようで、陽子に嫉妬した。

いや、違う。語彙《ごい》が少ないために形容し難いだけで、本質は異なる。

別に陽子が憎《にく》いわけではないのだ。旅人もまた陽子を特別視しているのを灯衣は知っており、そのことを心底嫌とは思っていない。むしろ応援《おうえん》したい気持ちもあった。本当の親子でないのだから旅人の人生にまで迷惑《めいわく》は掛けられない。灯衣のことなど気にせずにお互い好き合っているのなら結婚でも何でもすればよいのだ、理性的にはそう思う。

けれど、灯衣は反発してしまう。陽子が事務所に来るようになり、それを受け入れてしまってからもずっと、得も言われぬ恐怖《きょうふ》が灯衣の心に巣食っていた。もしも旅人と陽子が結婚し、赤ちゃんが産まれ、そうやって家族が出来たとき、はたして自分に居場所はあるのだろうか、と。旅人を取られることが怖いんじゃない。自分の方が異分子なのだと気づかされることに本能的な恐怖を覚えるのだ。

今の日常はそう遠くない未来に瓦解《がかい》するだろう。そこから先を想像することが幼い灯衣には限界があった。想像の及ばない世界はただただ不安で、崖《がけ》から突《つ》き落とされるみたいで足が竦《すく》む。この世の終わりにも等しかった。

陽子を旅人から遠ざけようとするのは自己防衛の一環だった。嫉妬では生温《なまぬる》い、生存本能に則した防衛手段なのである。もちろん今の灯衣にそんな感情まで自覚できるはずもなく、理性とせめぎ合う心はふて腐れるという行動様式に落ち着く他なかったのである。

「パーティーが楽しみっすねえ、テイちゃん」

しかし、空気をまったく読まない亀吉の前ではおちおち拗ねてもいられない。口元をへの字に曲げたまま横目で睨みつけるも、亀吉は何を察するでもなく阿呆《あほう》みたく笑っている。

「はいこれ」

灯衣の眼前に黒いビニール袋《ぶくろ》が突き出された。今日のために作ったクリスマス飾りが入った袋だ。リビングの壁や天井の飾り付けは亀吉が一人で終わらせた、残るはツリーの飾り付けのみで、これまでずっとサボってきた灯衣に少しでも手伝わせようとしているのだ。気分転換に気を遣ったという面もある。

「タビさんたちももうすぐしたら帰ってくるっすよお。おっきなケーキ買ってくるって言ってたっす。だから頑張りましょう」

宥めすかすように言うが、ケーキという単語を出せば機嫌が直ると思われていることになお腹が立った。それに、言うとおり旅人たちは注文していたクリスマスケーキを受け取りに街中まで繰り出しているけれど、そんなのはデートのおまけで、もっと言えばデート中の話題を一つ提供したようなものだから、まるで自分が出しに使われているみたいでますます苛立った。

なーにがクリスマスか！

「そんなのカメが全部やって」

もうクリスマスをお祝いする気分にもなれない。完全にやる気を無くした灯衣の正面で、亀吉は袋に手を突っ込んでがさごそと物色し、とある装飾品《そうしょくひん》を取り出した。

「じゃあこれ、自分が付けてもいいんすね？」

「あっ！」

思わず反応してしまった。子供ならば目を輝《かがや》かさずにはいられない、クリスマスツリーには欠かせない物、天辺《てっぺん》に煌《きら》めく星型の飾り——トップスターである。

主役級の登場に灯衣のテンションが一気に上昇《じょうしょう》した。

「わたしが付ける！　付けさせて！」

ソファから飛び降りトップスターを引ったくるとツリーに一目散に駆《か》けて行く。大人びていてもやはり子供。亀吉はにこやかに、見様によっては不気味な笑みを浮かべながら、灯衣の後を追った。

雪路が用意したツリーは二メートル近くもある立派な物だった。灯衣は天辺を見上げて「んー」唸《うな》り、亀吉にしゃがむようにと指を差す。言われずとも腰を屈《かが》めて灯衣を肩車する亀吉はまるで従者のようだ。

「届くっすか？」

「届いた！　わあ！」

天辺に一番星が輝いた。ようやくクリスマスツリーという感じがして感慨《かんがい》深い。

灯衣と亀吉は並んで眺めた。

「自分、てっぺんのお星様が好きだったんすよ。小せえときからずっとクリスマスなんて縁無かったっすから、アレがある家がすっげえ羨《うらや》ましかったんす」

普段からへらへらと笑っているだけの亀吉が、珍しく神妙《しんみょう》そうな顔をしていた。昔話をすることも初めてだ。驚いた灯衣は思わず亀吉を見上げていた。

思い返してみれば、亀吉のことをあまりよく知らない。

「……どうしてヤクザになったの？」

子供らしく恐《おそ》れを知らない直球の質問だったが、亀吉は笑って答えた。

「えへへへぇ、自分ヤクザじゃねえっすよ。なろうとしてなれなかった落ちこぼれっすからねえ。頭ぁわりぃし、女にもモテねえし、みんなに怖がられるからどんな仕事にもありつけねえ。居るだけで迷惑なただの役立たずなんすよ」

灯衣や雪路たちが知る由《よし》もないことだが、亀吉には家族と呼べる人がいなかった。幼かった頃、亀吉は名前と生年月日が書かれた札を手にして、道端《みちばた》にひとり放置されていた。警察に保護され、その後は施設で育てられた。大舎制の児童養護《ようご》施設では集団生活を余儀《よぎ》なくされ、まるで監視《かんし》されたような生活が中学卒業まで続いた。

十代の半ば頃には何度と無く傷害事件を起こしては少年院を出入りした。元々内向的な性格であったため自分から喧嘩《けんか》を売るような真似《まね》は一度としてしたことはなかったが、生まれつきの強面《こわもて》と頭の悪さをからかわれるとつい短気を起こしてしまうのだ。整形を余儀なくされた喧嘩相手は無数にいた。思わずやり過ぎてあわや殺人を犯しそうになったこともある。

そんな亀吉が最後に縋《すが》りつける場所は極道の世界にしかなかった。暴力を肯定《こうてい》してくれる唯一《ゆいいつ》の掃《は》き溜《だ》めである。世間からの風当たりは厳しいが、欠点が許されるだけで存外救いとなるものだ。

けれど、いくら腕っ節が強くても頭が悪くてはのし上がれないのもまた極道である。亀吉は落ちこぼれた。時代が違っていれば腕っ節だけでも評価されただろうが、暴力団排除条例が施行され暴力団対策法の締《し》め付《つ》けが厳しくなった昨今では、暴力は諸刃《もろは》でしかなく、頭が回らない分亀吉にとっては無用の長物でしかなくなった。

無駄飯《むだめし》ぐらいの役立たず——そのように誹《そし》られてももう短気は起こさない。自覚しているので指摘《してき》されるたびに我が身を恥じた。それでも組から抜け出さなかったのは古き良き極道の規律に憧れていたからだ。

「ヤクザは怖いっすけどね、あったかいとこでもあるんすよ。盃《さかずき》を交わせば一家の一員になれるんす。組長さんのことオヤジって呼べるし、兄さん方からも弟分として大事にされるっす。みんなと家族になれるっす。……自分は無理だったすけど」

「……」

「自分には家族はいないっすから、クリスマスとか誕生日とかそういうの羨ましいんすよ。ずっと縁無かったっすから。あの星も人ン家の中にあるもんで自分には全然関係無いものなんす」

窓ガラス一枚隔《へだ》てた向こう側に憧れた。

目に見えるのは幸せな家族の在り方だ。

その感傷に灯衣は不覚にも共感してしまう。たとえ仮初めであろうとも、一度は無くした家族の形を再び手に入れたいと思うのは自然な欲求であろう。それは老若男女で変わらない。

人である限り寄り添わずにはいられないのだから。

灯衣の母——百代灯果《とうか》は、元は暴力団お抱えのドラッグデザイナーで、現在は刑務所《けいむしょ》に服役中である。灯衣も亀吉と同じだった、家族と過ごせない寂しさを紛《まぎ》らわすには自ら憧れを引き寄せる必要があった。

灯衣は黒いビニール袋からツリー用の飾り——赤色の小さなベルを取り出して枝の先端《せんたん》に結び付ける。それから亀吉を見上げ、袋を押し付けた。

「さっさと終わらせましょう。ぐずぐずしてたらパパが帰ってきちゃう。綺麗《きれい》に飾って驚かせてやるんだから」

あんまり亀吉が嬉しそうだから、自分のワガママでせっかくのクリスマスを台無しにしてはいけない。仕方ないわね、と少々お姉さん風を吹かす灯衣であった。

「うっす」

亀吉は笑って承諾《しょうだく》した。

密生する葉の部分に大量の雪綿を敷《し》き詰《つ》め、金と銀のモールを左右から斜《なな》めに掛けていく。松ぼっくりや靴下《くつした》のリースをぶら下げる。オーナメントには雪の結晶《けっしょう》やリンゴや縞《しま》模様の杖《つえ》など盛りだくさんで、飾り付けているだけでも楽しくなってくる。

灯衣と亀吉のはしゃいだ声がリビングいっぱいに響き渡った。

クリスマスは外から眺めるだけのものだった。

ほんのひとときであろうと内側にいられる幸福に、亀吉は感動を覚えずにはいられなかった。

＊

珠理と麗羅のケーキ作りが成功に終わり、灯衣と亀吉がツリーの飾り付けをし始めたちょうどその頃、山川陽子は待ち合わせ場所で旅人と落ち合った。

そこは市の中心地。デパートやオフィスビルが立ち並ぶ繁華街《はんかがい》はクリスマスムード一色に染まっており、どこの商店でもジングルベルをＢＧＭにサンタの衣装を着たアルバイトが客寄せに精を出していた。

一人のサンタクロースにティッシュを差し出されたが、生憎《あいにく》陽子の両手は塞《ふさ》がっていた。歩道は列を為《な》すかのように大勢の人でごった返しているから、わざわざ手が空いている通行人を選んでティッシュを配っているわけではないのだろうけど、しかし無造作だったにしても今の陽子を選んだこのサンタクロースは本当に間が悪い。あと一分、あと十メートル、時と場所が違っていればきっと受け取っていただろうに。

横断歩道を渡った先でもチラシ配りのサンタクロースが現れた。キリストの誕生日と一切関係しないコンタクトレンズの広告が差し出される。両目ともに視力の良い陽子だが、普段なら反射的に受け取ってしまうそれさえもあっさり無視して通過する。無視して、というか、そもそも見えてすらいなかった。視線はずっと斜め前の背中に、意識はずっと埋まった掌の中に釘付《くぎづ》けだった。

「足許気をつけて。僕から離れないでください」

陽子を気に掛けて振り返るその横顔に胸はどきりと高鳴った。

さっきから顔は火照《ほて》りっぱなし。恥ずかしい気持ちと嬉しい気持ちがごちゃ混ぜになって、思わずバッグを摑《つか》んだ右手に力を込めた。

けれど左手は、力加減が難しくて、わずかに握り込んだだけでされるがままだ。

旅人の掌に包まれていた。

大きくて、表面は意外にも硬《かた》くて、男性らしい力強さがあった。これまでに何度となく握ったことはあったけれど、こうして異性として意識したのは初めてだった。

——やだ。どうしよう。いつもと感じが違うよう……。

考えまいとしていたけれど、今日のコレは『デート』なのである。手を繋ぐ行為一つとっても意味合いはがらりと変わってくる。意識するなという方が無理だった。

デートに誘われたあの日から、陽子はずっと心ここにあらずだった。

時期も時期なので『クリスマス』という単語が至るところに溢《あふ》れかえり、目にするたびに体は熱くなって固まった。勤務しているのぞみ保育園でもクリスマス会が先日催《もよお》されたばかりで、その準備期間からデートのことが頭から離れなくなり仕事に集中できずにいた。同僚の小野《おの》智子《ともこ》先輩《せんぱい》に何度注意されたことか。

あまりにも酷かったらしく、結局最後には問い詰められた。

「悩《なや》みごとがあるなら聞くけど……」

神妙な顔でそう言われたらもう全部吐き出すしかなかった。変な方向に誤解されてしまっては、意外と面倒見《めんどうみ》の良い智子先輩の方がかえって仕事に集中できなくなりそうだし。

閉園後、久しぶりに智子先輩と一緒に夕食を食べに行った。食事を終えて落ち着いた頃を見計らって口を開いた。

「実は……」

旅人にデートを申し込まれ勢いでオーケーしたものの、それが何を意味するのか、どう受け取ってよいものか、わからなくて混乱した。というかこれって現実？　夢なんじゃないの？　って、そんなことまで疑い始めてしまい何も手に付かなくなって。

「デートに誘われたのが何だか信じられなくて……」

などと訥々《とつとつ》と説明していると、初めこそ鳩《はと》が豆鉄砲《まめでっぽう》食らったような顔で聞き入っていた智子先輩も、次第に落ち着きを取り戻していき、「ふんふん」と相槌を打った。

「旅人さん、どうして私なんかを誘ったのかなあ」

何気なく吐いた呟きにすかさず智子先輩は反応して、

「そんなの一〇〇パー山川のことが好きだからでしょうよ」

何を今さらといった感じで、そんなことを言ってのけた。

今度は陽子が鳩になる。瞬間的《しゅんかん》に顔を真っ赤にさせると思わず叫《さけ》んだ。

「え？　えええええ⁉　な、何でそうなるんですか⁉」

「いや、そうとしか考えられないでしょ。山川に気があるのなんてバレバレだし」

「バ、バレバレ⁉」

旅人のこれまでの言動にそんな思わせぶりがあっただろうか、振り返って思い出してみてもわからない。わからないから信じられない。

「山川を見るときだけ目が違ったものねー。なんとなく声とか態度とかも他の人に比べて優しかった感じするし」

それは旅人の元来の性格からでは？　誰にでも優しいのが彼の魅力《みりょく》であろう、自分だけが特別だったとは思えない。

「つーかね、私が最初驚いたのは山川が日暮さんとまだデートすらしていなかったってことになんだけど。何をちんたらしてたのよ？」

「ち、ちんたらしてましたか……」

「勇猛果敢《ゆうもうかかん》に攻《せ》めてたくせに何言ってんの」

料理を作りに行ったり掃除をしに行ったりと、確かに気のある素振りは陽子の方が断然多かったわけで。端《はた》から見ていた智子先輩はもうすでにそういう関係になっているものと思っていたようである。

けれど、そういった世話は恋愛感情とは切り離してやっていたことだから、指摘されない限り陽子も自覚できなかった。……いや、あえて意識しないよう努めていたと言った方が正しい。他人と深く関わることに消極的な旅人に合わせて、決定的な関係性を生み出すことを避《さ》けていたから。

「あ、でも、この場合は山川にじゃなく日暮さんに物申したいところだわね。山川のこと何だと思ってんのかしら」

「……あ」

やばい。旅人の株が暴落している。見ようによっては、旅人は煮《に》え切《き》らない男で、陽子は都合の良い女みたいに見えなくもないのだ。というか、旅人の事情を知らない人からすればそうとしか見えない。

旅人の事情とは、彼の両目のことである。彼の視覚は本来目に見えないモノを可視化する。それは音であったり匂《にお》いであったり——、視覚以外の五感で得られうる感覚を旅人の目は映し出すのだ。

代わりに、彼は視覚以外の感覚を失っていた。感覚が無いというのは実生活の中で危機感を鈍《にぶ》らせてしまうものである。例《たと》えば、感触《かんしょく》や重さや痛みがわからなければ道具を扱《あつか》うときの慎重《しんちょう》さも薄くなるだろう。異臭《いしゅう》や騒音《そうおん》に気づけなければ危険を察知することもできない。目を閉じるだけで旅人は無防備になってしまう。故に、彼はいつも危うい状態にあるのだ。

初めは陽子の失くし物を見つけてくれたお礼のつもりだったが、事情を知ってからは放っておけなくなり、今では週三くらいのペースで旅人が経営している『探し物探偵事務所』を訪れて家事を手伝っている。……なるほど。便利な女に思われても仕方ないような気がしてきた。

「あの、旅人さんは別に私を便利に使っていたとかそういうことは全然なくて」

「わかっているわよ、そんなこと。日暮さんだって辛《つら》い立場だったろうしね。そう簡単には決断できないわよね」

　軽率なこと言ったわ、と智子先輩は勝手に反省する。――おや？　今の台詞《せりふ》は明らかに旅人の事情を知った風な言い草だった。旅人は自身の体質が周囲の人間の負担になると考えて極力他人と関わらないようにしてきた。辛い立場とは、きっとそのことを言っているのだろう。

　陽子は一度として智子先輩に旅人の目のことを話したことはない。別に隠していたわけじゃないけれど（旅人本人もいろんなところで誰彼《だれかれ》構わず話しているし）、かといって面白がって広める話題でもないので自粛《じしゅく》していたのだ。智子先輩は旅人の目についてどこかから聞いて知っていたのだろうか。

　などと考えていると、智子先輩はまったく別の視点から切り込んできた。

「いざ恋人を作ろうものなら里子であるテイちゃんにも配慮《はいりょ》しなくちゃだものね。あんなにパパ大好きっ娘なんだもん、日暮さんも慎重にならざるを得ないか」

「あ、……あー」

　智子先輩が懸念《けねん》したのは血の繋がらない親子関係の方であった。

　確かにそちらも無視できない問題だ。陽子とて忘れていたわけではないが、旅人と灯衣の仲良しっぷりならいつも間近で見ていてもはや本当の親子のように感じていたのである。智子先輩の言うとおり、旅人が恋愛に偏《かたよ》らない一つの要因に違いない。

やっぱり智子先輩は目のことについては何も知らないようだ。

「でも、デートまで漕《こ》ぎ着《つ》けたってことはようやくテイちゃんという牙城《がじょう》を崩すことに成功したのよね？　通い妻・山川の執念《しゅうねん》が勝ったわけだ。感慨深いわ〜」

「今日一番の人聞きの悪さですよそれ⁉」

「思えば長かったもんね。アンタが日暮さんちに通い出してから、半年？　それ以上は経っているか。コツコツ信頼築いた甲斐《かい》があったんじゃない？」

「そういうつもりはなかったんですけど……」

けれど、そうなれたらいいなと夢想したことならある。灯衣と一緒に料理を作って、三人で食卓を囲んで、それがまるで家庭を築いたみたいで楽しかったから。

……デートに誘ってくれたってことは、やっぱり異性として見てくれているってことなのかな？　じゃあ、つまり、そういう風に期待してもいいのかな？

徐々に顔が赤くなっていく。人に話したことでにわかに現実味が増した気がした。

智子先輩はニヤニヤと陽子を眺めながら焼酎《しょうちゅう》グラスを傾《かたむ》けた。

「クリスマスが勝負よ。もうここらではっきりさせなさいよ」

「そ、それって、告白しろってことですか⁉」

「うん。まあ、空気読んで行けると思ったら行けばいいんじゃない。脈はあるんだし、あとは雰囲気《ふんいき》作って押していけばなんとかなるかもねー」

完全に楽しんでいる態である。良い報《しら》せを期待してるわ、などと煽られてすっかり気分はおかしな方向へと振り切れた。

「……告白かあ」

けれど、再度呟いてみたその単語はどこか現実離れしたもののように思えてならなかった。

前日にプレゼント用のクッキーを焼いた。何か記念になるような品物を上げようかと考えたけれど、智子先輩が執拗《しつよう》に告白を意識させるものだから、もしも振られてしまったとき後に残る物を渡すことに気が引けたのだ。……すでに振られるものと仮定している自分に果たして告白なんかできるのか疑問であるが。

いっそハート型のクッキーだけでまとめてやろうかとも思ったが、やはりそんな度胸もなく、灯衣と一緒に食べてもらえるように動物や花をモチーフにしたクッキーの中にさりげなくハート型を混ぜるに留めた。

型が崩れた物を試食してみると、思ったよりも香《こう》ばしくて美味しい。初めて挑戦《ちょうせん》してみたチョコミントのクッキーだったが、どうやら成功した模様。灯衣が以前チョコミントアイスを美味しそうに頬張《ほおば》っているのを見たときにいつか挑戦したいと思っていたのだ。

クッキーを入れたビニール袋をクリスマス仕様の紙袋に納めて、旅人さんにも気に入ってもらえるかな、なんて鼻歌混じりにリボンを結んでいるとき、ふと気づいた。

——旅人さん、味も匂いもわからないんじゃ……。

なぜ目で見て楽しめる物にしなかったのか、心底後悔《こうかい》した。旅人は味も匂いも視覚で楽しめると言っていたけれど、それは本物ではない。いくら不味くったって嫌な顔一つできない旅人に食べ物を上げることは嫌味にしかならないのではないか。もちろんそんなこと気にするような人じゃないとわかっているけれど、そこまで思い至らなかった自分に嫌気《いやけ》が差す。かといって、今から別の物を用意している時間はない。明日は朝から仕事で、終わったらすぐに旅人と待ち合わせしている。クリスマスプレゼントはクッキーで行くしかない。

キッチンの作業台に突《つ》っ伏《ぷ》して溜め息を吐いた。

「あああ、もう。……なんか浮《うわ》ついてるな、私」

決定的な何かが変わりそうな予感がある。クリスマスにデートに誘われて、それまでの旅人とはどこか違っていて、それが変化の予兆であることはすぐに察せられた。

嬉しくもあり、怖くもあった。

どこか遠くに行ってしまいそうな儚《はかな》げな旅人はもういない。それは喜ばしいことだけど、今の旅人には以前よりも前向きな潔さがある気がする。引越しを決めた人が要る物と要らない物を大胆に選《よ》り分《わ》けているような感覚、とでも言えばよいのか。

急いでいるようにも見える。それが何を意味するのかまでは陽子にはもちろんわからないけれど。

「……やっぱりクッキーで良かったかも」

後に残る物がいつか旅人の決断を鈍らせてしまったらいけない。そして、選り分けられた末に自分の贈《おく》った物が要らない物に分類されてしまうのは耐《た》え難《がた》い。

告白云々《うんぬん》はさて置いても。

陽子は自分の存在が旅人の心の負担になることをひどく恐れた。

そうしてクリスマス当日を迎えた。

保育園ではジト目を向けてくる灯衣の威圧《いあつ》に耐え、早番勤務で準備に余裕《よゆう》があったはずなのに時間いっぱいまで着ていく服のコーディネイトに悩み抜き、なんとか家から飛び出したもののプレゼントのクッキーを忘れて慌てて取りに戻ったり……等々、待ち合わせ場所に行くまでに身も心もクタクタになった。

緊張《きんちょう》していた。旅人と面と向かって会うのはデートに誘われた日以来初めてだった。当日の予定とか諸々《もろもろ》の相談は全部メールでのやり取りだったし。まずどんな顔をして会うのが正解なのか、迷う。

待ち合わせ場所は駅から少し歩いた場所にある噴水《ふんすい》公園だ。大きなツリーが飾られており、この時期には待ち合わせスポットとして多くの恋人たちに活用される。入り口付近からすでに若者でごった返していた。

——ここにいる人たち、みんなデートの待ち合わせなのかしら。

そして、それは自分もなのだ。皆と同じはずなのに、何だか気後《きおく》れしてしまう。

噴水広場へと続く通路の途中《とちゅう》、柱時計の下で佇《たたず》む旅人を見つけた。

すらっとした姿は遠目からでもよく目立つ。ボトムにチノパンと茶系統の革靴《かわぐつ》、ジャケットを羽織りインナーには白シャツにカーディガンを合わせている。長めのマフラーを緩《ゆる》めに巻いていても背が高いから違和感なく馴染《なじ》んでいた。もうどこのモデルかという塩梅《あんばい》である。道行く女性たちを立ち止まらせては視線を釘付けにしていた。

……声、掛けづらい！

まだ約束の時間まで一〇分もある。いつから待たせているのか気が気でなく、これ以上寒い中放置させるわけにもいかないが、さて、何と声を掛ければよいのか。

一瞬だけ立ち止まったその隙《すき》に、旅人もまたこちらに気づいた。周囲の視線を引き連れて、真《ま》っ直《す》ぐ陽子の元へと近づくと、嬉しそうに顔を綻《ほころ》ばせた。

「メリークリスマス、陽子さん」

「――」

その瞬間、迷いを忘れた。旅人の笑顔に見惚《みと》れてしまい頭の中は真っ白で、つられるようにして「メリークリスマス」と唱えてから、慌てて頭を下げた。

「お、お待たせしましたっ。ごめんなさい、遅くなっちゃって！」

「いえ、まだ時間には大分ありますし、僕もついさっき来たばかりですから」

旅人は陽子をじっと見つめた。何かおかしいところでもあるのかと身構えていると、

「今日は一段と可愛らしいですね。とてもお似合いです、その服」

「にあ……っ⁉」

褒《ほ》められ慣れていない陽子はしばし固まり、思い出したように咄嗟《とっさ》にバッグを顔の前に持ち上げて隠れた。やばい、やばい、やばい――！　どんな顔をしていいかわからない！

陽子の今日のファッションは、下ろし立てのAラインコートに合わせたコーディネイトである。ファーが付いた白のコートは前ボタンを留めてワンピース風に、裾《すそ》からクリーム色のスカートを微《かす》かに覗かせて、ブーツは高めのヒールで足許《あしもと》をすっきりと見せている。テーマは『女の子らしく可愛らしく』だ。

智子先輩指導の下、今日までファッションセンスを磨《みが》いてきたつもりだった。仕事柄、トレーナーにジャージが主流の陽子は、一応お出掛け用の無難に見られるコーディネイトくらいなら多少は揃えているものの、自分を魅《み》せる目的で洋服を着飾ったことがない。要するに無頓着《むとんじゃく》なのである。

そんな陽子がこの日のために、つまりは旅人に見せるためだけに頑張ってきたわけで。

背伸びしているのを見透《みす》かされたみたいで恥ずかしい。でもそれ以上に、旅人に褒めてもらえてすごく嬉しい……！

頑張って良かったあ、──知らず声に出して呟いていた。

「あ、ありがとうございます！」

お礼をなんとか振《ふ》り絞《しぼ》って口に出し、恐《おそ》る恐《おそ》る旅人を見上げた。

「…………」

旅人は困ったようにわずかに視線を逸らして、体の向きを変えた。

「じゃあ、行きましょうか。良いお店を見つけてあるんですよ。こちらです」

公園を出るまでなぜか視線を合わせてくれなかった。歩幅《ほはば》は陽子に合わせてくれているから機嫌を損ねて逃げようとしているわけではなさそうだけれども。旅人には不自然すぎる行動である。

ひょっとして旅人も緊張しているのだろうか、そんなことを思った。


さて。肝心《かんじん》のデートの内容はというと、ショッピングである。これは旅人と二人で相談して決めた。

というのも、今夜旅人の事務所でクリスマスパーティーを開く予定で、お店に予約しておいたホールケーキを持って帰る役を引き受けているのだが、だったら灯衣へのクリスマスプレゼントもそのとき一緒に買いに行きましょうと陽子から提案したのである。

パーティー開始までの時間を考えるとそんなに遠くへは行けないし、近場で遊べるところ——例えば街中にある映画館や水族館——はきっと人で混《こ》み合《あ》っているだろうしで、短い時間を有意義に過ごすには難しいと判断した。

できればゆっくりじっくり旅人と話していたい——、そう思って提案し、旅人も快く賛成してくれた。メールで相談した議題のほとんどが『灯衣が貰《もら》って喜ぶ物は何か』であったのは言うまでもない。

予《あらかじ》め商店の目星《めぼし》を付けている旅人の後を素直に付いて行く。

そして、通りに出たときにそれは起こった。

軒《のき》を並べる商店からひっきりなしに人が出入りするため、ただでさえ通行人でいっぱいの歩道は進んだり立ち止まったりの繰り返し。若者のグループが道の真ん中に屯《たむろ》して行く手を塞いでいて、後ろからは人の流れが止め処《とど》なく、勢い背中を押された陽子はつんのめった。——あ、転んじゃう。そうは思っても、穿《は》き慣れていないスカートが気になって受身を取るのを一瞬忘れてしまう。

迫《せま》る地面に思わず目を瞑った。しかし、想像していた硬い衝撃《しょうげき》はやって来ず、代わりに体はふわりと支えられた。

「——大丈夫《だいじょうぶ》ですか？」

旅人の腕の中に抱き留められていた。

「——……」

陽子の体ごとすっぽりと収まってしまう大きな体に心臓が跳《は》ね上《あ》がった。視線を上げればすぐそこに旅人の顔があって、心配そうに陽子の顔を覗き込んできた。

「すみません。急がせてしまいましたね。僕が不注意だったばかりに」

「い、いえ、いえ。大丈夫です。ちょっと押されただけで。旅人さんのせいってわけじゃ……」

そうして、ぎゅっと腕を摑まれた。旅人の顔はいつになく真剣だった。

「手を、繫いでいてもいいですか？」

返事をする前に握られる。その力強さにどきりとし、引き寄せられるがままに陽子は旅人の隣《となり》を歩き出す。けれど、半歩テンポが遅れてしまうためにちょっとずつ斜め後ろに下がってしまう。そこからだと旅人の背中と、かろうじて横顔が見えるだけだ。

「足許気をつけて。僕から離れないでください」

「……」

いくら鈍感《どんかん》な陽子でも直接触れたらすぐにわかった。

陽子が旅人を異性として意識しているのと同じくらいに、旅人もまた陽子を女の子扱いしてくれている。気遣《きづか》いの中にも今までに無かった強引さがあった。まるで誰にも取られまいとするような。駄々《だだ》を捏《こね》ねる子供みたいに。

――まあ、空気読んで行けると思ったら行けばいいんじゃない。脈はあるんだし、あとは雰囲気作って押していけばなんとかなるかもねー。

「……うう」

不意に思い出した智子先輩の台詞に陽子の心臓はもう暴発寸前である。

二人はしばらく無言のまま、固く手を繋いで通りをゆっくりと歩いていく。

＊

百代灯衣へのプレゼントは、最初は洋服やアクセサリーがいいと思った。彼女はとても大人びているし、大人のように扱われることが好きだから子供向けよりは良い気がしたのだ。まあ、大抵の女の子は年がいくつだろうとオシャレに興味があるもので、ファッション性のある可愛らしい物を贈れば喜んでくれるだろう。

でも、よくよく考えてみれば灯衣は何かといろんな人から洋服を買ってもらっている。顔立ちが端整《たんせい》だから着せ替えさせたくなるのだろう。陽子もその気持ちはよくわかる。

となると、洋服で灯衣を喜ばせるのは案外難しいかもしれない。せっかくのクリスマスなのに、またか、と思われるのは悲しい。いや、洋服は何着あってもいいものだ。ただ安易に考えたと悟《さと》られてガッカリさせたくなかった。

灯衣はただ背伸びをしているだけじゃなく、五歳児にしては利発すぎてもいた。きっと、本当の両親に甘えられない環境の中で自ら思考することの必要性を感じ取り実《じっ》践《せん》してきたのだ。だから精神は想像以上に早熟してしまっていた。

大人の考えなど簡単に見破ってしまうだろう。

ならば、逆転の発想、年相応の子供向けの玩具《おもちゃ》を与えるのはどうだろうか。しっかりしなくてはと気を張っている彼女に対し、子供でいてもいいんだよ、と訴えることもできる。甘やかすことが一番の贈り物なんじゃないかって、思った、ん、だけど……。

「お人形とかぬいぐるみとか、テイちゃんの部屋に結構ありましたよね？」

「ええ。テイのこと気に掛けてくれる人たちがよくお土産《みやげ》に持ってきてくれるんです。僕やユキジよりもよほど物を持ってますよ」

これはメールでもしたやり取りだ。道すがら、陽子は旅人と一緒に灯衣の好みをおさらいしていた。

ちなみに、長い距離を歩いたおかげで緊張は多少解けた。旅人も普段どおりの調子に戻っている。手は繋いだままだけれど、旅人の顔をちゃんと見られるくらいには心臓も落ち着いた。

旅人は苦笑して言った。

「ぬいぐるみはたくさんありすぎて灯衣の部屋は今動物園みたいになっていますよ」

その上、灯衣は動物型の着ぐるみパジャマを着て寝ているので、夜間は大層メルヘンチックな光景に違いない。

「ゲーム機には興味が無いみたいです。高価な物だから遠慮《えんりょ》しているのかと思ったんですけれど、以前訊いてみたらくだらないと一蹴《いっしゅう》されてしまいました」

「ううん、現代っ子とは思えませんね」

「それなりにリサーチしてみましたが、ダメでした。テイは欲しい物があっても絶対に口にはしないでしょう。甘えた方がいい場面では遠慮なく口にできるのに、本当に欲しい物はねだってはいけないと考えてしまう。そういう子です」

空気を敏感に察知できる子供にこそそういう子は多い。大人の顔色を窺って、どう立ち回るのが一番無難であるかを無意識のうちに読み取っている。それは、普段身を置く環境内で波風を立てることを恐れての行動だ。このような子供はストレスを溜め込みやすく、何かの拍子《ひょうし》にあっさり心は挫《くじ》けてしまう。

もっとワガママを言ってもいいのに。

ううん、違う。陽子は首を振る。もっとワガママを言ってほしい。遠慮はすなわち壁である。大人であれば駆け引きだが、子供がする遠慮は単なる拒絶《きょぜつ》だ。

そう思うと、少しだけ悔《くや》しい。

「大丈夫」

旅人が優しく微笑んだ。

陽子の切ない気持ちをすかさず感じ取ってくれた。

「口にはしなくても何を欲しているのかはわかります。……仮にも父親ですからね」

そう呟いたとき、少しだけ寂しそうな目をした。

「旅人さん……」

特殊《とくしゅ》な目が人の心を見透かすときがある。灯衣の心も実際はそうやって視えたのかもしれなかった。

でも、そうじゃないって思いたい。旅人はきっと父として娘を理解しているいと思っている。だから視えたのだ。

仮でも何でもなく、旅人は立派に父親だ。

陽子だけはわかってあげなければならない。

「はい。貴方《あなた》はお父さんなんですから、テイちゃんをきちんと甘やかしてあげてください。これはお父さんにしかできないことです」

旅人は頷く。繋いだ手を一瞬だけぎゅっと握られた。

ありがとう、と言うように。

「それで、テイちゃんには何をプレゼントするんですか？」

散々引っ張られて焦《じ》らされてきたのだ、そろそろ回答が欲しいところ。

ウキウキしている陽子に、旅人は人差し指を口元に添えて片目を瞑る。

「お店に着いてからのお楽しみですよ」

……まだ引っ張る気ですか。

辿《たど》り着いた先は、メインストリートから外れて何本か通りを挟んだ路地裏の、小さな雑居ビル内にあるこれまた小さな工房《こうぼう》であった。ビルの階段を二階に上がった踊《おど》り場《ば》に看板が出ており、そこには『ギフトショップ・好運屋』と書かれていた。

「ギフトショップ？」

「オーダーメイドでいろいろな物を作ってくれるお店です。金属製品を主に扱っていて、持ち込んだデザインをそのままそっくりに加工してくれるんですよ」

「もしかしてこのお店に？」

「はい」

入り口と思《おぼ》しきスチール扉には意匠《いしょう》を凝《こ》らしたプレートが掛かっている。旅人は一度ノックをしてから扉を開けた。

「ごめんください。茂木《もぎ》さん、いらっしゃいますか？」

「おおっ！　勝手に入って来てくれ！」

奥から声がした。旅人に続いて中に足を踏《ふ》み入れた途端《とたん》、金属と油の匂いが鼻についた。奥行きはあるけれど横幅は狭《せま》く、スチール棚《だな》や事務机が壁際《かべぎわ》に並んでいて、あちこちに納期やら数量やらをメモした紙が無造作に貼《は》り付けられてある。どことなく事務所といった様子だ。店内と呼ぶにはあまりにも飾り気が乏《とぼ》しすぎて、来客に備えているとは言い難い。

それもそのはず、このお店は通信販売が主で直売はしていないのだそうだ。

奥は作業場らしく、たった今まで加工作業をしていたと思しき巨漢《きょかん》が頭に巻いたタオルを外しながら姿を現した。

「来たな！　この業突張《ごうつくば》りが！　無茶な注文押し付けやがってこのぉ！」

台詞とは裏腹にとても楽しそうな笑顔で旅人を出迎える。握手《あくしゅ》を求めて差し出してきた手を「手油が付くと嫌なので」と旅人が笑顔で断り、「せめて機械油って言えよこの野郎《やろう》！」とやっぱり笑顔で突っ込んでいた。仲は良いらしい。

四十歳くらいの眼鏡《めがね》を掛けた膨《ふく》よかな男性だった。首に掛けたタオルで顔中に浮かんだ大量の汗《あせ》を拭《ぬぐ》う。冬だというのにTシャツ一枚で、汗に塗《まみ》れた布がでっぷりとした大きなお腹に張り付いていた。まるで激しいスポーツをしてきたかのようだ。

今日がクリスマスであることを忘れさせるほどのインパクト。

「そっちの娘は彼女か何か？　いいねえ、クリスマスデート。若いっていいねえ」

まるで心を読まれたかのようなタイミングで話を振られた。陽子は動揺《どうよう》を隠すように慌てて頭を下げる。

「あ、あの、初めまして。山川と申します」

「はい、初めまして。茂木ですよー。よろしくー」

簡単に自己紹介を済ませる。茂木は特に陽子を詮索《せんさく》するような真似はせず、旅人に向き直った。

「頼んでおいた物、出来ていますか？」

「そりゃおまえ、優先して作ったに決まってんだろ」

茂木が机の引き出しから小さな紙袋を取り出して旅人に渡した。

「箱は用意できなかったけど勘弁《かんべん》しろ。品物さえありゃそれでいいだろ？」

「ありがとうございます」

品物と引き替えに厚みのある茶封筒《ちゃぶうとう》を手渡す。茂木は中身を確認すると満足げに頷いた。

「この時期は特に注文が多いってのに、十二月に入ってから注文してきやがって。過労で倒れたら慰謝料《いしゃりょう》も請求《せいきゅう》すんぞこら！」

「ユキジに伝えておきますよ」

「おう！ ついでにいつもご利用頂きありがとうございますとか言っといてくれ！おっと、そうそう、ユキジに新しいバックルが入ったっつっといて。カッコイイの。あいつ飛びつくぜぇ」

話を聞いていると、どうやら元は雪路の知り合いで、雪路が大口の得意先でもあるらしい。そういえば雪路が身に着けている小物にはシルバーアクセサリーが多かった気がする。それらはすべて茂木が手掛けた作品なのかもしれない。

茂木は椅子《いす》を引いて座り、蓋《ふた》の開いたペットボトルのジュースを一口飲んだ。何か思うところがあるのか、穏《おだ》やかな顔をしている。

おもむろに紙袋を指差し、しみじみと口にした。

「それな、腕によりを掛けて作らせてもらった。久々に良い仕事したと思うよ」

壁から細々と書かれたメモ紙を一枚剝《は》ぎ取って、指で弾《はじ》く。

「シンプルなデザインでも数が多くて大変だったが、なんつーか、嬉しくなったな。恋人や友人へのプレゼントにはない、大きな愛情みたいなもんを感じたんだ」

娘へのプレゼント。そこに込められた想いは製作者には筒抜《つつぬ》けだった。

一体どんなプレゼントなのか詳細《しょうさい》を知らない陽子であるが、旅人の愛情が他の人にまで伝わっていることが素直に嬉しかった。しかし、

「でもなあ。金と手間さえ掛ければ愛情は伝わるとか思われちゃ堪《たま》らねえんだよな」

と、茂木は続けた。

「そりゃ依頼人は世界で一つだけの凝ったデザインを求めるし、記念になるのなら金に糸目は付けねえもんだ。そして、それでやりきったつもりになる。依頼人の仕事は依頼まで。そっから先は俺たち職人の仕事。出来栄えの良《よ》し悪《あ》しは九割方俺たちの責任になんだろ？　いくらデザインに忠実でも、愛情が伝わらないことだってままあんのに、それも俺たちの責任にすり替えられちまうんだなあ。まあ、商売だしな、そんなのにいちいち文句を付ける筋にゃあないんだが……」

徐々に歯切れが悪くなる。流れ的に職人側の愚痴を吐き出しそうな雰囲気だ。言い難そうにしているのはそのせいだろう。

茂木は腕組みしつつ旅人を見上げる。試すかのような視線。

「でもな、これだけは言わせてもらう。物はただ在るだけじゃ意味がねえ。付加価値ってのは渡すときのシチュエーションで決まるもんだ。どんな記念で、どんな言葉を添えて、誰からどうやって贈るのか。いくら愛情に溢れていようとなあ、物だけあったって伝わらねえんだ。作り手としちゃ悲しいところだが、どんなに素晴らしいもん作ったって、贈り方次第で簡単にゴミにもなっちまう」

「ゴミ……」

「まあ、ゴミは言い過ぎだけどな。逆を言えば、どんなに陳腐《ちんぷ》なもんでも遣《や》り方一つで特別なモノに変えられるってことだ」

それは、陽子にも実感として理解できた。例えば、ハート型のネックレスを贈られたとして、その意匠のネックレスなんてどんなお店にも大抵置かれているから大して物珍しいことはなく、ただ喜んで終わりだ。けれど、そこに「好きです」という言葉を添えて贈られたのなら、ハートの意味も違ってくる。何倍も特別な物として輝くはずだ。

贈り方次第では最高の物へと変化する。

「わかるか？　贈り物はただの手段だ。きっかけだ。想いを伝えたいなら物だけに頼るな。きちんと語れ。言葉にしろ」

大事なことは言葉にしなけりゃ伝わらないと、茂木は説く。

茂木の言葉を真摯《しんし》に受け止めたように、旅人は大きく頷いた。

「僕も最近、身に沁《し》みて知ったことです。語らうことで初めて理解できることもある」

先日、旅人は中学時代の恩師に会いに行った。その人は重病を患《わずら》っていて、もう長くないと宣告されていた。同じく中学時代の先輩だった見生《けんじょう》美月《みつき》からそのことを聞かされ、慌てて飛び出していったのだが、どうやら無事に再会を果たすことができたらしい。

旅人が言っているのはきっとそのことだろう。

その人は旅人の里親でもあった。

「身近にいすぎると逆に見えなくなってしまうことがある。いつでも声を掛けられると油断していたら、いつの間にか手遅れになることだってある。――茂木さんの言うとおりです。伝えられるときにきちんと伝えておこうと思います。ありがとうございます」

「おう。うちの店の名前は『好運屋』。好きを運ぶきっかけになるなら本望だよ」

茂木はへっ、と笑い、照れ隠しに大袈裟《おおげさ》に頭を引《ひ》っ掻《か》いた。

「ああ、勘違《かんちが》いすんじゃねえぞ！　おまえがクリスマスプレゼントのことで真剣に悩んでたから言うのであって、普段はこんな説教じみたこと言わねえからな！　客がどんなつもりでうちに頼もうとこっちは全力を尽《つ》くすだけだ。ただ、その全力に応《こた》えてほしいんだよ、作り手としては」

旅人はにっこり微笑んだ。

「ええ。わかっています。そんな茂木さんだからお願いしたんですよ。この仕事」

「……」

陽子は胸の奥がギュッと締め付けられた。自分のことを言われた気がしたのだ。シンプルなデザインで、たとえどんなに綺麗に美味しく出来ていても、それを渡しただけでは想いは完全には伝わらない。

ハート型のクッキーが入った袋がカサリと音を立てた。

――告白するの？

そんなふうに訊かれた気がした。

「行きましょうか。陽子さん」

「え⁉　あ、はい。……あの、もうここでのご用は」

「受け取りに来ただけですから。――茂木さん、本当にありがとうございました。年が明けたら、また、雪路と一緒に挨拶に伺《うかが》います」

「忙しくなければ構ってやるよ。じゃあな、良い年を」

手を上げる茂木にお辞儀《じぎ》をし、二人は『好運屋』を後にした。


他の買い物も終えて、あとは帰り掛けにケーキを受け取りに行くだけとなった。パーティーまで時間があったので、旅人と陽子はウィンドウショッピングを楽しむことにした。目的もなく、ただブラブラと、思いに任せて。どこにでもいるカップルのように二人はクリスマスの街を満喫《まんきつ》していく。

手と手はどちらからともなく繋がった。

「あ、ほら、見てください！　あれ！　可愛いですよね！　――……旅人さん？」

「あ、……え？」

一瞬、旅人の目線がズレた。陽子の指差した物を捉《とら》えずに、じっと陽子の横顔だけを見つめていた。目と目が合っても身動き一つ取れずに固まっている。

わずかな沈黙《ちんもく》の後、

「……はい」

旅人は困ったように笑った。

デパートから出ると辺りはすっかり暗くなり、街灯には灯りが点っていた。

大通り沿いにイルミネーションが瞬《またた》いていた。並木に取り付けられた電飾《でんしょく》が踊る。華《はな》やかな仮装行列が夜の街に一本の直線道路を浮かび上がらせる。赤、白、青、緑、黄色、――たくさんの色たちが点滅《てんめつ》を繰り返しては道行く人々の目を楽しませていた。どの人も子供みたいに無邪気な顔をして、一夜の幻想《げんそう》に酔《よ》いしれる。

「綺麗ですね」

「本当。遊園地のナイトパレードみたい」

並木道を行く人影《ひとかげ》さえ玩具のブリキ人形を思わせた。御伽《おとぎ》の世界が現れて、ますます心は平衡《へいこう》感覚を失っていく。聖夜というだけでどうしてこんなにも景色は違って見えるのだろう。

旅人は陽子の手を引いて方向転換した。

「少し遠回りをしながら帰りましょうか。行ってみたい場所があるんです」

市営バスに乗り、停留所をいくつか通過する。駅から離れるに従い密集していたビルやマンションも疎《まば》らになり、だんだんと民家が目立ち始める。二十分掛けて降り立った場所は緩やかな丘《おか》の上にある高級住宅街だった。ちょうど坂の上の方の停留所で降りたため、視界は麓《ふもと》の方まで広がった。

「わあ……」

連なる家々に温かなクリスマスイルミネーションの光が踊っていた。多くはカーテンタイプの電飾で、まるで道の両側に光の滝《たき》が生み出されたかのようだ。

通りに面した住宅は、戸別に規模は違うが最低でも一種類の電飾を飾っていた。団地での取り決めだろう、閑静《かんせい》な土地なので人通りが極端《きょくたん》に少ないため、おそらくは防犯対策としての効果も見越している。家そのものを着飾って浮かび上がらせる豪奢《ごうしゃ》なイルミネーションもあれば、玄関先を青一色でしっとりと照らすシンプルなものまで幅広い。その幅広さに家々の個性を、人々の温もりを感じさせられる。

陽子たちの他にもイルミネーションを観賞しながら通りを行く家族連れが何組かいた。きっと地元の人たちだろう。子供のはしゃいだ声が唯一の歓声《かんせい》だった。あとはもう息を呑《の》むほどに魅入《みい》られている人ばかりだ。

家の灯りが目に眩《まぶ》しくて、一旦立ち止まってしまったら、そこから動き出すことは困難だ。いつまでも魅入られていたいと、心は足を引き留める。

どうしよう。

時間が止まればいいと本気で思った。

「……寒くありませんか？」

「え？」

振り返る間もなく旅人は陽子の背後に回り、後ろから陽子を抱きしめた。

「――」

優しく包みこむような抱擁《ほうよう》に、微《かす》かに温もりを覚えた。寒さが和らいで、同時に、体の芯《しん》から熱くなる。

どうしてよいかわからず、固まるだけの陽子は声を震《ふる》わせた。

「あ、あああの、た、た、旅人さん!?　ここ、これは一体!?」

周囲から少しだけ囃《はや》し立《た》てるような声が聞こえてきて、公衆の面前であることに今さらながら気づく。それでも旅人は陽子を放さず、陽子の目の前で交差させた自分の腕をぎゅっと摑んだ。

「この景色を一緒に見られて良かった」

緊張しているかのような声音だった。降りてくる声に反応して、陽子は頭上を見上げる。光の道をじっと見つめる穏やかな顔がそこにはあった。

「……旅人さん？」

「今日はありがとうございました。僕のワガママに付き合って下さって。陽子さんと二人でこの景色を見てみたかったんです。おかげで夢が叶《かな》いました」

「夢だなんて、そんな大袈裟な」

苦笑しつつ、来年だってあるじゃないですか、そう言い掛けて口を噤《つぐ》んだ。

口元にブレーキを掛けたのは、にわかに湧《わ》き上《あ》がった不安が心臓を揺さぶったからだ。どうして旅人がこんなことを言うのか。どうして今自分は悲しい気持ちになってしまったのか。考えまいとして頭は真っ白になった。

「そうですね。少し大袈裟すぎました」

旅人は悪戯《いたずら》っぽく笑った。けれど、その目はどこか哀《かな》しみを滲《にじ》ませている。

春に出会ったときからずっと見てきた、摑みどころのない心を映した澄《す》んだ瞳。

「……」

陽子も倣《なら》ってイルミネーションを隅々《すみずみ》まで眺めた。忘れてはいけないような気がして、旅人と一緒に同じ景色を目に焼き付ける。

ただ、二人きりの思い出を共有する。

回された腕に陽子も手を添えた。しばらくの間そうしていた。寒空の下で寄り添う二人はきっと恋人のように見えたことだろう。仲睦《なかむつ》まじく、お互いの将来を家の灯りに夢想して。

けれど本当は、決定的な言葉を隠して、怖がって、目の前の景色に逃げ道を探しているだけだ。これだけでいい、と心が諦めているみたいに。

……それでいいの？

旅人の言動の端々《はしばし》から言いようの無い虚無感《きょむかん》を覚えていた。その感情に引《ひ》き摺《ず》られて、旅人の気持ちを尊重しなくてはなんて言い訳をして、あと一歩を踏み越える勇気を抑《おさ》えつけようとしている。

旅人が遠慮する気持ちは痛いほどわかる。彼はいつ目が見えなくなるかわからないから、もしものとき負担を掛けまいと、近しい人とも『他人』を貫《つらぬ》こうとしていた。

きっと、これが旅人の精一杯なのだろう。デートに誘い、擬似的《ぎじてき》な恋人を楽しんで。それは一夜限りのワガママであり、陽子はただ付き合わされただけという体裁《ていさい》に収められようとしていた。……陽子の気持ちにも気づいているくせに。

もっと頼ってほしい。寄り掛かってほしい。そのためにはこちらから強引に引き寄せなくちゃ駄目《だめ》なんだ。いくら嫌がられようとも旅人の傍に居たいと全力で訴えないと、本当の気持ちなんて絶対に伝わらない。

決めた。――今夜、旅人さんに告白する。

パーティーが終わったら。

「そろそろ事務所に帰りませんか？　テイちゃん、今頃旅人さんのこと首を長くして待ってますよ？　ケーキは駅の近くのお店ですよね。受け取って帰ったらちょうどいい時間になると思います」

陽子から切り出すと、旅人は小さく息を吐いて、陽子をその胸から解放した。

「そうですね。帰りましょうか」

どこか晴れ晴れとした笑みを浮かべている。もう心残りはないとでも言うかのように。

――放さない。

今夜だけでも好きという気持ちを何度も確認させられた。この想いを押し隠しておくのはもう耐えられそうにない。

――旅人さんが好き。好き。好き。

――大好き。

心の中で唱えて決意に弾《はず》みを付ける。好きは溢れてやがて勇気に変わっていった。

帰り道。手は、陽子の方から強く握った。

＊

事務所に到着したのは、雪路の方が先だった。

雪路邸から行き掛けにフライドチキンを購入《こうにゅう》し、ピザの宅配を電話で注文した。今晩くらいは灯衣の好物である、栄養度外視のファストフードで取り揃える。勉強終わりで料理を作る気になれないという本音もある。

「ユキチさん、ちっす。料理買って来てくれたんすかあ？」

「おう。これ、フライドチキン。適当にテーブルに並べといてくれ」

「言ってくれたら自分買いに行ったのに。気《き》ぃ利かなくてすんませんっす」

「いいよ、こんくらい。それと、ユキジな。名前」

リビングはクリスマス飾りで華やかに、悪く言えばごちゃごちゃと乱雑に溢れ返っていた。亀吉は働き者だがセンスが無い。整理整頓《せいとん》好きの雪路には拷問《ごうもん》に近い様相であった。

……いや、今夜くらいは気にしない。散らかしたって構わない。どうせ掃除すんのは陽子さんだ、そう思うことで気を取り直した。

「遅かったじゃない。何やってたの？」

奥の廊下から灯衣がサンタクロースの格好をして現れた。ご丁寧《ていねい》に白い袋の小道具まで肩に掛けている。そんな衣装も持っていたのか。

クリスマス満喫しすぎだろ。

「ちょっとな。学生ってのはいろいろ忙しいんだよ」

「似合わない。ここに来ても難しい本ばっかり読んで勉強っぽいことしてるし」

「ぽいじゃねえよ。勉強してんだよ。やけに突っかかるな？」

「んー」

疑わしげな眼差《まなざ》しを向けてくる。別に疚《やま》しいことなどないし、あっても灯衣には関係ないことだ。最近ほとんど構ってないから拗ねているのだろう、どうせ。

そういえば、ここ一月ほど勉強にかまけて灯衣とまともに話していなかった。

「何だよ。俺がいないから寂しかったのか？」

「誰がよ。思い上がらないで。準備に人手が足りなかったの！　……カメとずっと二人だったんだもん」

「……ああ。そりゃ悪かった」

本当に悪いことをした。灯衣みたいな子供では息が詰まって仕方がなかったのだろう。旅人か陽子が居れば気まずい思いをしなくて済んだのだろうけれど、生憎二人は今日はデートだ。

「アニキは？　まだ帰ってないのか？」

灯衣の不機嫌のほとんどはその辺りにあるらしい。ぷいっとそっぽを向くことで返答とした。

「ユキチさぁん、これどこ運びますかあ？」

亀吉が、雪路が持ってきた鞄《かばん》を掲《かか》げた。割と大きめの鞄なのでテーブルの椅子に置いていたら邪魔になった。料理もあるので、汚れるのを心配したのだろう。

「いい。そこに置いておけ。あとで要る」

「？　はあ」

亀吉はきょとんとしつつ、言われたとおり椅子に戻した。

それから十五分ほどして旅人と陽子が帰ってきた。

「ただいま」

「……おかえり。楽しかったか？」

「おかげさまで。ああ、茂木さんが今度ユキジを連れてこいって。いろいろとアクセサリ入荷したから見せたいそうだよ」

「……」

旅人に変わった様子はない。

「パパとどこ行ったの？」

「街をぶらぶらとね。イルミネーションが綺麗だったよ。来年はテイちゃんも一緒に行こっ」

「……」

感情がもろに顔に出るタイプの陽子にしても平然としているので、二人の仲が進展したということは無さそうだった。それでも雪路と灯衣は複雑そうな表情で二人の一挙手一投足を目で追うのだった。


パーティーが始まった。面子《メンツ》はいつもと代わり映えしないが、いつも以上に感情豊かな灯衣を中心に、皆が思い思いに盛り上がりを見せた。

カードゲームに負けて悔しがる灯衣を宥めすかす陽子。そこに雪路が茶々を入れて女性陣《じん》を怒らせ、二対一で様々な勝負が展開された。外から眺めていた旅人は我関せずとばかりに穏やかに微笑んでいたが、偶《たま》に雪路の巻き添えを食って罰《ばつ》ゲームを受ける羽目《はめ》になり、女性陣を喜ばせた。チーム替えの結果、旅人と陽子がペアとなり、雪路と灯衣はそれまでの仲違《なかたが》いが嘘のように一致団結して旅人・陽子ペアを追い詰める。最後は旅人が飄々《ひょうひょう》と雪路たちを出し抜いて決着を付け、陽子と勝利を称《たた》え合《あ》う。その姿がまたしても灯衣の怒《いか》りを買うのであった。

歓声と口論と笑い声が木霊《こだま》して、楽しい時間が過ぎていく。

そこは本当に温かくて夢のような空間だった。窓ガラス一枚隔てた向こう側が、こんなにも違った世界に繋がっていたなんて。

内側に居ても実感はなく、やはり自分には程遠い場所なのだと亀吉は思う。

カードゲームに誘われても断り、一緒のテーブルに着いて食事をすることも辞退した。少し離れた場所から時間を共有するだけで満足だ。

馬鹿《ばか》でノロマで短気な自分はいつも問題を起こしていた。トラブルメーカーであることを自覚して極力人と関わらないようにと自戒《じかい》したのだ。居て迷惑な奴《やつ》も、そうすれば、居ても居なくても変わらないくらいには成長できる。人に直接危害を加えるよりは遥《はる》かにマシで、無駄飯喰《ぐ》らいと罵《のの》しられようとも甘んじて受け入れられた。

――いっつもヘラヘラ笑いやがって。気色《きしょく》悪い奴だ。

馬鹿なりに馬鹿な振りをしていれば周囲は呆れてくれる。言っても無駄だと諦めてもくれる。寂しくはあるがこれほど楽な生き方もない。笑っていさえすれば物事が上《う》手《ま》く行くというのはどうやら本当であるらしい。

そんな亀吉の生き方に罅《ひび》を入れたのが灯衣だった。

「このバカ！　目を離すなって何度も言っただろう⁉　テイちゃんにもしものことがあったらどうすんだ⁉　早く探し出せ！」

昔、灯衣が家出をするのはいつものことだった。近づいて泣かれるくらいなら、と食事を買い与える以外はほとんど放任していた。

「あの子にこれ以上寂しい思いをさせるんじゃねえ。そのためにおまえが居ンだろ」

雪路に指摘されて、初めて灯衣の境遇《きょうぐう》を顧《かえり》みた。

小さな女の子が、親もなく、たった一人で知らない人たちに囲まれて暮らしているのだ、それをどうして異様だと思わなかったのか。

人を避けるということは考えることとさえ放棄《ほうき》するようだ。どんな人間にも複雑な人生があるのだと知っているくせに、自分だけが憐れだと嘆いていた。

母親を探す灯衣の姿に得も言われぬ感動を覚える。こんなにも小さいのに、図体《ずうたい》ばかりでかい亀吉よりもずっと心は強かった。

この子のためにありたいと、そのとき思ったのだ。

「えー？　カメと二人きりなの？　嫌よ。わたし、カメのこと嫌いだもの」

灯衣は悪態を吐くことで気丈《きじょう》に振る舞おうとしていた。それがわかるから、亀吉は特に怒ることなく灯衣のワガママに付き合ってあげた。灯衣が好き勝手ワガママを言える相手が亀吉以外にいないことも知っていたから。

「……」

盛り上がるリビングを眺めた。

旅人、雪路、それに陽子に素顔を晒《さら》す灯衣にはもうあの頃の面影《おもかげ》はない。他人と一緒のクリスマスなのに、あの子は心から笑っている。それだけで亀吉は満足だった。

場の空気に水を差すのも忍《しの》びなく、こっそりとリビングを後にする。

「って、おいおい、ちょっと待て！　主役が勝手にいなくなるな！」

いつの間にか接近していた雪路に後ろ襟《えり》を掴まれた。リビングに無理やり引き戻される。突然《とつぜん》のことに目を白黒させていると、他の三人も亀吉を追ってやって来た。

「カメさん、もしかしてこの後予定があるの？　だったら引き止めちゃったかな」

「あ、……へへへへぇ。何でもないっすから」

笑って誤魔化す。横に立つ雪路が見透かしたように大仰《おおぎょう》に溜め息を吐いた。

「何でもいいけどよ、一言くらい声掛けてくれ。こっちにも段取りがあんだから」

こっちに来いとテーブルまで引っ張られる。そこにはクリスマス用のホールケーキと、まだ箱から出されていないホールケーキが用意されていた。

亀吉以外の全員が顔を見合わせて、頷き合った。

雪路は椅子に置きっぱなしにしていた鞄から大きなビニールの包みを取り出した。リボンが付いたそれを亀吉に押し付ける。

「誕生日プレゼントだ。もうちょっと凝った演出考えてたのに、おまえ全然テーブルに寄り付かねえしよー、段取り狂《くる》って参ったぜ」

「サプライズを用意していたんですよ。亀吉さんに内緒でお祝いしようと思って。それにしても、クリスマスが誕生日だなんて素敵《すてき》ですね」

旅人が箱からホールケーキを引き出す。板チョコに『Happy Birth Day』の文字が綴《つづ》られていた。

真横からスッと小包が差し出された。

「これ、旅人さんと選んだ物なんですけれど。気に入ってもらえるかしら」

雪路の包みからは値の張りそうな革ジャンが出てきた。旅人と陽子が選んだ物はサングラスだった。二つを言われるがままに装着する。「……似合い過ぎてて恐えな」

と雪路と陽子は若干顔を引きつらせた。

呆然《ぼうぜん》となる。今どんな状況《じょうきょう》なのか亀吉には判断が付かない。

袖を引っ張られた。足許には灯衣が居て、後ろ手に何かを隠し持っていた。

「テイちゃん？」

「……カメが好きだって言ってたから」

はい、とふて腐れるようにして突き出されたのは、金色の星にリボンを付けた手作りのネックレスだった。ツリーに飾ったトップスターが外れていることに気づく。

「テイは亀吉さんがお好きな物をリサーチしていて、さっき僕にこっそり教えてくれたんです。僕がトップスターを抜き取って、テイがネックレスにしたんですよ」

この瞬間のためだけに灯衣は一日を費やした。亀吉と二人きりだったからリサーチにはさらに緊張したことだろう。

灯衣がじっと見上げてくる。屈め、と言われているみたいなのでそうすると、不意に首元にネックレスを掛けられた。

灯衣は照れ隠しに怒ったような顔をして、言った。

「お誕生日おめでとう。……いつも一緒に居てくれてありがとう」

「――――っ」

全身を揺さぶられた。息を呑み、不意に湧き上がった感情に亀吉自身が戸惑《とまど》った。

知らず涙《なみだ》が溢れていた。

「え⁉　え？　カメ？　どっか痛いの⁉　ねえってば⁉」

嗚咽《おえつ》するだけで言葉が出てこない。慌てる灯衣に心配掛けさせまいと笑うことしかできなかった。泣き笑い。傍目《はため》には不気味に見えたかもしれないが、「笑ってる場合じゃないでしょ！」怒鳴られる。灯衣にはやせ我慢《がまん》に見えたようだ。

無縁《むえん》なことと思っていた。

クリスマスも誕生日も、家族のいない自分には外側から眺めるしかないものだった。居ても居なくてもどうでもいい奴が内側に居られるだけでも有り難く、それ以上を望むのは身に過ぎたワガママである。せめて迷惑にならぬようにと縮こまっていたつもりでいたのに。

いいのだろうか。

ここに居ても。

「良かったな、亀吉」

ポンと背中を叩《たた》かれた。労るような沈黙に包まれる。誰も出て行けとは言わない。馬鹿にもしない。それだけで答えだった。馬鹿は馬鹿なりに気持ちくらいは汲《く》めるのだ、切望していた温もりなら首から下がって揺れている。

「ありがとうっす。ありがとうっす……ッ！」

久しく忘れていた嬉しい気持ち。ありがとうと口にするたびに、弾みで涙が零《こぼ》れ落ちた。それがなんだか可笑《おか》しくて、馬鹿みたいに泣き笑った。

「もう。子供みたい。――どういたしまして」

困り果てた灯衣はそう言って、スキンヘッドを優しく撫でた。


余興のつもりなのか、手摑《てづか》みでホールケーキを食い尽くす亀吉を皆で囃し立てる。ここまでテンションを上げた亀吉は初めてだった。雪路はいつまでも卑屈《ひくつ》な亀吉を憂《ゆう》慮《りょ》していたが、ようやく少しだけ安心できた。

「それにしても、カメさんがまだ三十歳にもなっていなかったのには吃驚《びっくり》したわ」

「おお、それな。俺も初めて知った。予想よりも十歳は若かった」

「私も。三十台の後半は行ってるとばかり思っていたから」

こそこそと失礼なことを囁き合う雪路と陽子。向かいの席では旅人が灯衣を膝《ひざ》の上に乗せて一緒にケーキを食べていた。

「カメ、嬉しそう」

「テイのプレゼントが一番喜ばれていたね。亀吉さんのことはテイが一番わかっていたようだ」

「そんなんじゃないわ！　別にカメのことなんてどうでもいいもん！」

照れて悪態を吐く灯衣が微笑ましい。

今日一日頑張ったご褒美《ほうび》として、旅人は茂木のところから受け取ったクリスマスプレゼントを灯衣に渡した。

「開けてごらん」

「どれ？」

無地の紙袋を開くと、中にはさらに五つの小さな包みが入っていた。

「これ。『ＴＥＩ』って書かれてある包み。これがテイのだよ」

星型のシルバープレートである。大きさは直径五センチ程度でプレート中央部分には『ＴＥＩ』と彫《ほ》られてある。天辺部には装飾された輪っかが溶接《ようせつ》されており、紐《ひも》やチェーンを通すことで装飾品となった。タグペンダントだ。

「首に掛けてもいいし、ストラップにしてもいい。世界で一つだけ、テイだけのプレートだよ。そしてこれはユキジので、こっちが陽子さんの」

「おう」

「私にもあるんですか⁉」

「亀吉さんにも。どうぞ」

「う、うっす！」

それぞれに手渡す。旅人も自分の分の包みも開いて見せた。

「最後の一つは僕の。みんなのも名前が彫ってある。茂木さんがデザインしてくれたものだからここにある分しかない。同じ物はここにある五つだけ」

灯衣によく見えるように旅人のプレートを掲げる。陽子も、雪路も、亀吉も同じようにして見せた。灯衣は自分のプレートを改めて見下ろした。

「わたしたちしか持っていないの？」

「そうだよ」

灯衣を抱きしめる。腕にすっぽりと収まる小さな体に愛《いと》おしさを覚えた。何かを感じ取ったのか、灯衣は身体を強張《こわば》らせたまま顔を上げた。旅人の顔をじっと見つめている。

優しく、囁くように言い聞かせる。

「ねえ、テイ。僕たちは縁があって出会い、今こうして一緒に生活している。不思議だよね、少し前まではまったくの他人同士だったのに、いつの間にか君は僕をパパと呼ぶようになった。パパと呼ばれるたびに僕は嬉しくて誇《ほこ》らしい気持ちになれるんだ」

心を預けるということは言葉にも表れる。愛称《あいしょう》は呼ぶ方も呼ばれる方も嬉しくて、くすぐったくて、特別なものでもあるのだ。

灯衣からの歩み寄りにどれだけ心を癒《いや》されたかわからない。

「でも、僕は本当の父親じゃない。そうなれたらいいなって何度も思ったよ。だけど、これぱかりは変えられない。現実は覆《くつがえ》らない。テイにはちゃんとお母さんがいるのだし、僕も子供を作ったことがないから父親というものの本質を本当に理解することができないんだ。やっぱり、本当の両親に勝《まさ》るものはないと思う。家族は自然な形でいるべきだと、僕はそう思う」

「……」

雪路は歪《ゆが》んだ家庭を思い返し、亀吉は親に捨てられた過去を思い出す。旅人の壮絶《そうぜつ》な半生を知る陽子も思わずにはいられない。

ただ平穏《へいおん》な家族であるだけでこれ以上の幸せはなかった。

灯衣が旅人の服をギュッと握る。心細さを慰《なぐさ》めるように旅人は灯衣の髪をゆっくりと撫で付けた。慣れた手付きはそれだけでともに過ごした時間の長さを証明する。

「ねえ、テイ？」

きちんと伝わるように。

言葉を紡《つむ》ぐ。

「僕たちは本当の家族じゃないけれど、寄り添う限りその絆は本物だと思っているんだ。前にも言ったよね？　同じ屋根の下で暮らして、同じご飯を食べていればそれだけで家族になれるんだって。……でも、やっぱり本当じゃない。それはただの集合体だ。家族のようなものを演じているだけなのかもしれない」

見せ掛けだけだ。けれど、足りないのならば補えばいいだけの話。

「だからね」

不確かさが恐いのなら、目に見える形で僕らは絆を確かめ合おう。

「このプレートを僕たちの繋がりにしようと思うんだ。何があっても僕たちは離れない、それを約束するための証《あかし》。――家族の証だ。ここにいる人たちはたとえどんなことになってもテイを一人きりになんて絶対にしない」

「本当？」

「本当だよ」

見渡すと、全員が灯衣に頷いた。

先が見えない不安にいつも脅《おびや》かされてきた。関係や環境が変わったとき、誰もが灯衣を置き去りにするのではないかと恐がった。自分は子供で、何も知らなくて、何かを変える力も無い。家出をしたあの日、母親すら見つけ出せなかった後悔は常に心に付《つ》き纏《まと》っている。それは人見知りな性格にも影響していた。灯衣は不確かなものを信用できない子供になったのだ。

反対に、目に見える物ならば彼女を安心させられる。

タグペンダントは灯衣に一番必要な物だった。

旅人の胸に顔を埋め、体全体で甘えだす。和《なご》やかな空気が漂《ただよ》い、皆穏やかな顔をして灯衣を見守った。

約束したからね、という呟きは誰の耳にもきちんと届いた。

＊

灯衣が眠ってしまったのをきっかけにパーティーは幕を閉じた。

雪路が灯衣を寝室へと運び、その枕元《まくらもと》にクリスマスプレゼントを置いた。中身が人形なのは、もう少し子供らしくあってほしいという願望も含んでいる。不意に麗羅の幼少期を思い出し、構ってあげられなかったことを深く反省した。

リビングに戻ると、亀吉が一人で後片付けをしていた。

「タビさんなら先生を送りに行ったっすよ」

「ああ。もう遅いしな。陽子さん、後片付けするって言って聞かなかったからアニキを使って無理やり帰らせた。おまえもういいぞ？　片付けは明日でいい」

「タビさんが帰ってくるまで自分居るっす。テイちゃん、一人にしたくないんで」

えへへぇ、と笑った。相変わらず不気味だ。しかし、今では眩しくもある。

「じゃあお先に帰らせてもらうわ」

「お疲れっした」

雑居ビルを出る。歓楽街《かんらくがい》は夜が深まるにつれてますます活気づいている。通りを行く酔っぱらいを眺めながらしばし佇み、寒気に頭を冷やした。なぜか浮ついている自分に気がついたからだ。

あの家に――雪路邸に早く帰りたいと思うだなんて。少し前だったら考えられないことである。居心地が悪かったのは家族が居たからに他ならない。高校時代などは、父親はもちろんのこと反りの合わない義母とも顔を合わせたくなくて家出を繰り返していたほどだ。それなのに、今はさほど抵抗を感じていない。

きっかけはあった。先月、大富豪《だいふごう》の羽能聡仁《はのうそうじん》からの依頼で、行方不明となった息子の羽能章仁《あきひと》を捜索《そうさく》したときのことだ。雪路と境遇の近かった章仁は父親に反抗して失踪《しっそう》を企《くわだ》てたのだが、結果遺体となって発見された。雪路の兄・勝彦の自殺は雪路と章仁の双方《そうほう》にトラウマを与えたのに、実弟は最後の一線を踏《ふ》み止《とど》まり、章仁だけが兄の後を追ってしまった。そこにどんな決定的な差異があったのか、考えずにはいられなかった。

そうして見えた答えが腹違いの妹の麗羅であり、一味珠理の存在だった。最後に繋ぎとめてくれたものが、これまで煩《わずら》わしいと思っていた身近な人たちだったというのは皮肉としか言いようがない。結局、生きるも死ぬもその原動力は家族や恋人に掛かってくるようだ。

そう思い至ってしまうともう麗羅と珠理をないがしろにできなくなった。失うことが恐怖となった。あの二人がいなければ雪路邸は本当に空っぽになってしまう。

帰る家が無くなるなんて想像だにできない。

それは先刻、よすがを得た灯衣と同じ心境なのだろう。人との繋がりほど脆《もろ》いものはなく、だから人は何がしかの絆を作りたがるのだ。雪路という姓を嫌って生きてきたが、麗羅と珠理のおかげでそれも少しずつ緩和《かんわ》されてきた。もし今雪路の名を捨ててしまえば二人との繋がりが完全に無くなってしまうような気がする。

あの家に帰れば二人がいる。それが不思議と救いになった。

「……そういや、プレゼント用意してあるって言っちまったっけ」

知ってしまったからにはあの二人も期待しているに違いない。鞄の中にはリボンの付いた箱が二つ収まっている。取り出して眺めていると、少しだけ後悔した。

救いになっていることを認めることと、それを表明することは別問題だ。雪路が心中で思っていれば済むことを態度で表すのは行き過ぎである。

――珠理の奴、変に誤解しなけりゃいいが。

下手に刺激《しげき》して関係が崩れることだけは避けたかった。珠理に不満があるのではなく、あくまで雪路の側に準備が無いだけの話だが。

途端に家路に着くのを躊躇い始めたそのとき、向かい側の道端の陰《かげ》に意識を奪われた。太った男がいた。タバコを吸い、腕時計を気にしつつ、雑居ビルを見上げている。待ち合わせでもしているのだろうか。事務所の下の階にはキャバクラがあり、そこの女を出待ちしている可能性は、なくはない。営業が終わるにはまだまだ早い時間帯であるため極めて低い可能性であるけども。

雪路の視線に気づいたのか、男は一瞬だけこちらを見、ゆっくりとその場を離れていく。歓楽街を真っ直ぐ抜けていくその背中を眺めながら、雪路は苦笑した。

――もしかしてウチの事務所を見張ってたとかな。

近頃勉強付けで肩が凝っていたのだ、そういった刺激は想像しただけで胸が躍《おど》る。

若干気が紛れたことを弾みにして、雪路はようやく帰路へと着いた。

＊

山川家までの道を無言で歩いた。

告白しようと決めてから、そのタイミングを図ろうとして、陽子は黙り込んでしまっていた。夜道に鳴る二人分の足音がやけに耳に響いた。

心臓は高鳴る一方。寒さからではなく震えがくる。

隣を歩く旅人は手を握って来なかった。デートは終わったからだ。それとも、陽子の決意に気づいていてわざと距離を開けたのだろうか。思わせぶりな態度が陽子に期待を持たせてしまうと思い、自重したということはないか。

嫌な予測ばかり考える。単純に、深刻そうな陽子をそっとしておいてくれているだけなのかもしれないのに。その場合、旅人だったら「どうかしましたか？」くらいは訊いてきそうだ。それが無いということは、やっぱり、旅人は陽子の気持ちに気づいて引いているということにならないか。

「――っ」

ダメ。勝手に想像して泣きそう。ネガティブよ止まれ！

勇気を得ようとバッグの中に手を入れて、クッキーが入った紙袋を軽く突付《つっ》いた。もうすぐ出番だぞ、というふうに。事務所で渡さなかったのは、これを告白のきっかけに使おうと決めていたからである。

――大丈夫。自分に言い聞かせる。たとえ旅人が首を縦に振らなかったとしても、意地でも食い下がるつもりでいた。

旅人が誰とも付き合おうとしないのは、目に抱えた爆弾《ばくだん》を憂慮しているからだ。誰にも負担を掛けたくないと思う気持ちはよくわかる、けれど、それでも好きになってしまった陽子の想いまで見くびってほしくない。

負担を掛けられたって構わない。好きな人の苦労なら一緒に背負いたい。旅人にはそういった本音を正面からぶつけるくらいじゃないとダメなんだ。

大事なことは言葉にしないと伝わらない。

クリスマスにデートまでしたんだから嫌われているということはまずないはずだ。うん。自信を持って、堂々と立ち向かって行こう。

さあ。

「あの、――旅人さん！」

人気《ひとけ》の無い住宅街の一角で立ち止まる。山川家はもう角を曲がればすぐという場所まで来た。旅人の付き添いはここまでで十分果たせている。

ここが絶好の、最後のタイミングだった。

「これ！　クリスマスプレゼントです！」

クッキーの入った紙袋を差し出す。旅人は面食らったように目をしばたたかせて、すぐに笑顔で受け取ってくれた。

「ありがとうございます」

この流れに乗れ。行くなら今だ。拳《こぶし》を握って顔を上げた。

「あの、私――」

「陽子さんに大切なお話があります」

身を乗り出す陽子の出鼻を挫くように、旅人が言葉を被せてきた。勢いにストップが掛かり、思わず腰が抜けそうになった。たたらを踏むようにしてなんとか持《も》ち堪《こた》えると、そのそっかしさがツボに来たのか旅人は笑った。

「も、もう」

「すみません。なんだか今の動きが妙《みょう》に可愛くって」

うー、と恨《うら》めしげに旅人を見る。どうしてこういう場面で失敗するのか、私は。けれど、程よく緊張は解《ほぐ》れた。肩の力も抜けて余裕が生まれた。次は失敗しない。

旅人はひとしきり笑った後、目尻《めじり》に溜まった涙を拭《ふ》くと、優しい眼差しを陽子に向けた。

「貴女《あなた》が好きです」

それは、穏やかな風のように囁いた。

耳に心地よく浸透《しんとう》し、理解したとき陽子は呼吸を止めていた。旅人はもう一度、言い聞かせるように口にした。

「僕は陽子さんが好きです。誰よりも貴女が好きなんです」

「……」

じんわりと胸の奥が熱くなる。相変わらず哀しげな色を湛《たた》える瞳には陽子だけが映し出されていた。冗談《じょうだん》なんかじゃない。旅人の真剣さは直に心に響いてきた。

「あ、……ああ」

心の水面に波紋《はもん》が広がったみたいに、嬉しい気持ちが全身を駆け抜けた。

――嬉しい。嬉しい！　嬉しい！　嬉しい！

両思いかもとわずかながらも期待していた。旅人の方から言ってくれたことにも感動し、その優しさに改めてときめかずにはいられない。この人を好きになって良かったと心から思う。世界で一番の幸せを手に入れたみたいだ。

陽子は旅人をじっと見つめた。伝えたい言葉なら陽子にだって残されている。

「……」

不意に込み上げてきた涙を押し留《とど》める。喉元《のどもと》は震えて上手く声にならない。

幸せなはずなのに、どうしてだろう。

陽子は泣きたくて堪らない。

「だから」

貴女とは恋人にはなれません、と旅人が口にしたとき、ああやっぱり、とその結末をすんなりと受け入れてしまった。

「だから、陽子さんとは恋人にはなれません」

旅人は終始、優しくて、けれど哀しげな眼差しを陽子に向けていた。愛を告白するにはあまりにも鬱屈《うっくつ》とした表情に、陽子は早いうちからこうなることを悟っていた。

旅人は陽子の気持ちを知っていて、告白を決意していることにも気づいていた。

先に言われてしまったら、もう何も言えなくなる。

なんて、ずるい。

「理由は、……薄々と感づいていたと思います。僕の目はもうじき限界を迎えます。

きっとあと半年と待たずしてこの目は見えなくなるでしょう」

「……そんな」

嘘だと思った。だって、そんな素振り一度だって見せたこと…………、あ。

不自然にも掛け始めた眼鏡。

時折、焦点《しょうてん》を見失ったかのように途切《とぎ》れる視線。

信号ならば何度も出ていた。

「日に日に視力が低下しているんです。眼鏡を替えても追いつかない。今日だって作ったばかりのコンタクトレンズをしていたのに、デートの最中にはもうぼやけてしまった。探し物をしているときが一番消耗《しょうもう》が激しいみたいで。探偵業をしていたら間違いなく半年後には失明しているでしょうね」

すでに爆弾に火は点《つ》いていた。そしてそれを遅らせるつもりが旅人にはない。

「ドクターには」

「言えません。言えば、病院に監禁《かんきん》されてしまう。残された時間はわずかしかありません。なら、そのわずかな時間を精一杯生きてみたいんです」

晴れやかな顔つきから、自暴自棄《じぼうじき》からではなく、本心から言っているとわかる。

「僕は陽子さんが好きです」

もう一度言った。

「ずっと前から好きでした」

何度も言った。

「大好きです」

言うほどにお互いの心が傷ついた。

「だから、貴女には幸せでいてほしい」

ボロボロ、ボロボロと、大粒《おおつぶ》の涙が頰を伝っていく。残酷《ざんこく》なまでの優しさが愛の形を変貌《へんぼう》させてしまった。陽子にはもう何も言うことができない。

「さようなら、良いお年を。――陽子先生」

別れの挨拶を告げたとき、この恋が報われないことを陽子は思い知った。

＊　＊　＊

家の玄関先で、陽子は声を押し殺して泣いた。しばらく中に入れそうにない。

今日はクリスマス。どの家庭でもケーキを囲み、サンタを信じて、幸せを祈《いの》る日だ。家屋に灯る明かりの数だけ幸せが存在するのだと、どこかで聞いたことがあった。それを信じられた、ううん、少なくとも信じたいと思ったのは、多分、自分が幸せの内側に居たからだと思う。誰もが幸せであってほしいと願ったのも単なる偽善《ぎぜん》で、それだけの余裕があったからに過ぎない。

でも、今は違う。

自分以外はすべて幸せに包まれていると感じる。

温かな家の灯りは幸せの表徴で、その中に居たいと願う気持ちをようやく理解できた。旅人と眺めたあの光の道が思い出される。あのとき旅人はどんな想いで見つめていたのか。少しだけ旅人の心情に触れられた気がして、また泣いた。

もう何もかもが遅い。

今日という日が終わっていく。灯衣は夢の中でサンタを待ち望み、亀吉は家族を得られた感慨に一人耽《ふけ》った。いそいそと実家に帰る雪路の手には二つのプレゼントが握られている。

誰の上にも訪れた決定的な変化が、少しずつこの日常を終わらせていく。

陽子は膝を抱えながら、ふと夜空を見上げた。空には雲が掛かり星明かりは一つも見えなかった。思わずにはいられない。暗い夜道を帰る旅人は、今、どんな顔をしているのだろうかと。

彼もまた泣いているのだろうか。

それとも。

（了）

組織の礎

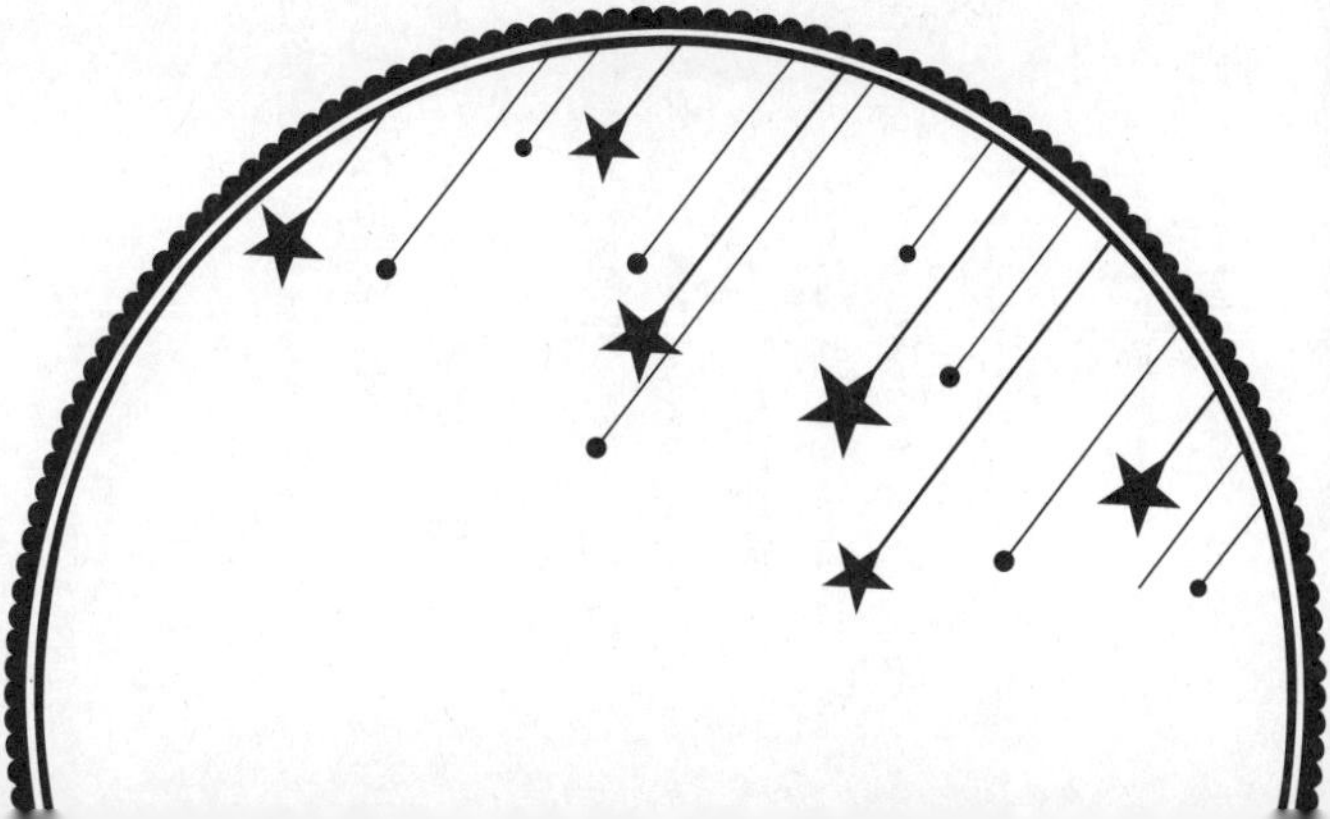

『天空の爪《つめ》』は国際的テロ組織として知られる過激派思想集団であるが、当初は学生のみで構成された、共産主義に傾倒《けいとう》しただけの、至って健全な政治研究会であった。憂国《ゆうこく》を謳《うた》い、平等を愛し、格差社会を憎んで論議に明け暮れた、そんな純粋《じゅんすい》な精神の発露の場でしかなかったのだ。

しかし、個々の寄り合いも同じイデオロギーが集結すればそこには巨大な意志が誕生した。より良い社会を築くためには思想を効率よく広める必要があり、その手段を間違えて犯罪集団に成り果てたのが現在の『天空の爪』である。だが、彼らに間違えたという認識はない。彼らを受け入れない社会こそが間違っていると糾弾《きゅうだん》し、テロ行為は加速する。社会悪を排斥《はいせき》し浄化された完全世界——命を賭《と》してまで見たかったのはそんな理想郷だ。初期メンバーの強固な結束と、爆弾のスペシャリスト・朝倉権兵衛《あさくらごんべえ》の『作品』がある限り、組織は夢を見続けられた。

純粋なのだ。故に、組織の瓦解は構成員のアイデンティティの崩壊《ほうかい》に直結した。

数ヶ月前、海上商業施設アリーナパークを狙《ねら》ったテロ計画が失敗に終わった。その際、初期メンバーを含む幹部数名が逮捕《たいほ》され、あろうことか朝倉権兵衛の身柄《みがら》まで拘《こう》束《そく》されてしまったのだ。支柱となっていた二つを欠いたことで組織内部は分裂《ぶんれつ》し、『天空の爪』は今や瓦解の危機に直面していた。

「同志諸君に告ぐ。――君たちの目に完全世界の夢は見えるか」

尻窄《しりすぼ》まりに任せて組織を脱退《だったい》していく構成員が後を絶たない中、反対に奮起する者も少なからずいた。呼び掛けに応じた少数精鋭《せいえい》は『再生』を旗印にしてとある計画を企てた。決行日までの間は裏切りを警戒して素顔を晒さず、コードネームで互いを呼び合い、会話はすべてメールで済ませた。召集《しょうしゅう》、立案から決行に至るまでに半年以上もの期間を設けたのも慎重に慎重を重ねた結果であり、その分彼らの裡《うち》には並々ならぬ覚悟《かくご》と使命感が蓄積《ちくせき》された。

組織に準じよ――。逃げ出す臆病者《おくびようもの》は要らない、志に従い殉《じゅん》じてこそ本物の革命者足り得るのだ。それでこそ『天空の爪』の構成員足り得るのだ。純粋な精神は孤高《ここう》を呼び込む。誰に理解されずとも、胸に灯した誇りがすでに誉《ほま》れとなった。後はただ実行に移すのみ。

たとえ計画が失敗に終わろうと悔《く》いはない。

我々は『天空の爪』――革命の戦士である。

ここに集い、同志の一人としてこの計画に参加できたことに感謝を。

犯行予告を警察庁に送りつけ、すべての準備は整った。

「いざ行こう！　我らは同志を見捨てはしない！」

一月一日。元旦《がんたん》。幹部と朝倉権兵衛を奪還《だっかん》するためのテロ計画が開始された。

＊　　＊　　＊

デパートが立ち並ぶ街の中心部は、正月商戦に巻き込まれた初詣《はつもうで》客で賑《にぎ》わい、振袖《ふりそで》や小紋《こもん》の鮮《あざ》やかな色彩《しきさい》が歩道に踊る。その中を、パンツスーツ姿の女性が颯爽《さっそう》と、見ようによっては不機嫌そうに歩いて行く。彼女——増子《ますこ》すみれ警部補は着飾って歩調が緩やかな女性とぶつかりそうになるたびに舌打ちし、人込みを煩わしげに避けた。

苛立つのも筋違いだが、ここにいる暢気《のんき》な顔した通行人たちは、すぐ目の前のデパート内でテロリストが人質を取って立て籠もっていることを知らない。老舗《しにせ》百貨店『清角《きよかど》』グループは毎年豪華《ごうか》な福袋《ふくぶくろ》を目玉に正月商戦を乗り切ってきた。ここにいる通行人の中にもその福袋を目当てにやって来た人も多いだろう。開店前から行列を作って待っていた客もあったと聞く。事件が発生し、従業員が誰も中に入れないと気づいてからはすぐさま解散させたようだが。幸い、事件はまだ明るみになっていない。

現場の周辺をぐるりと見て回ってみたのだが、あまりの人の多さに辟易《へきえき》とし、大した収穫《しゅうかく》も無かったことがさらに苛立ちを助長した。しかし、捜査《そうさ》の基本は足にあるという信条を覆すことができず、この煩わしさも仕事のうちだと割り切った。些細《ささい》な積み重ねが事件解決の近道だ、面倒なことほど部下のみには任せておけない。

指揮車に戻ると、同じく刑事部捜査一課の同僚がすかさず現状を報告した。その無駄の無さは長年に亘《わた》る教育の賜物《たまもの》である。

「監視カメラの端末《たんまつ》と接続できました」

六台のモニタに映像が流されていた。通信技官の脇から覗き込む。

「映されている場所は？」

「立て籠もりに使っている2Fフロアの家具展示スペースを取り囲むようにして、四つ。あと各階通路や出入り口をランダムにスイッチしています。人質の数は十人、テロリストの数は五人。犯人が申告してきた人数と確認できた人数は一致します」

「人質の数は正確なの？」

「デパート社員の間で点呼を取りました。間違いありません。人質になっているのは本社役員やフロアチーフ、販売員といった清角の社員です。今朝《けさ》未明から拘束されていたものと思われます」

生きている端末がお誂《あつら》え向きの映像を流してくれている。犯人は警察に見せるためにあえて監視カメラの電源を落とさなかったのだろう。正々堂々と、真っ正直に戦いを挑んできている。

「犯人の要求はテロリスト集団『天空の爪』の幹部と爆弾魔《ま》・朝倉権兵衛の釈放《しゃくほう》です。金銭の要求はありません。具体的な指示はまだありませんが、時間経過ごとに人質を射殺する旨《むね》の発表はありました。こちらに記録があります」

もちろん増子も確認済みである。再度報告させるのは情報漏《も》れを防ぐためだ。

「……爆弾の有無は？」

『天空の爪』のお家芸は爆弾による爆破《ばくは》テロである。日本では未遂《みすい》のものが二件しかないが、海外では余所の組織に爆弾を提供している。テロを起こしたいのならまず間違いなく爆弾を用いるはず。

「調査中です。随分と前から計画的に押し進めてきたのだとしたら、すでにビル内部には爆薬《ばくやく》が仕掛けられていることも考えられます。やはり朝倉印でしょうか？」

朝倉印——朝倉権兵衛が作った爆弾には必ず捺《お》されるという品質保証のマークのことである。彼が手掛けた爆弾は便宜《べんぎ》的にそう呼ばれていた。

「だろうな。組織の底力を見せつけたいはずだからな。この街でテロを起こしたのもアリーナパークでの一件があったからだ。意趣返しというわけだ」

そのせいでより複雑な事態に陥《おちい》っていた。人質を取っての立て籠もり事件の解決は、如何《いか》に犯人を刺激せずに交渉を進めるか、その駆け引きにあるのだが、もし時限式の爆弾が仕掛けられていればタイムリミットまで設定されていることになる。あらゆる可能性を考慮《こうりょ》すると事件解決はより困難になった。

「怪《あや》しいのは一階フロアか。ビルを倒壊《とうかい》させて通行人にも危害を加えるつもりだ」

「そんなことをしたら犯人たちも死にますよ」

同僚のもっともな指摘は、モニタを見つめる増子に苦笑をもたらした。

「見ろ。犯人は覆面《ふくめん》すら被っていないんだ、保身を考えちゃいない。初めから特攻《とっこう》覚悟だよ。人質は、この街の歩行者も含まれている。考えたものだ」

犯行予告の中に規制線を張るなという指示があった。このデパート内で立て籠もり事件が発生していることを一般人に悟らせるなという趣旨《しゅし》だ。それにより、警察は行動を制限されていた。一般人の目を気にしていては機動隊や突入班を要所に配置することさえままならない。少数精鋭で挑むしかないのだ。

「こいつがリーダーか？」

拳銃《けんじゅう》を構えた短髪の男を指差す。顔つきから判別するに二十代前半といったところか。同僚は頷き、『天空の爪』の構成員であることも認めた。

「コードネームは『サン』。まんま『太陽』の意味です。天空と掛けているのでしょう。ちょっと痛いですが」

「若いな。見た目も感性も。素性《すじょう》は割れたのか？」

「それがまだ。公安が特定に急いでいます。——あの、機動隊の隊長と公安課長、それに副署長がそれぞれ増子さんと築地《つきじ》警部を呼んでいますが、どうします？」

耳に着けたインカムを押さえて、同僚は顔をしかめた。他部隊との連携《れんけい》は取らざるを得ないが、副署長の用件は大方愚痴と説教なのでかかずらうだけ時間の無駄である。

しかし、そうとわかっていてもこの現場では増子に指揮権限が無いので、「警部に訊け」直属の上司である築地警部に丸投げした。同僚はチャンネルを変えて反対側のデパート西口付近で待機する築地に応答を呼び掛ける。

増子はモニタを見たまま固まった。

「——待て。まだ連絡はするな！　なんだ、これは⁉」

危うく見逃すところだった。所定位置に付いてあまり動きがなかったテロリスト五名を、モニタに見切れるたびに順次確認していたのは、動作や癖《くせ》から特徴《とくちょう》をプロファイリングしていたからだが、同時に、この五人の繋がりを推理するためでもあった。

五人とも若い。大学生くらいに見える。一人女性が混じっているが、彼女だけ三十歳前後だろう。大学のサークル仲間か何かかもしれないと増子は大胆にも予測した。

それとは別に、監視カメラの映像が荒《あら》く暗いために個人を識別するのはなかなか難しいが、増子の目はそうと断定できる見慣れた顔も発見していた。

背が高く、外出時用のコートを着た、なぜか眼鏡を掛けた優男《やさおとこ》風の探偵。

ときどきカメラに見切れる顔は場違いな笑顔を湛えている。

思わず頭を抱えたくなった。もちろん彼が本当にテロリストだとは思っていない。

それが証拠に彼は隙を見てはカメラに見切れて手話でメッセージを送っている。

――『明けましておめでとうございます』、とかそういうことではなくて。

「……なんで貴方がそこに居るのよ？」

モニタの向こう、日暮旅人が気さくに手を振っていた。

＊

自分の向かうべき道を照らし出してくれたものこそ『天空の爪』であった――。コードネーム・サンは学生時代に迎えた人生の転機をそのように振り返る。

自分が周囲に馴染めていないことには気づいていた。その理由がまさか思想の違いだったなどと十代の頃には思いもしなかった。資本主義は、競争を容認することで格差を肯定した、弱者に厳しいルールを敷いている。そこに疑問を抱かず大した不自由も感じずに生きてきたが、心の奥底では何かが引っ掛かっていたのだ。

格差、優劣《ゆうれつ》、差別は当たり前に存在するのになぜそれを良しとするのか。なぜ人によって享受《きょうじゅ》できる幸福に差があるのか。明確な悪は視界にごまんと溢れており、はっきりと知覚したとき、サンはそれらを均《なら》す思想こそ正義だと感じた。大学に進むと左翼思想にどっぷり嵌《はま》り、入会した政治研究サークルで同志を募《つの》ると裏サークルを運営し、最後には『天空の爪』に辿り着いた。まるで最初から仕組まれていたかのように。

サンは組織との出会いをお導きだと感じた。

組織に属し、勤勉に啓蒙《けいもう》活動に従事していると、やがてその努力が認められて青年部の幹部に抜擢《ばってき》された。行く行くは中枢《ちゅうすう》入りを約束されたも同然で、舞い上がった。

その折、上層部の幹部に言われた言葉がある。

「命を惜《お》しむな。自己を惜しむな。時間を惜しむな。君の身と心が組織の礎《いしずえ》となっている。それは永遠に残る偉業である」

誇らしかった。最大限自分を認め評価してくれるこの組織にすべてを捧《ささ》げたいと願った。上層部の幹部たちに親に向ける以上の尊敬の念を抱いたきっかけでもあった。

——そうとも。崇高《すうこう》な彼らを救うためならこの命も惜しくない。むしろ自分が革命の礎になれることにこの上ない喜びすら感じていた。なんとしてもこの計画を成功へと導かなければ。

アリーナパーク事件以来、内部の混乱は日を追って増していった。組織はいつ瓦解してもおかしくなく、再び一致団結するには捕まった幹部たちと朝倉権兵衛を取り戻す必要がある。ネットで賛同者を募り、振るいに掛け、慎重に慎重を重ねて同志を選《え》りすぐった。

十二月三十一日に初めて出会った彼らは、必要以上のことは話さずにすぐさま行動を開始した。清角デパートのセキュリティに細工をして警備会社の目を盗《ぬす》み、駐在《ちゆうざい》の警備員を襲《おそ》って拘束、次いで速やかに年始バーゲンの準備で朝まで居残っている従業員をすべて人質に捕《と》らえ、準備を整えた。

『——サン、表にレインらしき人影があります』

警備室で各監視カメラをチェックしていたクラウドから無線連絡が入った。ファインを人質の見張りに付かせて、スノーと一緒にレインを迎えに行く。

レインには一人別行動を取らせてしまったが、真夜中にデパート周辺をうろつく人間はそれだけで怪しく、目立たせぬよう急いで中に招き入れる必要があった。

人違いがあってはならないのでひとまず様子を窺っていると、レインと思しき高身長の男は「こんばんは」片手を上げ、まるで事情を察しているかのような口ぶりで、

「もうすでに穏やかじゃない事態のようですね」

デパートを見上げてそう言った。上着のポケットの中では男に銃口《じゅうこう》を向けたまま、

「……あんたがレインか？」

慎重に訊《たず》ねた。人違いならば意味のわからない会話だろう。

男は力強く頷くと、握手を求めてきた。

「初めまして、で良かったかな？　僕はレイン。貴方は？」

「リーダーのサンだ。こっちがスノー。後でクラウドとファインを紹介する。ところでレイン、実際のあんたはメールでの印象とまるで違うんだな。どちらが素だい？」

レインは困ったように笑うのだった。

計画は順調に進行している。こちらの勝利条件は幹部たちの釈放ただ一つ。そこへ

と到達する道は長期的であり、焦りは禁物だった。まずはこちら側からカードを切って交渉の優位に立たねばならない。

サンは電話の子機を手にして、深呼吸を一つ、監視カメラの前に立つ。

「……それは永遠に残る偉業である」

自らを鼓舞《こぶ》し、警察へと電話を掛けた。

＊

指揮車には機動隊隊長、強行犯係長、公安刑事、捜査一課特殊犯捜査係のメンバーが詰め掛けた。

「あのノッポの男が探偵？　信用できるのかい？」

特殊犯係長である築地警部が代表して増子に質問した。『えびす様』とも呼ばれる築地の丸顔には、いつものような人懐《ひとなつ》っこい笑顔はない。鋭《するど》い視線が増子を刺《さ》す。

「個人的な付き合いですが、信用に足ると断言できます。なぜこのような状況にあるのかわかりませんが、中の様子をこうして伝えてくれています。利用すべきです」

しかし、誰もが難しい顔をしている。アリーナパーク事件での一番の功労者は彼なのだが、協力体制は増子としか結んでおらず、調書には名前すら上がっていなかった。日暮旅人の素性を知っているのは増子だけなのだ、信用できないのも無理はない。

――それにしても、『天空の爪』はつくづくあいつに縁がある。

それには同情しつつ、増子はなおも利用すべきだと主張した。

「彼もそれなりに場数を踏んでいます。ヘマや無理はしないでしょう。現状確認にだけでも使えるはずです」

「テロリストの一員でない根拠《こんきょ》は何です？」

機動隊隊長に問われた。根拠といえば、朝倉権兵衛を追い詰めたのが彼だったという事実にあるのだが、話すわけにいかない。話したところで信じてもらえるかどうかも怪しい。

「私の人を見る目を信じていただくほかありません」

「そうか。なら、信じよう。すみれちゃんはウチのエースだ。こういうときは間違わない。責任は俺が取る。どちらにせよ、向こうが交渉に応じてこなけりゃ何も始まりません。動きがあればその都度柔軟《じゅうなん》に対応致《いた》します。それでどうでしょう？」

「……そういうことでしたら」

他部署であろうと築地の人徳は通用した。方針が決まり、自動的に増子が属する捜査一課特殊犯係に指揮権が移された。指揮車に詰め掛けていた人間は前線本部としている向かいのビルの会議室やそれぞれの持ち場に戻り、待機した。

「信じて頂いてありがとうございます」

「いいさ。すみれちゃんは好きにやっちゃって」

「恐れ入ります。……副署長は何て？」

「原則に従えとさ。監察官《かんさつかん》に目を付けられたくないんだろうなあ。ナーバスになっちゃって。そこへ行くと署長は堂々としたものだ。現場の裁量に一切任せるってな」

凶悪《きょうあく》事件を上手く解決できた場合でも、捜査方法に問題があれば、それはそれで査定に響く。臨機応変に動くことを良しとしないマニュアル人間はどこにでも居るもので、増子は諦めたように溜め息を吐いた。

「さて。正念場だな。すみれちゃん、彼との意思疎通《そつう》をどう図る？」

「彼の携帯《けいたい》電話のメールアドレスなら知っています。……しかし、この状況で携帯を取り出せるものかどうか。他のテロリストに怪しまれる危険があります」

加えて、日暮旅人は電話や無線機と言った通信機器から出る声を視ることができない。電話口に立たせて直接コンタクトを取ることも適《かな》わないのだ。

「しかし、こちらが彼を認識したということだけでも知らせたい。――警部、電話交渉の際は、警部の名前ではなく私の名前を使ってください。交渉役を誘導《ゆうどう》して名前を言わせるんです。そうすればこの現場に私がいることが伝わる」

そう取り決めたとき、電話の転送が始まった。モニタを見ると短髪の男——サンが子機を手にして立っていた。指揮車に掛かってきた電話は本部でも録音されている。初めての電話交渉にすべての捜査員が固唾《かたず》を呑む。

築地は増子に目配《めくば》せし、電話を取った。

「もしもし。こちら捜査一課の増子です。そちらは『天空の爪』さんですかな？」

しばしの沈黙の後、モニタの中でサンが口を開く。

『我々は天空の爪だ。警察が無能で無ければこちらの様子が見えているはずだ。俺の後ろに十人の人質がいる。彼らの命は我々の手の内にある』

通路の床《ゆか》に座らされた清角の社員たちに四方から銃口が向けられている。特に注視されていた旅人はといえば、拳銃を構えるでもなく、両手で遊ばせているだけだった。

——撃《う》つ気が無いのは認めるがそれでは奴らに怪しまれるだろ、バカモノ。

「要求は何でしょう？」

『おい。声明文なら送りつけたはずだぞ。舐《な》めているのか？』

少しでも会話を長引かせるためにわかっていることでもあえて訊く。要点は相手から引き出させ、こちらからはなるべく情報を与えない。交渉術の基本だ。

『我々は捕まっている「天空の爪」の幹部と朝倉権兵衛の釈放を要求する。それだけだ。彼らが釈放されたと同時に人質を解放しよう。それ以外での交渉には一切応じる気はない』

「人質に危害を加えないで頂きたい」

『知るか。貴様らがあまりにもノロマなら一人や二人殺すことにもなるぞ。中に突入しようとしても無駄だ。我々には切り札がある』

「何でしょう？　切り札というのは？」

『無能め。我々は「天空の爪」だぞ？　無い頭で考えることだな』

モニタの中、サンが得意げな顔をする。プライドは高いようだ。教えを請《こ》うようにして訊いていけばあるいは口の滑《すべ》りも良くなるかもしれない。すべての捜査員が突破《とっぱ》口《こう》の一つとして数えた。

「お互い長丁場《ながちょうば》では疲れるでしょう。水や食べ物を提供したいのですがね」

『ここはデパートだぞ？　自分たちで調達できる』

「人質の分もですか？」

『……余計なことはするな。どうせ全員死ぬんだ。水も食糧《しょくりょう》も要らん』

にわかに指揮車の中に緊張が走った。今の口ぶりからして爆弾が仕掛けられている可能性が濃厚《のうこう》となった。切り札とは爆弾に違いない。

『一時間だ。それまでに幹部たちを釈放しろ。その映像をテレビに映せ。だが、我々が立て籠もっている場所がこの清角デパートだということは流すな。いいな？』

デパート周辺に人が近寄らなければビルを倒壊させたとき被害者の数が減ってしまう。サンの頭にあるのはそれだけだろう。しかし、正月商戦で注目を浴びていた清角デパートが元旦に店を閉めている現状に、ワイドショーや経済記者がすでに取材に殺《さっ》到《とう》していた。清角グループ本社が対応に追われているが、いつまでも隠し通せるものではない。

その上でテロリストの釈放の映像を流せば特定されるのは一瞬だ。各放送局は一斉《いっせい》に清角デパートを生中継《なまちゅうけい》することだろう。

要求どおりにならなかった場合、サンがどのような行動に出るか、要注意である。

「一時間か。厳しいですな。国家の一大事です。警察の力だけではどうにもならない」

『それこそ知ったことではない』

「貴方方の要求はわかりました。善処しましょう。ただし、貴方も知っているように国のトップは腰が重い。長時間掛かることが予想される。幹部たちの釈放を求めるなら、一つじっくりと構えて頂きたい」

『……とにかく、一時間だ。一時間後に連絡する』

築地は下手《したて》に出ているように見せてサンを諭《さと》していた。駄々を捏ねる子供に物事には段階があることを理解させたのだ。

優位に立っていると錯覚《さっかく》している人間はとかく冷静さを欠く。自分がどれほど理不《りふ》尽《じん》をかざしているかをわからせれば、今後無茶は言わなくなる。

「これからは私が窓口になります。もしも掛け違いや人違いがあったら手間でしょうから、必ず私を呼び出して頂きたい。私の名前、覚えておられますかな？」

『……捜査一課の増子だったな？　わかった。貴様が出ろ。必ずだ』

サンがそう口にしたとき、旅人の視線が監視カメラに向けられた。嬉しそうに笑顔を振りまいて、あろうことか手まで振っている。——だから自重しろというのだ、バカめ！

一つでも多く情報を引き出したい築地であったが、相手が精神的に未成熟とわかりあまり刺激しない方がいいと判断し、一旦会話を畳《たた》もうとした。

サンが人質に向けて拳銃を発砲《はっぽう》したのは、まさにそのときだった。

「————っ！」

モニタ越しに現場が騒然《そうぜん》となったのがわかった。人質の一人が前のめりに倒れ込む。スーツを着た男性だったので販売員ではなく清角グループ本社の人間だろう。映像が荒くてどこを撃たれたのかわかりにくい。駆け寄った旅人が撃たれた人間を看て、そっと自分の右肩を叩いた。

「撃たれたのは右肩のようです。……掠《かす》めただけみたいですね」

通信技官が冷静に報告した。旅人が商品のタオルを持ってきて肩口を縛った。出血は酷くなさそうだった。致命傷《ちめいしょう》でないことに増子たちはほうと胸を撫で下ろし、築地に目線を遣った。築地はすかさず受話器に怒鳴った。

「なぜ撃った⁉」

『はっはっは、見てたか！　本当は頭を撃ち抜くつもりだったんだけれどな。俺が本気だということがわかったはずだ。人殺しだって平気でできる。さあ、わかったら釈放の準備に取り掛かれ。人質の数が減らなければいいな』

高笑いを最後に通話が切れる。すぐさま各部署の代表が指揮車に詰め掛け、突入の準備に入るべきか、最後まで交渉に賭けるべきか、喧々囂々《けんけんごうごう》となった。

「どうして犯人は人質を撃ったんでしょうか？」

隣でモニタを見ていた同僚が増子に訊ねた。

「気分が高揚《こうよう》したんだろう。奴は子供で、これはゲームなんだ。実感を伴《ともな》わず、今の雰囲気に酔っている最中だ。最後には爆弾で自滅《じめつ》しようと考えているのだとしたら、半分は自棄《やけ》なのかもしれないな」

「ははあ。ゲーム感覚ですか。しかし、そんな奴にこれほどの大規模な事件が起こせますか？」

「組織ぐるみなんだ、レールを敷いたのは別の人間かもしれないぞ？　サンとかいうあの子供は『天空の爪』に良い様に利用されているだけなんじゃないか」

日暮旅人の関わり方も気になる。あの場にいるのは偶然《ぐうぜん》ではなく、事前に危険を察知してあえて乗り込んだのだとしたら――増子は指揮車の外を見渡した――この人込みの中に首謀者《しゅぼうしゃ》がいることも考えられた。

「デパート内の監視カメラの映像をこちらでも切り替えられるようにしました。これから監視カメラの映像に細工を施《ほどこ》します。テロリストの目を欺《あざむ》きましょう」

通信技官が警備会社と協力してダミーの映像と差し替える工作に乗り出した。まずは屋外の映像を、今日これまで録り溜めた映像の再生動画と取り替える。外の様子にさえ気づかせなければ、規制線を張り、機動隊を配置させることができる。

突入を前提とした仕掛けが着々と進んでいった。

モニタの中では、一発の発砲が思わぬ展開を生んでいた。

＊

銃声《じゅうせい》が鳴り響いた瞬間、スノーはどこか浮ついていた心を引っぱたかれた気がした。肩を撃たれた人質の呻《うめ》き声と、飛び散った血飛沫《ちしぶき》の生々しさに背筋が凍《こお》る。こちらを見て怯える人質たちに居心地が悪くなる。急に夢から覚めたみたいに今自分が置かれている状況がわからなくなった。――どうして私は拳銃なんて持っているの？

人質に応急処置を施したレインに、サンが詰め寄った。

「何をしている？　どうせ殺すんだ。余計な真似はするな」

「余計な真似をしたのは貴方の方だ、サン。少し冷静になってほしい。僕たちの目的は何だ？」

言わずもがなのことを問われ、厳しい表情で睨み返すサン。しかし、レインはどこ吹く風といった具合に涼《すず》しい顔を向けた。

「今警察を挑発《ちょうはつ》することに意味は無いよ。要求を呑ませるためにはこちらも誠意を見せないと。カードはゆっくりと時間を掛けて切るものなんだ。それにサンの言うとおり、警察は無能だ。これしきの挑発に乗って今にも突入してくるかもしれない。それだとそもそもの目的が達成されない。優先順位を考えよう。どっしり構えてくれ。君はリーダーなんだから」

落ち着き払うレインはまるで説諭《せつゆ》する教師のようだった。子ども扱いされたサンは苦々しく顔を歪めているが、自尊心を保とうと平静を気取った。

「……さすがはレインだ。メールでも思ったが、あんたはとにかく真面目《まじめ》で神経質みたいだな。今日会うまでは根暗で口うるさい奴だと想像していた。見た目の印象はまるで違ったが、やはり思ったとおり、細かい神経をしているようだ」

繊細《せんさい》さならサンの方が上ではないか、スノーは端からそう感じた。そして、嫌味を言われてもなお余裕を持って受け流すレインの器の大きさに感服する。サン同様、メールから受ける印象と異なっていたため、そのギャップには不覚にもときめいた。

印象を改める。レインは神経質なのではなく、有能故にそつがないのだ。

「一つ訊きたいのだけど、切り札って何のことだい？」

「何を今さら。決まっているだろう、朝倉印のことだ」

「そうか。いや、切り札なんて言い方をしたものだから他に何かあるのかと思ってしまったんだ。で、きっちり仕掛けられたのかな？」

サンはいい加減舌打ちした。スノーに顎《あご》をしゃくり、苛立たしげに言う。

「おい、レインに朝倉印をチェックさせろ。今回の計画を練り上げたあんたのことだ、気になって仕方ないんだろうよ」

「ええ。神経質なもので」

皮肉で返されて、ついにサンは背を向けてフロアを意味もなく歩き始めた。不穏《ふおん》な空気を感じ取った人質たちはますます身を縮こまらせ、クラウドとファインも困惑《こんわく》の表情を浮かべるのだった。

「それでは案内のほどよろしくお願いします。スノー」

スノーは、いつの間にか接近していたレインに間近から顔を覗かれて、どきりとする。これまでの人生の中でこんなに綺麗な顔をした男性は見たことがなかった。

爆弾を取り付けた支柱があるフロアに移動した。スノーは爆弾に近づいていくレインの背中をぼんやりと眺めた。

スノーは『天空の爪』の構成員ではあるが、その思想に共感していたわけではなかった。学生時代から恋愛事情には不倫《ふりん》や二股《ふたまた》といった厄介事《やっかいごと》が必ず絡《から》み付いて来て、就職した先でもその手のトラブルで人間関係を壊《こわ》した。自分が悪いのか相手の男性が悪いのか、はたまた運が悪かっただけなのか。スノーは、二十代半ばにして、恋愛を完全に諦めてしまっていた。依願《いがん》退職した後は実家に引きこもり、もっぱらネットに依存するようになる。

とにかく誰かに愚痴や不平不満をぶつけたかった。『天空の爪』を知ったのはそんなときで、社会へ変革をもたらそう、などと大きなことを言うつもりはなかったが、一矢報《いっし》いられるのならばどんなにか痛快だろうかと想像した。今回参加した動機はその程度のものだったのだ。

拳銃を握る手が小刻みに震える。自暴自棄になっていた夢から覚め、今は犯している罪の大きさにおののくばかり。

突然、大きな掌がスノーの手を包み込んだ。驚いて顔を上げると、仕掛けた爆弾のチェックをしていたはずのレインが目の前にいた。安心させるように一つ頷いて、拳銃を取り上げる。

「貴女のような人が持つべきものじゃない。無理はしなくていいんだ」

「で、でも……」

「女性が居るなんて思いもしなかった。なら、君を守ることが僕の役目だ」

レインの綺麗な瞳に吸い込まれる。諦めていた恋心が燻《くすぶ》り出すのを感じる。この人になら身を委ねてみたいと、スノーの心は陥落《かんらく》するのだった。

「きっと君を救ってあげるよ。約束する。僕にすべてを預けて付いてきてほしい」

危機的状況にあるとき、人は付け込まれやすくなるものである。また、スノーはこの手の甘言に滅法《めっぽう》弱く、男を見る目が無いばかりに何度も失敗を繰り返してきたことをいつまで経っても自覚しない。

そんなことを知ってか知らずか、スノーの肩を抱くレインの顔にはあくどい笑みが浮かんでいた。

「……」

その一部始終を、増子の同僚は冷めた目で見ていた。彼は、事件が起こらなかったら、大晦日《おおみそか》から元旦に掛けて彼女と温泉デートに出掛けていたはずだった。

音声は聞こえないが、旅人の気障《きざ》たらしい振る舞いが癪《しやく》に障《さわ》った。

「……俺、あいつ大嫌いです」

増子は応えた。

「私もだ」

＊

約束の一時間が過ぎ、再びサンから電話が掛かってきた。

『時間だ。さあ、幹部たちを釈放しろ』

築地は唸るようにして声を潜《ひそ》めた。

「それなのですが……、まだその段階には到《いた》っておりません」

モニタに映る短髪の青年が拳銃を天井に向けて発砲した。受話器から銃声が木霊し、誰もが身を強張らせた。一度人質を撃ったことが捜査員たちを敏感にさせていた。どんな威《い》嚇《かく》行為も単なる脅《おど》しではないと刷《す》り込まれてしまっている。

『ふざけるな。こちらに情報が入らないと思って舐めているのか？』

「総理官邸《かんてい》では総理を初め、閣僚《かくりよう》や専門家が集まって話し合いが行われております。それまでに一時間を費やした。あと一時間は待って頂きたい」

『総理が釈放すると一言言えば済む話だろう。手続きなど要らない。緊急時なんだ、融通《ゆうずう》くらい利かせろ』

「そういうわけにもいきません。貴方方は『天空の爪』幹部の釈放を要求しているが、こちらが要求を呑んだとき、人質を解放するという確約を結んでくれておりません」

最終的には自爆《じばく》するという趣旨の発言までしているのだ、人質を危険に晒すと知っていて幹部だけを釈放させるわけにいかなかった。

「これは取引なのでしょう？　我々は人質の安全が何よりも大事です。貴方方が人質に拳銃を向ける限り取引は成立しません」

一時間の間にサンの素性が割れた。公安が持っていた『天空の爪』のデータの中に該当《がいとう》する人物が居たのである。やはり素顔を晒していたのが大きい。彼は現役の大学生で、『天空の爪』に心酔《しんすい》するあまり両親から親子の縁を切られていた。拠り所は組織にしか無く、幹部を助け出すことが使命だと感じている。

築地が強気に出たのはその背景を知ったからだ。サンは人質の命を何とも思っていないのだろうが、幹部の釈放には命《いのち》懸《が》けだった。計画が達成されなくて困るのはサンの方なのである。

手段と目的を履き違えられては困る。人質は生きているからこそカードとして意味があるのだ。そのことを気づかせて、さらに利用する。

「こういうのはどうでしょう。人質を一人ずつ解放する毎《ごと》に我々も釈放の段取りを進めていく。我々は全員無事に人質を救出したい。貴方は幹部を一人残らず助け出したい。利害は一致します。人質は、そのために用意したのでしょう？」

サンは眉間《みけん》に皺《しわ》を寄せて固まった。今になってそのことを検討しているようだった。

「稚拙《ちせつ》すぎる……」増子は忌々《いまいま》しげに呟いた。サンという青年の底が見えて落胆《らくたん》したとともに、振り回されている現状に怒りを覚えた。

『後で掛け直す。監視カメラで表の状況を見ているからな。おかしな行動を取ってみろ、人質を皆殺《みなごろ》しにするぞ！　わかったな！』

憤然《ふんぜん》とカメラの死角に移動した。数十秒後に監視カメラの映像が途切れた。

「……館内カメラの電源を落とされました。外のカメラは生きています」

「ここにきて作戦会議か。焦り始めたな」

「人質を取っている限りすべての要求が通ると思っている時点で浅はかだ。テロを履き違えている。サンは想像力が欠落している」

増子たちの会話に築地は頷き、補足した。

「そして、想像力が貧困な者ほど短絡《たんらく》的な行動に出やすいもんだ。今は目的がはっきりしているから自制できているが、長期戦になったら奴さんの精神が先に潰れる。今が勝負どころだ。すでに規制線を張って通行人が通れないようにしてある。報道にも規制を掛けた。テロリストたちに気づかれる前に突入の準備を終わらせるんだ」

サンたちはダミー映像に気づいていない。

日暮旅人が女性テロリストから銃器《じゅうき》を取り上げたのも確認した。そしておそらく爆弾の取り外しにも動いてくれている。

彼は朝倉権兵衛の技術を盗み見ており、実際に解体作業を行ったこともある。爆弾のスペシャリストは、スペシャリスト故に製作した爆弾にパターンが見られるという。自負があるならなおさら拘《こだわ》るものらしい。パターンさえ把握しているのなら、日暮旅人であれば解体は可能なはずだった。

それを信じられるのはやはり増子だけなので進言はしなかったが、築地たちは爆弾の位置が特定できただけでも収穫だと喜んだ。朝倉印は十中八九時限式なので、早期回収さえできれば処理できる目算だ。

再びモニタに映像が映し出された。サンが監視カメラを睨みつけている、その後方では女性テロリストと中肉中背の男が横並びになって立っていた。

＊

ファインは春に大学を卒業する予定だが、いまだに就職が決まっていなかった。

特にやりたいことがあるわけじゃない。かといって、自分の能力が活かされないような職場では働く気になれなかった。考えなしに大学四年間を消化して、いつしか、堂々と主張できるものが学歴のみというつまらない人間に仕上がっていた。こんなのは俺じゃない——。わずかな自尊心を盾《たて》にして、一流企業ばかりを受けたが悉《ことごと》く落とされた。ファインは途方《とほう》に暮れていた。

社会の中に自己の必要性を求めていた。それは先が見えないことへの不安と自信の無さから這い出た欲求であったが、必要性とは見出すものであって与えられるものではないことを知らなければ、単に利用されやすいメンタリティでしかない。

テロリズムに何ら共感は覚えないが、大きなことを仕出《しで》かしたくて『天空の爪』に入会した。君こそ偉大な戦士だと持ち上げられてすっかりその気になったファインは、気がつけば、拳銃を片手に爆弾テロを引き起こす計画に身を投じていた。

ファインは我に返って呆然となる。

——一体俺は何をしているんだ。

一旦電話を切ったサンが振り返る。びくりと肩が震えた。

サンは電話の内容を掻《か》い摘《つま》んで説明した。

「どうする？」

応えたのはレインだ。人質を後ろ手に縛る縄《なわ》を再度確認しており、視線を上げずに意見した。

「要求を呑むべきでしょう。僕たちは何も人質を殺したいわけじゃない」

「馬鹿なことを言うな。殺すんだよ。全員。そうでなければ思想に準じることにならない。完全世界とは、俺たちのような理解者だけで構成された世界なんだ。不純物は要らない。それを返すだって？　気持ちの悪いことを言うな！」

「では、幹部たちの釈放はどうします？　警察は乗ってきませんよ？」

「わからせてやればいい。そうさ。やっぱり一人ずつ殺していこう」

「一人でも殺せば幹部は取り戻せません。突入を早めるだけだ」

「デタラメをほざくな！」

「落ち着いて。まだこちらの優位は変わっていない。——サン、貴方だって頭ではわかっているはずだ。だから僕たちに意見を求めたのでしょう。大丈夫。僕たちは貴方を支持しますよ。人質の一人や二人なんだって言うんですか。最後には何百人という人間を巻き込むつもりのくせに」

「ふん」

サンは少しだけ機嫌を良くして口元を緩めた。レインは何事も無かったように淡々《たんたん》

と人質の縄を締め直している。ファインは二人が怖かった。この状況下で平然として
いられるこいつらが同じ人間とは思えなかった。
サンが警備室にいるクラウドに無線連絡を入れる。「監視カメラの電源を入れろ」
取引に応じる構えを見せ、再び子機を握った。
ファインが立ち尽くしていると、真横にスノーが並んだ。唯一の女性テロリストだ。
「ちょっといいかしら？」小声で話し掛けてきた。陰気《いんき》な感じがして近寄り難かった
のだが、まさか彼女の方から声を掛けてくるとは。
「……何だ？」
小声で返す。なんとなくサンに気取られたくないのだと察した。
「私とレインはこの計画から降りるわ。貴方にも協力してほしいの」
驚いて、思わず真横を振り返った。スノーは真顔でサンを見据《みす》えている。
「サンが信用できなくなったの。彼、少し異常だわ。計画の成否にかかわらず人を殺
したがっている。最初の発砲のとき、貴方も目が覚めたはず。そうでしょ？」
そのとおりだった。流れ出た血におののき、とんでもないことに加担してしまった
ものだと後悔していたのである。
「な、何で断言できんだよ？」

スノーの発言は危ういものだった。もしもファインがサンに寄った思考の持ち主であったならすぐさま裏切り者と罵って拳銃の撃鉄《げきてつ》を落としていたことだろう。確信が無ければ話せる内容じゃない。

「レインがそう言ったから。彼、人を見る目があるんだわ」

どこかうっとりとした声音が気になったが、レインの入れ知恵だとわかった。彼が率先して裏切ろうとしている？　メールで意見交換をしていたときは病的なまでの慎重派で、小心者というイメージしかなかったのに。あの狂ったサンを見た上で抗《あらが》うだなんて大した度胸だと感心した。……いや、それとも、自暴自棄とか。

「……クラウドには？」

「彼は無理。サンとはまた違った感じでぶっ飛んでるから。でも、五人中三人が志を一つにするのだから、この事態から脱《だつ》することも可能なはずよ。ファインだって死にたくないでしょ？　私はサンたちと心中なんて御免《ごめん》だわ」

サンを見遣ると、子機を片手に警察と綿密に取引の段取りを組んでいる。一人目を解放した場合、幹部の一人を電話に出せと要求していた。

「一人目を解放させるときが勝負よ。私たちはレインに合わせていればいいから。ここから逃げ出せれば何とかなるわ。レインってば、海外に逃亡《とうぼう》する準備までしていたのよ。私たち、捕まらずに済むかもしれない……！」

「待てよ。そんな相談も無しに。……レインを信用していいのかよ？」

「信用するしかないの。このままで居ても最後には無理心中なんだから。だったら起死回生に賭けるしかないでしょ」

言われて、そうかもしれないと思い始める。冷静になれない。考えがまとまらない。どうせ終わった人生だ。死にたくなければ、確かにレインに望みを託《たく》すしか手は無さそうだ。

……やるしかないのか。

ちらりと横目でレインを窺う。あろうことか人質と一緒に腰を下ろしていた。話し掛けられた人質の年配男性はすっかり毒気を抜かれていて、時折笑顔を見せてレインと話し込んでいた。和気藹々《わきあいあい》とし過ぎだろう。……スノーの言うように、あいつ、すごい奴なのかもしれない。

ファインの視線に気づいたレインがおもむろに両手をかざした。犬の手影絵を作るときのポーズをしてみせ、ファインとスノーに掌で促《うなが》した。

「……え、何？　あれをやれって？」

「……レインが言うのだからやるしかないんじゃないの？」

スノーと顔を見合わせてから、おずおずと手影絵のポーズを取る。満足げに頷くレインも一緒になって犬を作った。小指を動かして三人でわんわん吠《ほ》える。

ファインもスノーも同時に思った。――なんだこれは。

指揮車の中でも誰もが思っていた。――なんだあれは。

増子だけが認めたくないというように頭を振って、説明した。

「おそらくあの二人を懐柔《かいじゅう》したというサインでしょう。カメラに映る奴のドヤ顔を見る限り、そうとしか考えられない。行動自体は理解しがたいものですが、我々にとっては貴重な情報です」

「……」

微妙《びみょう》な空気が流れていた。捜査員たちもすっかり毒気を抜かれてしまっていた。知人というだけで、増子の方が気恥ずかしい気持ちになる。これだから日暮旅人が関わる事件は嫌なんだ。奴と関わると馬鹿を見る、とは普段から肝《きも》に銘《めい》じている教訓であったはずなのに、今思い出すなんて。

「緊張感が足りんなあ」

交渉を終えた築地が呆れ口調で言った。まったくだ、と自省する増子であった。

＊

第一回目の取引が始まる。清角の社員を一人解放したら、捕まっている幹部の一人と電話で会話させるというものだ。おそらくテロリストたちは今の状況を伝え、指示と助言を交換するつもりでいる。もちろん警察は盗聴《とうちょう》する気でいるが、組織内でのみ通じる暗号が交わされれば解読に時間が掛かり後手に回る恐れがあった。

しかし、解放された人質から中の様子がわかるので、取引材料としては吊《つ》り合《あ》ったものだとして承諾した。準備にさらに一時間を費やして、いよいよ作戦開始である。

「隙あらば突入してほしい。発砲許可も下りた。だが、無茶だけはしないように。あくまでも交渉を主体として事件解決に繋げたい」

『了解。指揮はそちらに一任する』

機動隊隊長の信頼を受け、築地警部は決意を漲《みなぎ》らせた。

人質を解放する場所は、ビルに挟まれた比較的狭い連絡道路を指定した。人通りが皆無《かいむ》なので映像を差し替える必要が無いからだ。テロリスト側にも世間に露呈《ろてい》させたくない思惑《おもわく》があったのでその提案をあっさり受け入れた。

「テロリストはまだ表通り側の監視カメラのダミーに気づいていません。しかし、人質を解放するとなると外の様子を直に確認しようとするかもしれません」

元々人気を排《はい》した場所での取引なので、規制線が張られていることに気づかれるとは思えないが。

「人質を連れてくる役を、あの日暮という男がやってくれれば問題ないんだが」

「どうやらその問題はクリアしそうですよ」

増子の言葉どおり、モニタの中では、一人立たせた人質の連行役に日暮旅人が立候補しているところだった。

用心深いサンは、さらに女性テロリストを一人付けて人質を送り出した。

「さて。あとは監視カメラをチェックしているテロリストだけが要注意だな」

配置に付いた機動隊の気配に気づいてくれるな、と誰もが祈った。

*

終始監視カメラの映像に付きっ切りだったクラウドには、もちろん周囲の異変に気がついていた。

途中、ふと閃《ひらめ》いて外の景色がダミーに替えられている可能性を疑った。一度疑って掛かれば、すべての外カメラの映像を比較したとき、影の向きや人や車の交通量に齟《そ》齬《ご》があることに気づけるものだ。一杯食わされているとわかり、クラウドは込み上げてくる笑いを抑えることができずにいた。

――僕だけが気づいている。サンたちは踊らされているんだ。

それはなんて愉快《ゆかい》なことだろうか。この事実を教える気はない。踊らされ、丸裸《まるはだか》にされたとき、サンたちがどんな行動に走るのか期待が膨らんだ。

クラウドにとって幹部の釈放などどうでもいいことだった。

中学を卒業した後、進学も就職もせずにずっと実家に引きこもってインターネットに熱中していた。もっぱら覗いていたのは紛争《ふんそう》地域の実際の映像を公開している海外のサイトで、人の頭が吹き飛ぶようなグロテスクな映像が特にお気に入りだった。

将来は警察か自衛隊にでも入ろうかと漠然と考えたことがあった。しかし、背が低く華奢《きゃしゃ》な体格では実戦が行われる前線に置かれることはまずないだろう。人が銃や爆弾で吹き飛ぶ光景に生でお目に掛かれることは生涯《しょうがい》無いのかもしれない。

そのように落胆していた十代の終わり、『天空の爪』と出会った。テロリストになれば、いつかは凄惨《せいさん》な光景を目の当《ま》たりにできるかもしれない。今回の計画に参加した理由もそれだけだ。交渉が上手く行くことを望んでおらず、最後に心中する気もない。ただ期待するのは、サンが人質を目の前で撃ち殺してくれることだけである。恐慌《きょうこう》を来《きた》せばきっとサンは暴走する。その下準備は着々と進行している。クラウドは傍観《ぼうかん》することでその瞬間を待ち望んでいた。

「レインも何やら企《たくら》んでいるみたいだしねえ」

レイン、そしてスノー、ファインの挙動不審にも気づいていた。気づいていないのはサンだけだ。つまり、サンだけが疎外《そがい》されていた。もう少し経ったらこの裏切りをサンに教えよう。言《い》い逃《のが》れできない事態になれば、サンはきっとレインを射殺するはずだ。今から楽しみで仕方がない。

「その前に人質の解放か。嫌だなあ、このままどんどん減らされちゃうのかなあ」

それだけが気掛かりだった。

クラウドはサン以上に想像力が欠落しており、自身が危険な目に遭《あ》うとは一切考えていなかった。夢にまで見たこの状況に酷く酔っていた。

八台並んだモニタの一つに、人質を連行するレインとスノーの姿が映っていた。デパート内すべてのカメラをチェックするのは物理的に不可能で、確認できる映像の取捨選択《せんたく》はクラウドの気分次第である。絶好の瞬間を逃すまいと映像の選択に神経を注ぐ。

　サンと人質がいる2Fフロアは最優先でチェックしなければならない。当然、他への監視は疎《おろそ》かになり、クラウドは連行されていく人質を一瞬見失う。

「おっと危ない危ない。ロストするところだった。……あれ？」

　レインがいない。人質を連れているのはスノーだけだ。階段で1Fに降りた辺りからレインの姿だけ無くなっている。2Fフロアへ戻ったのか？　もしやこのタイミングでサンを裏切るのか？　となると、どこかからサンに銃口を向けているはずだ。

　映像を器用に切り替えながらレインを探す。同時に、無線でサンに報告した。

「レインがいなくなった。近くに潜んでいる可能性大」

『なんだと⁉　どういうことだ⁉』

「サンを殺す気なんだよ。あいつ、どうも行動が怪しかったからね。初めから邪魔する気でこの計画に参加したのかも」

『奴はどこにいる⁉』

「今探している。気をつけて。絶対にすぐ近くに居るはずだ」

　サンが雄叫《おたけ》びを上げながら人質のいる家具展示エリアから遠ざかっていく。間もなく仲間割れの銃撃戦が始まろうとしていた。もう少し遊んでいたかったが止むを得ない、クラウドは気持ちを切り替えてレインかサンの射殺映像を待ちわびる。

サンがいなくなった家具展示エリアでは、縛られていたはずの人質が一斉に動いた。戸惑うファインから拳銃を取り上げて拘束し、九人掛かりでスタッフルームへと連れ込んだ。――レインめ、縄を締め直す振りして拘束を解いていたのか。

「なんてことしてくれたんだよ、もう⁉　これじゃあ楽しめないじゃん！」

すべての監視カメラの電源を切るが、おそらく警察に今の映像は見られている。きっとすぐにも突入してくるはずだ。警備室に籠もっていては袋の鼠《ねずみ》。どうせ捕まるのなら一人でも多くの人質を殺しておこうとクラウドは拳銃を手に立ち上がった。

「――あ、あれ？　ドア、開かない！　あれえ⁉」

警備室のドアは、外ノブが針金で巻かれて固定されていた。びくともしないドアに悪戦苦闘《あくせんくとう》する。ドアの向こう側にレインが立っているなど夢にも思わない。

「ちくしょう！　サン！　開けて！　警察が乗り込んでくるぞ！」

無線からはサンの狂ったような雄叫びだけが聞こえてくる。

『レイン、どこだあああ⁉　殺してやるううう！』

そして、遥か遠くの方からは、無数の駆け足が地鳴りのように響いてきた。

＊

人質が拘束を解いてスタッフルームに駆け込んだのを見計らうと、築地はすぐさま機動隊に指示を飛ばした。『突入！』号令とともに怒号《どごう》と夥《おびただ》しい靴音《くつおと》が無線機から聞こえてきた。監視カメラは電源を落とされて何も映さなくなったが、間もなく『制圧』という声が聞こえ、人質が全員無事保護されたことを伝えた。

サン、スノー、ファイン、クラウドの四人は確保され、一箇所《かしょ》に集められた。手錠《てじょう》を掛けられた四人は、拘束もされず自由に歩き回るレインを呆然と眺めた。

サンだけが嚙みついてきた。

「貴様、俺たちを騙《だま》したのか⁉　警察のスパイだったんだな⁉」

「いいえ。通りすがりの者ですよ。僕はレインさんではありません。人違いでした」

四人は驚きに言葉を無くした。特に、スノーとファインは開いた口が塞がらない。まったくわけがわからないという顔である。

最悪なことに、本当に通りすがりだったのだ。深夜に清角デパートの周辺をうろついていたのは福袋の行列に夜通しで並ぶためで、まだ行列が出来ていない未明にテロリストと鉢合わせしたらしい。「テイがどうしても福袋が欲しいというものですから、行列に並ぼうと思いまして。テイも一緒に来たがったのですが、さすがに深夜ですしね」相変わらずの子煩悩《こぼんのう》がこの事態を引き寄せた。

事情をすべて聞いた増子は犯罪者とはいえテロリストに改めて同情した。

「鷲《わし》よ！　天空を翔《かけ》る神の化身よ！　奴らに裁きを与えたまえ！」

喚くサンを一瞥《いちべつ》し、増子は片眉を吊り上げた。

まるで宗教のようだと思った。テロリストたちにとって思想とは心の拠り所なのだろう。満足できない現状から目を逸らすために組織を利用したにすぎない。

そういう意味では、旅人もテロリストに堕《お》ちる危険性がないとは言えない。娘や友人たちによって支えられているようだが、あの目がある限りいつ暴走してもおかしくないのだ。

増子の視線に気づいた旅人が笑みを溢《こぼ》した。

「何でしょう？」

「いや。……爆弾は解体しなかったのね？」

「はい。爆発まであと十時間近くあったので放っておきました」

賢明《けんめい》な処置だ。それに、解体していてはサンに怪しまれていたことだろう。

旅人にかつての破壊衝動《はかいしょうどう》は見られない。それどころか、以前会ったときよりも心なしか表情は穏やかだ。何かあったのか。新年に浮かれているわけではないだろうが。

サンがくつくつと怪しげに笑った。

「貴様が偽者《にせもの》だと言うのなら、今頃は本物のレインがもう一つの爆弾を起動させているはずだ。俺が失敗を計算に入れなかったと思ったか！」

それを、旅人はあっさりと否定した。

「その爆弾でしたら解体しましたよ。単純な構造でしたので雷管《らいかん》を抜くのも簡単でした」

呆気《あっけ》に取られるサンを尻目《しりめ》に、旅人は携帯電話を取り出した。

「では、そろそろ本物のレインさんを迎えに行ってあげてください」

増子は携帯電話を受け取ると、旅人の趣味《しゅみ》の悪さに嘆息した。

＊　＊　＊

元旦、未明――。

レインは人目が無いことを確認してから、両手で抱え上げる大きさの植木鉢《うえきばち》を繁華街の歩道に設置した。カモフラージュに観葉植物を挿《さ》してはいるが、底には時限式の爆弾が仕掛けられてある。振動《しんどう》感知式でないので少しくらいの衝撃では爆発しない。頭ではわかっていても、レインは割れ物を扱うように慎重に運んだ。

寿命《じゅみょう》が縮む思いだった。こんなことならサンたちと合流していた方がマシだったかもしれない。重度の人見知りと用心深さから、多人数と連むのが苦手で一人別行動を買って出たのだが、まさか単独で爆弾を設置させられる羽目になるとは。

レインは若い人間が嫌いだった。へらへら笑って行き過ぎる若者は全員死ねばいい。どうせ頭の中は空っぽで、将来や国に何の憂《うれ》いも感じずに、弱者を叩いて悦《えつ》に浸るような愚《おろ》か者どもなのだ。死ね、死ね、死ね。朝倉印でもって天誅《てんちゅう》を加えてくれる。

それは、もう若くないことへの嫉妬だった。四十を越えても何も成せず、まだ大人になりきれず、卑屈さばかりが増強された。いつか目に物見せてやる――、完全な逆恨みから『天空の爪』の兵器を持ち出したのだが、小心者故に一人ではなかなか行動に移し切れずにいた。そんなとき、サンの呼び掛けはまさに渡りに船だった。

「けれど、こいつらもどうせ若いのだろうな」

ネットで呼び掛けられて賛同したものの、正直、サンたちと会いたくなかった。武器だけ渡して、後は思うままに虐殺《ぎゃくさつ》の限りを尽くしてくれればそれでよかった。信念なんて初めから持ち合わせていない。

とはいえ、爆弾の設置すらまともにできずにいたら後で何を言われるわからない。他人を嫌うくせに自分への評価は気になった。自己中心的性格の典型である。

爆弾は正確に時間を刻んでいるのか、予定時刻にきちんと爆発するのか、確かめられるものなら確かめたかった。予定では元旦の夕刻に爆発する。脅迫に十分な効果が得られるし、もしも立て籠もりに失敗していても一矢報いることができる。反対に、爆発が起こらなかったとしたらこれほど惨《みじ》めなこともないのだ。

予定どおり設置には成功したが、気になってしばらく周辺をうろうろしていた。

背の高い男に声を掛けられたのはそのときだ。

「もしかして、あの爆弾を置いたのは貴方ですか？」

驚きすぎて声すら立てられなかった。――どうしてバレた⁉　自分が挙動不審であったにしても、あの植木鉢が爆弾だなんてわかるはずがないのに。

「鉢の中から秒針が動く『音』が視えたんです。『気配』もね。以前にも似たような物を視たことがあるものですからすぐにわかりました。もしかして朝倉印ですか？」

驚愕《きょうがく》に歪んだレインの顔がすべてを物語っていた。――もしや公安か。振り切って逃げ出そうとするレインを男は襟首《えりくび》を摑んで引き止めた。

「お待ちなさい。僕は貴方の味方ですよ」

「……何だと？」

「『天空の爪』の方ですよね？　僕は貴方を手助けしに来ました」

にんまりと笑う男の表情に、どういうわけか背筋がぞっとした。

……サンがこの優男を寄越《よこ》したのだろうか。しかし、そうか、そうでなければあれを爆弾だと見抜けるはずがない。レインは胸を撫で下ろしたのも束《つか》の間《ま》、すぐに目の前の優男を憎々しく思った。

――サンもこいつも俺が失敗するとでも思ったのか？　くそが。

「爆弾は他にはどこに仕掛けましたか？」

「？　そんな計画じゃなかったはずだが。ここ一箇所だけのはずだ」

「おや？　もしかして僕が伝え聞いているものと違うのかな。計画を確認してもいいですか？」

レインは計画の概要《がいよう》を掻い摘んで話した。優男は時折納得したように頷くと、笑顔を湛えた。

「それでは僕に任された指令をお話しましょう。ああ、貴方のような慎重な方の方が僕なんかよりもよっぽどこの役目に向いているかもしれないなあ――」

警察との交渉が始まり三時間余りが経過した、午後一時。

清角デパートに機動隊が突入し、サンたちが捕らえられたのを確認してから、レインはデパートから二〇〇メートルほど離れた場所にある市役所の駐車場までやって来て、携帯電話を取り出した。

元旦ということもあって人気はごくわずかだった。確かにここでなら爆発に巻き込まれずに済むし、警察に怪しまれることもない。

『――もし計画が失敗に終わり、市役所まで到着したなら、こちらの番号に電話を掛けてください。電子式の爆弾にセットされた携帯電話に繋がります。着信した瞬間、わずかに発生した電流で起爆《きばく》します。清角デパート地下に仕掛けたんです。ビルを倒して警察諸共《もろとも》皆殺しにしてやってください』

なかなかの趣向《しゅこう》にほくそ笑む。なるほど。確かに俺向きだ。安全地帯から天誅を下せるところが特に良い。あの優男もなかなか話がわかるじゃないか。

デパート周辺は大した盛況《せいきょう》ぶりだった。規制線が縮小され、報道機関も周辺に集まり始めている。十分に引きつけたはずだ。そろそろ頃合《ころあい》か。

サンも、あの優男も、所詮は社会に飼い慣らされた家畜《かちく》なのだ。若い人間に世の中を変える力なんてありはしない。自分こそが革命を起こせる人間だ。

反社会的活動は満たされなかった人生への報復である。目を逸らすことで精神はなんとか保たれていたのだ。

いざ教えられた番号に掛ける。コール音が鳴り、今か今かと爆発の瞬間を待つ。

着信し続ける携帯電話を手にした増子すみれ警部補が、背後から迫っていた。出るはずのない相手が電話口に出たとき、レインは初めて現実を直視した。


（了）

最良の一日

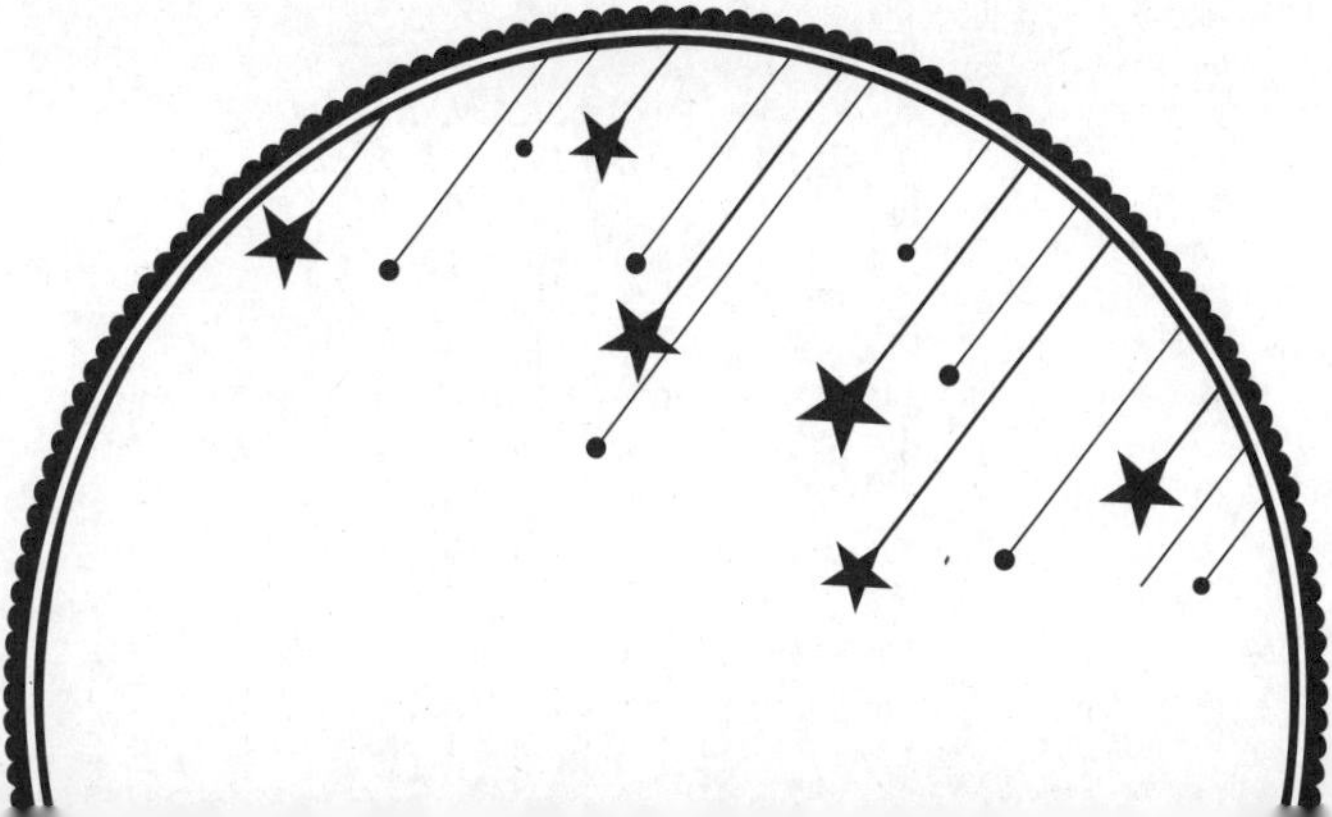

──なんって最悪な一日なんだ。

今井《いまい》聡《さとし》は冷たい床の感触に意識を取り戻すと、まず独りごちた。

そこは廃工場の中だった。元は水産加工会社の、缶詰《かんづめ》などの二次加工を行う精製工場だった。内陸部に建設されたこの工場は、親会社が倒産したのと同時に廃棄《はいき》され、現在はヘドロに塗れて悪臭《あくしゅう》を放つ公害施設へと変貌を遂《と》げている。

当然、好きこのんでやって来る人間など、偶にしか、いない。

暴力団が裏切り者や敵対する者を『粛清《しゅくせい》』するときなどに利用されるともっぱらの噂があった。噂の真偽《しんぎ》は定かでないが、少々悪ぶった少年たちはその『粛清』を真似するために度々《たびたび》ここを訪れる。人目に付かず心置きなく私刑《リンチ》が行える処刑場として なら、なるほど、噂どおり有効であるようだ。目に付く血溜まりの跡《あと》が、加工する際に出た魚介類《ぎょかいるい》の血でないことだけは明らかだろう。

今、聡は複数の男たちに袋叩きに遭っている。倒れても引っ張り起こされ、立たされると先ほどとは反対側の頬を殴《なぐ》られた。奥歯が砕《くだ》けた嫌な音が脳内に響く。腹を蹴られ、蹲ると、項垂《うなだ》れた頭を踏みつけにされ、床に鼻面を蹴り込まれた。何度も何度も踏み抜かれ、ぐしゃり、というこれまた致命的《ちめいてき》な不快音が鼻奥で鳴り響く。殴られすぎて麻痺《まひ》してしまったために怪我《けが》の具合がよくわからない。顔は絶対に変形している。その自信がある。激痛は嫌だが、何も感じなくなるのはそれ以上に恐怖であった。

仰向《あおむ》けに返されると、男たちが聡の顔を覗き込んできた。

「で？　どこにやったんだ？　ガキの小遣いにゃあ多すぎるだろ。あ？」

「……マジ、知らないっす。信じてくらさ、い」

何度本当のことを話しても許してもらえなかった。男たちとてわかっているのだ、ここまで痛めつけてなお口を割らないのはおかしいと。聡がそこらにいるただのチンピラだと知っているのに暴力を止めないのは、単なる憂《う》さ晴《ば》らしであった。

頭を蹴られる。宙に舞う血飛沫が、もうどこから出たものかわからない。高い天井をぼうと見上げて、聡は走馬燈《そうまとう》のようにその日一日を振り返った。

日付が変わり、今日は一月十四日。

——いやはや最悪な一日だ。美人局《つつもたせ》には遭うわ、悪い先輩には騙されるわ、ヤクザには追い掛けられるわ、車には撥《は》ねられるわ。人生ン中でこんなに不運が重なることなんて多分あり得ないだろう。しかも、成人の日に。ガキ卒業して大人になろうって決めたっつーのに。何してんだろ、俺。

殴られる音と、ヘドロの異臭と、血の味と、冷たい床の感触だけが、今の聡のすべてである。

観念して閉じた瞼《まぶた》の裏には、懐《なつ》かしい母の顔が浮かんでいた。

＊　＊　＊

どうしてこのような最悪な一日を迎えるに至ったのか。

振り返ってみれば、それは幼少期にすでに決められていたように思う。

両親は、聡がまだ就学する前に離婚した。看護師《かんごし》として働いていた母を余所に、定職にも就かずに奔放《ほんぽう》に生きてきた父は、生真面目《きまじめ》な母と度々衝突《しょうとつ》するようになり、最後は逃げるようにして新しい女を作って出て行った。

「——聡、アンタは父ちゃんみたいになるんじゃないよ。わかったね？」

母は、あんな男と一時でも所帯を持ったことを若気の至りだったとして割り切り、一人で聡を育てようと誓《ちか》った。母子家庭がさほど珍しくなくなった時代である、聡は特に惨めな思いをすることなく小学校時代を過ごすことができた。

生活に変化が現れたのは中学校に上がってからだ。小学校のときからの友人たちが皆塾《じゅく》に通い出し、勉学にも部活動にも打ち込めなかった聡は自然と非行少年たちと付き合うようになる。母がほぼ一日中病院に勤めていたこともあって、暮らしていたアパートの一室は不良たちの都合の良い溜まり場と化していく。それまで一人きりで過ごした家に常に誰かが居てくれることが嬉しくて、聡は誰彼構わず家に上げていた。

大家の中畑《なかはた》によく注意された。

「いい加減にしろ！　騒音を立てるな！　近所迷惑を考えろ！　あまりに酷いとここから出て行ってもらうぞ！」

「うるっせえんだよ！　ハゲジジイ！　やれるものならやってみやがれ！」

寂しかったのだと、今にして思う。母の帰りをお行儀良く待っていた小学校時代に比べれば、荒《すさ》んでいたとはいえ中学校時代の方が断然楽しかった。誘われるがままに暴走族に入り、無免許でバイクを転がしては補導され、母に何度も警察署まで迎えに来てもらった。

「アンタもやっぱりお父さんの血を引いてんだね。ヤンチャなところはそっくりだよ、まったく。仕事の邪魔をして、どうしてくれるんだい」

母が怖い形相《ぎようそう》で叱《しか》る。女だてらに朝晩通して働く母は男勝《おとこまさ》りであり、とても気丈夫《きじようぶ》だった。息子の非行に泣き崩れるような弱さはない。

叱られることが嬉しかったのかもしれない。母に構ってもらえることもそうだけれど、母の元気な姿を見られて聡は安心してもいたのだ。

「アンタそんなことじゃ高校に行けないわよ。来年受験なんだから、夜遊びするくらいなら勉強しなさい」

頭が悪いなりに考えた結果、母にしてやれる孝行をこれしか思い付かなかった。

「俺、高校へは行かない。働きに出てみるわ」

働き詰めの母を早く楽にしてあげたい——、ただその一心だったのだ。

「先輩にチョー稼《かせ》いでる人が居てさ、その人ンところで世話になる。今度帰ってくるときは俺、大金持ちになってるからな!」

母は複雑そうに笑っていた。

中学校を卒業した聡は故郷を離れて単身都会へと繰り出した。しかし、暴走族のOBでホストをしている先輩の家へと転《ころ》がり込むと、思いに反して使いっ走りのような生活を送る羽目になる。

「学も腕っ節も無えテメエのために仕事取ってきてやったぜ。感謝しろよ」

先輩はよく仕事の斡旋《あっせん》もしてくれた。多くが日払《ひばら》い制の肉体労働で、稼ぎは先輩の総取りだった。それが家賃代わりだという。小遣いも貰えたが雀《すずめ》の涙程度だ、これでは足りないと不満を漏らすと、先輩は嫌らしい笑みを浮かべた。

「もっと稼げる仕事、教えてやろうか？」

違法物の転売や窃盗《せっとう》の手伝いが主な仕事になった。「もしかして、これ犯罪じゃね？」と思いもしたが、深くは考えなかった。馬鹿であることは自分が一番よく知っている。言われたとおりにしていれば小遣いが貰えるのだから、頭を空っぽにした。『振り込め詐欺《さぎ》』や『架空《かくう》請求書』といった世間を騒がせた犯罪の片棒を担ぐこともあった。一番楽に大儲《おおもう》けできたのは携帯電話裏サイト架空請求詐欺だったが、犯罪にも一過性の流行があり、旬《しゅん》を過ぎれば引っ掛かる輩《やから》は極端にいなくなる。新しい詐欺を考案できるほどの知恵はなく、いつも先輩の伝手《つて》を頼ることでしか食い扶持《くぶち》にありつけなかった。貯金をしている余裕はない。ならばと目先の楽しみに有り金をすべてつぎ込む始末で、自他共に認める自堕落《じだらく》ぶりを発揮した。小物感漂う、なんと半端《はんぱ》な生き方か。

「テメエはそんなもんだよ。足許だけ見て生きてけよ。なあに、今度女抱かせてやっからくよくよすんな」

先輩は、納めた多額の『家賃』を上機嫌《じょうきげん》に札勘《さつかん》していく。聡の手元には千円札が数枚あるだけだ。それでも笑顔で感謝しなければたちまち宿無しにされてしまう。

聡はすでに当初の目的すらも見失っていた。


そうして数年間言いように使われてきて、そのツケが回った夜を迎えた。

警察が詐欺集団を一斉摘発《てきはつ》したのだ。芋《いも》づる式に聡の元まで捜査の手が伸びそうになり、いち早く危険を察知した先輩は聡に黙って雲隠《くもがく》れした。唯一頼りにしていた先輩から見放されて、金も行き場もなくなって、ひたすら街中を逃げ回る。

警察に捕まるのも時間の問題だった。打開策なんて何一つ思いつかず、道端に佇み途方に暮れた。そのときだ。

「よう、犯罪者。更生《こうせい》する気があんなら助けてやるぜ」

手を差し伸べてくれた奴がいた。そいつは聡を窮地《きゅうち》から救ってくれた。

ツケが回ったあの夜、先輩に見捨てられたその日。

聡は唯一無二《ゆいいつむに》の親友を得たのだった。

「誰が親友だ、誰が。それ食ったらさっさと出て行け」

「つれないこと言うなよ、ユキっちゃーん！　俺たちの仲じゃんよー！」

＊

——一月十三日。午後五時。

ちょっと遅めの新年の挨拶がてら、ついでに食費を浮かすつもりで親友の雪路雅彦のお宅へと押しかけた。本人は絶対に認めないだろうが、他人の世話が何より大好きな雪路は、思ったとおり、渋々《しぶしぶ》ながらも聡をもてなしてくれた。空腹を訴えるとお手製の鍋焼《なべや》きうどんが出された。鏡開きで余った餅《もち》と、ホウレン草とカマボコがトッピングされてある。男友達相手にも手を抜かないところはさすがで、「美味《うま》い！」と口にすると仏頂面の中にも微かに笑みを浮かべた。ほんと可愛い奴である。

「何ニヤニヤしてんだよ？」

「気のせいだろ。俺は食うのに夢中だよ」

美味いのは本当だ。将来は料理人を目指せばいいのにと本気で思う。

雪路雅彦は聡の一つ年上だ。若いうちの一コ違いは、年功序列を重んじる体育会系や暴走族の世界においては特に重要視され、人間と家畜ほどの格差があった。本来なら雪路の使いっ走りにされても感謝しなければならない立場にあるのだが、当の雪路がそれを嫌うので、聡は同い年の友人にそうするように接している。

八方塞がりの聡を救ってくれたあの夜以来、雪路は警察から匿《かくま》ってくれたばかりか真っ当な仕事と仮住まいまで用意してくれて、聡を自立させた。どうしてそこまでしてくれるのかと訊けば、

「勘違いしている奴を見るのが気に食わねえだけだ。テメエは大した人間じゃないってことを自覚しろ。できなきゃ、せめて大人しくしていてくれ。目障《めざわ》りだ」

突き放すような物言いは同じなのに、先輩とは明らかに違う。聡の将来を案じるような響きがあったのだ。身《み》の丈《たけ》にあった生き方をしろ、という忠告と受け取った。

しかし悲しいかな、聡には堪《こら》え性《しょう》が皆無なのである。地道にコツコツ生計を立てる遣り方には三ヶ月で飽《あ》きてしまった。詐欺だと一発で大儲けできた、あの味を知ってしまえばどんな仕事も色褪《いろあ》せる。

なので、せっかく紹介してくれた仕事もすでに辞表を出していた。雪路にそのことは伝わっているはずだが、何も言わないのは怒っているからか、呆れているからか。

……まあ、お咎《とが》めがないのならそれでいい。今現在食い繋ぐためにしている行為は

お咎めどころの話ではないし。聡からわざわざその話題を振ることはない。

食事を終えて一服し、「さあ帰れ」とうるさい雪路にようやく本題を切り出した。

「今日来たのはちょっとお願いがあって。なあ、ユキっちゃん、今日一日で百万円稼げるような仕事って無いかな？　知っていたら紹介しておくれよ」

「……」

おや。雪路の目が死んだ魚みたいになった。心当たりがあるのかな？

「実はさあ、訳あってそんくらいの金額が必要なんだよね。明日までに用意したいんだ。貧乏《びんぼう》なままだと格好が付かないっつーかさ。——頼む！　何だってするから！」

両手を合わせて頭を下げる。しかし、返ってきたのは深い溜め息だった。

「馬鹿だとは思っていたがそこまでとは……。んな仕事あったら俺がやってる」

「やっぱり？　いや、そうかなとは思ってたんだ。いいや、この話は忘れて」

すかさず退いたことに、雪路は怪訝《けげん》そうな顔をした。実は初めからさほど期待はしていなかったのだ。仕事があれば御の字、無くても本当の本題はここからだった。

「じゃさ、金貸して？　十万くらい。来週返すから」

それくらいで恩に着てやろうと提案すると、意外なことに雪路は怒った。

「ふざけんなよテメエ。そういうことは今まで貸した分返してから言いやがれ！　テメエにはもう一銭たりとも貸さねえよ！」

「おい！　ケチなこと言うなよ！　みっともない！　あ痛っ⁉」

顔面を殴られた。そこそこ痛かったので、貸さない意志ははっきりと伝わった。

「何だって十万が必要なんだ？　まさか闇金《やみきん》に手ぇ出したんじゃねえだろうな？」

「ち、違う違う！　ちょっとした儲け話があるんだ！　元手に十万必要なんだよ！」

「？　何する気だよ？」

こほん、ともったいぶって息を吐くと、テーブルの下で脛《すね》を蹴られた。

「最近知り合ったオッサンの商売を手伝うことになったんだ。取り扱っている商品ってのが『最高級羽毛布団《ぶとん》』でさ。――あ、皆まで言うな！　三十年前のセンスだって言いたいンだろ？　わかってる。俺だってもう詐欺紛《まが》いのことはしたくない。その辺は大丈夫だよ。信用できる。

その布団、一枚五十万もするんだわ。けど、今の不景気じゃそんなの買う奴はなかなかいない。そこで半額以下の二十万で売ろうって話になってな。五十万が二十万だぜ？　売れないわけがねえよ！　だってそうだろ⁉　安いもんな！」

雪路からの反論はない。気を良くした聡は畳み掛ける。

「んで、こっからが儲け話なんだが、この布団、販売員は一枚二万円で買えるんだよ！　十分の一だぜ！　それでさ、二万で買って二十万で売るだろ？　そしたら儲けは十八万！　十八万だ！　とりあえず五枚買って九十万に増やそうと思ってな。な？　すっげえだろ⁉　でも、布団の数に限りがあって早い者勝ちなんだよ。急がねえと他の販売員に持っていかれちまう！」

熱意と焦る気持ちが伝わったのか、雪路は真顔で深く頷いた。

「帰れ」

これまでになく冷たい声だった。思わず席を立ち上がっていた。

「何でだよ⁉　そんなに俺が稼ぐのが嫌なのか⁉」

「俺がやっかんでるみたいに言うな！　いろいろ言いたいことはあるけどな、そもそもおまえ、布団を捌《さば》く当てはあんのか？」

「客のことか？　へっへっへ、それがさあ、オッサンの手元に顧客《こきゃく》リストがあってさ、五千円でコピー取らせてもらえることになってんだ。その顧客ってのは購入をすでに決めてるって話だからわざわざ営業掛ける必要もないってわけさ！」

「…………………あー、もう。どっから説明すりゃいいんだか」

雪路は珍しく頭を抱えた。ここにきてようやく聡も不穏な気配を感じ取っていた。

「ま、まさかユキっちゃん」

「……ああ」

「ユキっちゃんもやりたくなったのか⁉　駄目だぜ⁉　俺の儲けが減るじゃん！」

本気のグーが頬を捉え、数秒間意識を失った。目を覚ました聡は、膝詰《ひざづ》め状態で延々と説教を喰らうことになる。おかげで洗脳はめでたく解けた。

「百万が欲しいのはなぜなんだ？　ふざけた理由だったらもっと殴る」

「ごめん！　もう殴らないで！　いやあ実はさー、明日母ちゃんと会うんだわ」

照れ臭そうにそう話す。雪路は握っていた拳を静かに下ろした。

明日は一月十四日――成人式。

聡が一人前になった証を母に見せつける日だ。

＊

十代の大半をこの街で過ごした。義務教育期間は学校とその周辺が世界のすべてであったが、一歩社会に踏み出すとたちまち視野は広がった。年代を超えた付き合いがあり、様々な職種と義理人情が横行し、裏では犯罪と暴力が蔓延《はびこ》った。毎日が変化の連続で目まぐるしく、季節の節目を体感できず、気がつけば徒《いたずら》に歳を重ねていた。家を飛び出したのがつい数日前のことのように思う。ただ翻弄《ほんろう》されるだけで自分自身が成長できたという実感はなかった。先輩の言うなりに生きてきたせいで精神は未熟なままだ。やがて軽薄《けいはく》を絵に描いたような男がここに一人仕上がったわけである。

「ひぃ、ふぅ、みぃ、――へっへっ」

夜の歓楽街を歩きながら、何度も十枚のお札を数えた。数えるだけで幸せだった。

雪路は、『トイチ』という暴利付きではあるが、快く十万円を貸してくれた。もっとも雪路としては、生活費の足しにしろ、という恩情のつもりだったのだが。

聡の頭は今、降って湧いたこの十万円をさらに増やすにはどうすればいいか、という思考だけが渦巻《うずま》いている。パチンコで増やすというのはどうか。雀荘《ジャンそう》で賭けるのも悪くない。どちらも大好きな賭博《とばく》である。

「ううん、しかし、いざ現金を手にしてると、こう、疼《うず》くなあ……」

それとも、久しぶりに、オネエちゃんの居るお店に一杯飲みに行こうかしら。どうせ返す金ならば、少々遊びに使ったって構うまい。明日までに元金を二倍、三倍に増やせればそれで良い。うん、そっか。そうだよ。簡単じゃん！　――自分に言い聞かせるうちに根拠のない自信が付いてしまった聡は、ネオン煌く接待型飲食店を一軒《けん》一軒物色し始めるのだった。

道端で強面の男たちが立ち話している声が聞こえてきた。

「こっちには居なかった。『琉々《ルル》』っつったって通じるわけがねえ」

「源氏名《げんじな》だからな。本家の若頭もテメエの愛人にだってもう少し用心してくれりゃあ良かったんだ。せめて本名だけでもわかってたら探しようもあったのに」

「会長自ら動いてるってこたあマジなんだよな？　その女が事務所の金盗んだっていうのは」

「信じ難いが、四千万って話だ」

思わず立ち止まる。聡はさりげなさを装いつつスニーカーの紐を結ぶ振りをした。

男たちの会話に耳を澄ませる。

「ウチにしか声掛けてねえんだ。本当なんだろう。下の者に知れたら沽券《こけん》に関わる」

「あー、女に騙されたってのは相当ダセぇな」

「口を慎《つつし》め。俺たちも他人事《ひとごと》じゃねえ。余所の組に舐められちまう。次、行くぞ」

吸っていたタバコを踏み消すと、男たちは二手に分かれてそれぞれ別のキャバクラに姿を消した。『若頭』『事務所』『組』という単語が並べば極道のことだと嫌でもわかる。関わり合いになるには不味い相手だった。

「ルルって女が四千万をねえ。はー、おっかねえ」

金は好きだがそこまでの大金だと腰が引けてしまう。ヤクザが絡めばなおさらだ。ヘタレな聡は危うきに近寄らず。気を取り直して娯楽場《ごらく》を目指した。

――一月十三日。午後九時。

歓楽街を通り抜けた。ネオンが消えてうら寂しい通りに出る。隅から隅までこの界隈《かいわい》を見て歩いたのはそういえば今日が初めてだった。面白そうな店をいくつか見つけた、これら候補の中から今夜遊ぶところを選ぶとしよう。

浮かれつつ踵《きびす》を返したそのとき、「ねえ。待って」右手にあったビルの連絡通路の中から呼び止められた。女が一人立っていた。日サロ焼けしたような浅黒の肌、派手目なメーク、わんさか盛った山の如き髪型、胸元が開いた扇情的《せんじよう》なドレスを着ている。男を相手にする商売の女だと一目でわかった。

「アタシ、今、暇《ひま》してんの。遊び相手になってよ。――これでいいから」

三本指を立ててた。三万か。うーん、ちょっと考える値段だぞ。

「おねがぁい」

……まあ、よく見りゃ可愛い、かな？　好みじゃないけど。メーク技術のおかげかもしれないが、格好が程よくエロいので顔もそれなりにエロく見える。ついふらふらっと女に近寄ってしまった。

「あら？　よく見たら君カッコイイじゃん！　マジ、アタシの好み！　お金関係なく遊んでほしいかも～」

「え？　そ、そう？」

普段女と話す機会のない男は、こういう期待を持たせた台詞に弱い。女の方が喜んでくれると気分も乗ってくる。これでトドメに腕を絡ませてその大きな胸元を押し付けられでもしようものなら呆気なく落ちる。——はい、落ちた。

「じ、じゃあちょっとだけね」

思わず承諾してしまった。女は満面の笑みを浮かべると、「お兄さん大好き！」より一層豊満な胸を押し付けて聡の腕を引いていく。よく利用するホテルがあるというので言われるがままに付いていく。楽しくなってきやがった……！

道すがら、女にあれこれと話し掛けてみたが一切応えてもらえず、先ほどとは打って変わってつれない態度を取られた。緊張してるのかなあ、などとにやにやする聡はどこまでもお目出度《めでた》い。人気はさらに無くなって、歓楽街からも遠く離れた住宅街にまでやって来たとき、聡はようやく何かがおかしいと勘付いた。

「あのさ、こっちにラブホなんて無ぇんじゃ……」

言いかけたとき、女が腕からすっと離れた。

それが合図であったかのように、背後から硬い何かで頭を思い切り殴られた。地べたに転んで慌てて身を丸める。不意打ちを喰らった場合、警戒すべきは追撃《ついげき》だ。誰が、なぜ、とは考えない。理不尽な暴力を暴走族時代から目の当たりにしてきたので、まず致命傷を避けようと必死だった。「すんません！　ごめんなさい！　助けて！」声を張り上げて逆に相手を怯《ひる》ませることも忘れない。

「うるっせんだよ！　静かにしろ！　騒ぐんじゃねえ！」

背中や肩や足を蹴られる。一人じゃない、複数の人間が取り囲んでいた。容赦《ようしゃ》の無い暴力で体中が痺《しび》れ始めた。

「さっさと移動した方がよくなーい？　通報されたら面倒だしー」

女がつまらなそうに口にした。男たちは暴行を止めると手際よく聡を担ぎ上げた。

「わかってますよ。車、こっちに用意してますんで」

引き摺られ、白のワゴン車に放り込まれる。おそらくレンタカーだろう。聡は後部座席の固いシートに座らされ、両脇を二人の男たちに挟まれる。運転席にもう一人男が座り、そして助手席にはあの女が納まった。

「早く行って。アタシ、このダッサイ車嫌いなんだよね。臭いし、狭いし」

発車する。車は乱暴な運転でかなりの時間を走った。

一瞬の出来事のようだった。しかし、わけがわからない、ということはない。聡は嵌《はめ》められたのだと悟り、その不運を心底嘆く。状況への混乱はないが、今後の恐怖は時間とともに増幅していく。これから自分は一体どうなるのか、何をやらされるのか。

聡は恐怖に身を縮ませることしかできなかった。

――一月十三日。午後十時半。

「おら、しっかり歩け！」

車から降ろされ、背中を押されて力無く歩き出す聡の眼前には、不気味な建物が聳《そび》えていた。おそらく廃墟《はいきょ》と化した工場のようだ。外壁の罅割《ひびわ》れた箇所からは雑草が好き放題伸び、鉄扉《てつぴ》は赤錆《あかさび》に塗れて元の姿が想像できない。内部がこれほど真《ま》っ暗闇《くらやみ》なのは非常灯などの小さな灯りすら作動していないからだ。窓ガラスは風雨と暴力で全《ぜん》壊《かい》し、ガラスの破片が周囲に散らばっていた。

周辺に民家らしきものは見えない。忘れ去られた廃工場はまるで異世界に繋がっているみたいであり、とてもこの世のものとは思えなかった。

なぜこんな場所に連れて来られたのか、聡には想像も付かなかった。

「おう。来たか。遅かったじゃねえかよ」

物陰《ものかげ》からロングヘアの男が立ち上がり、こちらに歩いてきた。

「トキワさん、ちぃーっす」

男たちが次々と頭を下げた。トキワは男たちを労《ねぎら》い、最後に女の肩を抱いた。

「ご苦労だったな。音依瑠《ネイル》ちゃん」

「やめてよー。ダサイ男引っ掛けんのもうこれっきりにしてよね」

女はトキワに甘えつつ、聡を軽蔑《けいべつ》するような目つきで睨み付けた。——ああ、これが世に言う『美人局』か。よもや自分が引っ掛かることになろうとは、となぜか感慨深げに思う。この手の犯罪の被害者は大抵が四、五十代の男性である。というのも、引っ掛けやすくて金も持っているからだ。なのに、聡のような若者が狙われた。少々不自然なことである。

しかし聡は、俺ってやっぱ金持ってそうに見えたんかなあ、十万円も持ってるしなあ、と見当違いのことを考えていた。

よほど気の抜けた顔をしていたのか、トキワが聡を眺めて笑った。

「おいおい、マジかよ。テメエ、聡じゃんか」

暗がりでよくわからなかったが、接近した顔には見覚えがあった。

聡は思わず素《す》っ頓狂《とんきよう》な声を上げていた。

「せ、先輩⁉　先輩じゃないっすか⁉」

いつか聡を置いて雲隠れした、大恩ある先輩である（もちろん皮肉だ）。だらしなく着崩したスーツと趣味の悪いアクセサリからして今もまだホストを続けているらしい。咄嗟に名前を思い出せなかったのだが、少なくとも『トキワ』は本名ではない。おそらくホストの源氏名だろう。本名は何だっけ……。喉に支えたような気持ち悪さが残ったが、もういいや、自分もトキワと呼ぶことにしよう。

とすると、この男たちもホスト仲間か。トキワの取り巻きだろうから、トキワ本人は幹部にでも昇進《しょうしん》したのかもしれない。そして、女はどうやら指名客らしかった。

先に携帯電話で事情を聞いていたのか、トキワは女に引っ掛かった聡を詰《なじ》った。

「随分偉くなったよなあ、聡ぃ。女買えるご身分か？　あ？　馬で勝ったんか？　それともパチかよ？　テメエが堂々と女に付いていくわけねえもんなあ」

トキワが目配せすると男たちによって両腕を拘束された。トキワの手が聡のジャンパーのポケットを漁《あさ》る。十枚のお札を取り出され、聡は絶叫した。

「ああ⁉　それは⁉」

「……んだよ、十万っぽっちかよ。シケてんな。もうちょい大勝しろよ。やっぱテメエはしょっぱいわ」

驚愕した。まさか十万円で落胆されるとは思わなかったのだ。端金《はしたがね》だと思うならそっくりポケットに返してほしい。願いも虚《むな》しく、十万円はトキワの財布の中に納まった。常に持ち歩いているトートバッグの中身もチェックされる。トキワは隅々まで物色すると、「おまえ、まだ窃盗とかしてんのかよ」鼻で笑われた。

「で、どうするんすか？　トキワさんの知り合いなんでしょ？」

「うーん。ま、こいつでもいいや。連れてけ」

廃墟の中に連れ込まれて転ばされた。床に手を着くと、ぬるっとした感触が掌にこびり付いた。雨水が溜まってヘドロに変化しているのだ。せっかくの一張羅《いっちょうら》も黴《かび》と埃《ほこり》とヘドロに塗れて嫌な臭《にお》いがした。異臭は、簡単には取れそうにない。

「一応ケジメ付けさせてもらうぜ。『よくも俺の女に手ぇ出しやがったな』って奴だよ」

トキワが冗談めかして言う。初めに暴行を受けて、金まで奪われて、この上どんなケジメがあるのだろうか。あまりに酷い追い込みに、さすがに怪訝な顔つきになる。

トキワは中腰に屈むと聡と目線を合わせた。にんまりと薄目で笑う。こんな嫌らしい顔をするときは碌《ろく》な目に遭わない。

「おまえに打って付けの儲け話があるんだけど、乗らないか？」

……この謳い文句は知っている。先輩が持ってくる儲け話は大抵が犯罪だ。ここは絶対に断りたいところだが、

「成功したら、そうだな、テメエに百万やるよ。どうよこれ？」

「やらせて頂きます！　ありがとうございます！」

金に目が暗むとはまさにこのことだった。一日で大金を稼げるチャンスはもうここにしかなく、「一生付いていきます！　先輩好きっす！」蹴り剝がされるまでトキワに抱きついて心にも無いことを叫び続けた。

――母ちゃん、俺にも運が向いてきたぜ！

聡は人を疑うということを知らなかった。

*

――一月十四日。午前二時。

日付が変わった深夜、再び歓楽街の一角に居た。

トキワの指示通りに目的の店に入る。そこは会員制のＤＪバーで、事前予約を入れていたらしくトキワの名前を告げるとあっさりと通された。しかし、ドレスコードがあったので聡の汚い身なりには店員も渋《しぶ》い表情を見せていた。どうせお遣いなのだ、目立たないよう隅っこにいようと端から決めている。

店内は割れんばかりの騒音で埋め尽くされていた。深夜であるにもかかわらず、人でごった返している。DJが煽れば客は一体となって奇声《きせい》を上げ、冬だというのに薄着をした男女が情熱的に踊りまくっていた。

トキワの取り巻きが一人、先に店内に入ったはずである。段取りはこうだ、聡は取り巻きが監視している中、一番奥のテーブルを陣取《じんど》るアジア系外国人に話し掛け、合い言葉を伝え合う。意思疎通が成功したならば個室トイレに入り、便器のタンクの中にクラフト包装紙に包んだ品物を隠す。五分後、外国人がトイレへと向かい、何食わぬ顔で店外へと退出する。そこまで見届けたら、聡に託された仕事は完了である。

取り巻きと女が美人局を行ったのは、その実行役を捕まえるためだった。中年男性ではなく若い男を選んだのは機動性を重視したからであり、さらに文無しならば脅しても引き替えにするものが無いので言いなりにしやすい。聡は格好のカモだったというわけだ。

廃工場は取引の品物の隠し場所として利用されていただけで、トキワは今日一日見張り番をしていたらしい。取り巻きたちだけに仕事をさせているところは相変わらずだが、あんなうら寂しい場所に一人残る方が苦痛のような気がする。

聡は腹に隠した包みを服の上から軽く撫でる。ずしりと重いので麻薬《まやく》やドラッグ類でないことはわかるが、トキワが一瞬たりとも目を離したくなかった代物《しろもの》だ、きっと十万円が紙屑《かみくず》同然に思えるほど高価な物に違いなく、犯罪の匂いがぷんぷんした。

「……いやいや、間違いなく犯罪だろうね」

わざわざ聡にやらせるのも自分たちの手を汚したくないからだ。報酬《ほうしゅう》に百万円ということは、もっとすごい額が動くのだろう。つまり、軽犯罪ではありえない。かなり危ないところまで足を踏み入れていることを自覚する。

しかし、百万円のためならば！　聡は口元が緩むのを抑えきれなかった。

壁伝いにバーカウンターまで辿り着き、とりあえず景気付けにビールを飲んだ。どうせトキワのツケである、ドリンク代くらい払わせたって罰は当たるまい。

一杯目を一気に喉に流し込む。体はすぐさま熱くなり、気分も高まった。何だってできる気がする。アルコールが入るとどうしてこうも陽気になれるのだろう。不思議。このまま朝まで飲んで居たいものだ。

何気なく視線を横に向けたとき、心臓が止まりかけた。

同じバーカウンターの、反対側の片隅に座る男に見覚えがあった。直接は知らない。無論相手も聡のことなど知らないはずだ。聡が一方的に知っているだけである。有名人だった。街中で悪ぶっている奴なら大抵が世話になっている、暴力団・鳥羽組系羽扇会《はおう》の会長、小金井《こがねい》その人である。難しい顔をして、くいと眼鏡を持ち上げている。

一見サラリーマン風のきちんとした身なりで、暴力団組員らしからぬ風貌《ふうぼう》をしているが、中身は極悪非道を極めた生粋《きっすい》のヤクザであり、関われば必ず不幸になるとも囁かれた。それはかつて同業者にすら恐れられた殺人ヤクザ・熊谷《くまがい》と双璧《そうへき》を為すとも言われるほどだ。熊谷が破壊の権化《ごんげ》なら、小金井は破滅《はめつ》を象徴した。

一介のヤクザとは思えないほど線の細い顔つき体つきは、しかし見ようによっては鋭利《えいり》な刃物《はもの》を連想させる。小金井は暴力的な手法ではなく知力と財力を駆使《くし》してのし上がったヤクザである。体に恐怖を覚え込ませるよりも本能に訴えて屈服《くっぷく》させるやり方を好むため、ナイフと喩《たと》える方が彼の印象をよく捉えていた。

そんな悪魔《あくま》のような人がどうしてこんなところにいる⁉

小金井は隣に座る男と何やら話している。その男は優男然としていて、とてもそちらの筋の人間には見えない。小金井の私的な友人であろうか。何にせよ、小金井とこうして肩を並べられるほどには只者《ただもの》ではないはずだった。

不意に目に刺激が走る。遠くからレーザーポインターの光を当てられた。取り巻きの一人が急かしているのだ。まだ二杯目を飲み始めたばかりだというのに。後ろ髪引かれるが、仕方が無い、聡はカウンターから離れた。

一番奥のテーブルには東南アジア系の外国人グループが陣取っていた。一人が聡を見るなり立ち上がると近寄っていき、肩を抱く。何語なのかわからない早口で、おそらく「何の用だ？」と耳元で問われた。聡は事前に聞かされていた合い言葉を口にした。

「甘いのは好きか？」

男はにんまりと笑うと、「極上ヲ頼ム」と片言の日本語で応えた。取引は成立だ。中身はもしかしてチョコレートか何かか？ 聡はそんなことを考える。

聡は個室トイレに向かい、タンクの蓋を開けて包みを押し込んだ。少し経ってからトイレを出て、離れた場所から様子を窺う。数分後、同じ外国人グループの別の男がトイレに行き、しばらくして出てくると真っ直ぐ出入り口に向かっていく。このままあの背中を見送れば聡の仕事は完遂《かんすい》である。百万円である。

しかし、男は外に出られなかった。日本人の強面の男たちが彼を取り囲んだのだ。爆音《ばくおん》を鳴らすBGMの中、どんなやり取りが行われているのか聞き取れないが、見るからに口論の態を為していた。不穏な空気に気づいた他の外国人たちも救援に向かい、入り口付近は一触即発《いっしょくそくはつ》の緊迫《きんぱく》した雰囲気に包まれた。

——どうすんだよ、これ？ 百万は？

け渡しに協力した聡も因縁《いんねん》を付けられる恐れがあるからだ。
聡は人込みに紛れて身を潜める。あの外国人たちが絡まれているということは、受
ふと視線を感じた。顔を上げると、正面奥にいる小金井と目が合った。
「!?」
瞬間的に悟る。――ヤクザがこの取引を妨害《ぼうがい》しようとしているのだ。必然的に聡も
ヤクザの的である。そして今、小金井に狙いを付けられたのだと肌で感じ取った。
そこかしこから悲鳴が上がった。ヤクザと外国人が喧嘩を始めていた。仲裁に入ろ
うと駆けつけた店員までもが乱闘《らんとう》に加わったのでますます場は混乱を極めた。
逃げるなら今が好機に違いない。迷う前に動く。聡は手近にあったビールジョッキ
を掴むと、集団の中に走り込む。聡に気づいた相手にはビールを浴びせ、その目を潰
した。後は勢いのまま走り抜け、まんまと玄関口を通り抜けることに成功した。
「はっはーっ！　あっぶねえ！」
このときばかりは運が良かった。少しでも躊躇《ちゅうちょ》していたら確実に捕まっていたはず
だ。逃げることに関してはよく勘が働くのである、それを信じて本当に良かった。
店を出てすぐに立ち止まり、振り返る。追っ手の影を警戒してのことだ。そして、
外にいるであろう見張りにも注意した。挙動不審になれば真っ先に怪しまれる。ここ

は慎重に、平静を装って通行人に紛れるべきだろう。焦りは禁物だ。

そうして聡はゆっくりと店舗《てんぽ》から離れ、予め通りの向かい側にあるビルの陰に置いておいたトートバッグを拾って、大通りから外れて路地裏へと逃れた。

ここまで来れば一安心。肩の力を抜いたとき、果たして目の前には一人の男が立ちはだかっていた。

「こんばんわ。少しお尋ねしたいことがあるのですが、よろしいですか？」

「うぇ⁉」

思わず声が裏返った。そいつは先ほど店内で小金井と会話をしていた優男だった。向かい合って初めてわかる長身に圧倒される。襲われれば一溜《ひとた》まりもないだろう。

男はにこりと微笑んだ。聡はぎくりと身を固める。

「驚かせてしまったみたいですね。申し訳ありません。実は人を探していていろいろな方に訊ねて回っているんですよ。……ところで、どうかされたんですか？　体中泥《どろ》だらけだ。靴も汚れているし、随分と臭いますよ。ドブにでも嵌りましたか？」

丁寧な口調と優しい顔立ち、物腰も柔らかい。全体的に柔和《にゅうわ》な雰囲気を纏っているが、しかし小金井の知人というだけでそれらがすべて見せ掛けのように思えた。

楽しげな声音が薄ら寒い。異様な気配に、知らず、一歩後ろに下がっていた。

……ヤクザには違いない。それも小金井と同類の、破滅を撒《ま》き散らすタイプだ。取り込まれればすぐさまこの身は破滅する。

この上なく勘が働いた。今すぐ逃げ出せと本能が強く警鐘《けいしょう》を鳴らしている。

「僕が探しているのは今井聡さんという方なんですが、ご存じありませんか？」

「――っ⁉」

その反応で気づかれた。「もしかして貴方が？」男は意外そうな顔をした。そうとは知らず聡に話し掛けていたようだ。なぜヤクザが自分を探すのか、心当たりはまったくないが、良からぬ事態であることだけは確かである。

次の行動は早かった。聡は踵を返すと一目散に逃げ出した。立て続けに全力疾走《しっそう》しているので膝はがくがくと震え出しているが、疲れを感じている場合じゃない。後ろから駆け足は聞こえてこないけれど、振り返れば真後ろに居そうで恐ろしい。とにかく息が切れるまで走り通した。


路上で立ち尽くす日暮旅人の背後に、小金井が追いついた。

「まんまと逃げられたか」

誰も居ない夜道を眺めて呟いた。しかし、そこに苛立ちや残念がった様子はない。

低い声は平静を保ったままだ。

「奴はただのチンピラだな。おそらく物《ぶつ》の中身までは知らん」

「みたいですね。脅されていたのか、引き渡し役を押し付けられでもしたんでしょう。もしかしたら鳥羽組の事務所から盗まれた物ということさえ知らなかったかもしれません。大変危険な物ですし、知らずにいたのは彼にとって幸運でしたよ」

小金井に視線を送る。言外《げんがい》に自分は中身を知っていると語っている。

「詮索はしないことだ」

「したくはありませんが、もしも外国人に横流しでもされたらいつこの街で流血事件が起こるかわかりませんからね、心配くらいはさせてください。弾《たま》も入っているんですか？」

「さて。君は早々と出て行ったから知らないだろうが、物なら彼らから取り返したよ。心配する必要はなくなった」

「それは何よりです。では、あとはお金だけですね」

小金井は目を細めて、聡が逃げて行った方角をじっと眺めた。懐から一枚の写真を取り出して旅人に見せる。

「源氏名『琉々』、先ほど本名が発覚した、植野《うえの》音依瑠という名前だそうだ。この女が金と物が入った包みを丸ごと事務所から持ち去った。トキワというホストに熱を入れていて、貢《みつ》いでいることまで判明している。おそらく今回のこともトキワの指示だろう。日暮君はトキワを探していたのだったな」

「はい。訊きたいことがあったので。けれど、もうその必要は無さそうです」

小金井は、ふん、と鼻を鳴らす。

小金井もまた勘が鋭かった。

「今逃げた彼を捕まえてトキワの居場所を吐かせるつもりなのだが、君はどうする？」

旅人は数秒間目を閉じ、眩暈《めまい》を抑えるように額を掌で覆《おお》った。

「このままだと彼の身も危ないんですよね？」

「容赦をするつもりはない」

「だったら、僕がトキワを探し出します。そうしたら、僕のお願いを一つだけ聞いてくださいますか？」

体調を崩したのか、やたらと両目を押さえ脂汗《あぶらあせ》を掻く旅人を一瞥する。小金井の表情には旅人を案じる気配はない。ただ一言、どうでもよさげに返答した。

「考えておこう」

小金井は携帯電話を活用して部下たちに次々と指示を出していく。「死なない程度に追い詰めろ」聡包囲網《もう》を着々と築き上げていた。旅人がトキワを見つけ出すのが先か、小金井が聡を捕まえるのが先か、そういう勝負である。

旅人は小金井から借りた『植野音依瑠』の写真を手に駆け出した。


裏の小道をデタラメに右へ左へ走り回ったので、今どの辺りに居るのか定かでなくなってしまった。男は付いて来られなかったようだが、この場に留まっていてもやがて包囲されてしまうだろう。その前にトキワに連絡を取り付けたいところだが、

「やっべ⁉　そういや、通話料払えなくて携帯止まってたんだっけ！」

どうやら取引は失敗に終わったようだが、約束どおり百万円が支払《しはら》われるのかどうか真っ先に確認したかったのに。

聡は息を整えると、周囲に目を向けた。入り組んだ路地。雑居ビルとアパートが密集した地域だ、雑然としているため恐らく独身の若者が多く暮らしているはず。案の定、目に付いたアパートの駐輪場は自転車やバイクでごちゃごちゃに溢れ返っている。学生が多いのかもしれない。

アパートの駐輪場に侵入《しんにゅう》し、一見してセキュリティが甘いバイクを瞬時《しゅんじ》に見極める。奥から二台目の中型、型落ちした不人気のモデル、チェーンロックはホームセンター

で売られている定番の安物。盗《と》ってくれと言っているようなもので思わず舌なめずりしてしまう。売るには物足りないが足としてなら十分だ。常日頃《つねひごろ》から窃盗道具を持ち歩いている聡に死角はなかった。トートバッグからボルトクリッパーを取り出す。チェーンを食んで体重を掛けて勢い良く押せば破壊は一瞬だ。古いバイクなので鍵穴《かぎあな》を壊してハンドルロックを外し、直結すればそれで事は済む。三分と掛からぬ早業に、異変を感じて飛び出してくる住民はいなかった。

「さっすが俺！」

窃盗に罪悪感は覚えなかった。そういうものとして十代の頃に学習してしまったから。盗まれた方が悪いし、盗む技術がある者が偉いのだ。聡にとっての自己表現の場は犯罪以外に無かった。それは一般の目から見れば不幸なことだが、聡は疑問すら抱かない。

思い切りスロットルを回して夜の住宅街を爆走《ばくそう》する。昔に戻ったみたいで気分がいい。派手にエンジンを吹かしてしまうのはもはや癖だ。大通りに出て現在地を確認すると、トキワが居るであろうあの廃工場に方向転換した。

その前に、ふと気になったので騒ぎがあったDJバーに向かった。警察沙汰を遠目に見物するのも楽しかろうという単なる思いつきだった。もちろん法定速度などお構いなしに公道をかっ飛ばす。

交通法など無視した運転で広めの交差点に出たとき、運悪く信号待ちしているパトカーに見咎《みとが》められた。危険運転もそうだが何より聡はノーヘルなのである。警邏《けいら》中のパトカーがサイレンを鳴らした瞬間、聡は慌ててUターンした。無い頭を巡らせて逃げ切るルートを検索《けんさく》する。

悪い偶然ほど重なるもので、進行方向からは黒塗《くろぬ》りの車が走ってきた。一目でヤクザとわかる男たちが、フロントガラス越しに大口を開けて聡を指差しているのが見える。──見つかった⁉ もっと遠くへ逃げておけば良かったと後悔したが、もう遅い。パトカーと黒塗りの車がサイドミラー越しに仲良く並走してきた。

警察とヤクザに同時に追われるというあり得ない状況に、聡は先ほどまでの浮ついた気持ちも忘れて泣きたくなった。

「こんなことってあるか⁉」

サイレンとクラクションが追い立てる。

見知った道に出たときにイチかバチかの作戦に打って出た。

二輪の長所を活かし、警察の弱点を突く。細い路地に直角に入り込む。そこは一方通行で、信号待ちしている車の脇をすり抜けて逆走した。当然パトカーは追って来られない。成功だ。

「ひゃっほーっ！」

いつからかヤクザの車が消えていることに、聡は気づいていなかった。

この道を抜ければ小学校の通学路に行き当たる。突き当たりの丁字路に差し掛かったとき、突如《とつじょ》横から飛び出してきた車のフロント部分が後輪に接触《せっしょく》した。車体は横倒しになり勢いそのままに回転しながら滑っていく。

「──がっ⁉」

聡は地面に投げ出されて全身を打ちつけた。体が痺れて動けない。呼吸もままならず、次第に意識が薄れていく。

黒塗りの車から出てきた男たちが聡を担ぎ上げた。

「死んでないだろうな？」

「大丈夫だ。バイクはそのまま放っておこう。どうせ盗難車だろう」

後部座席に乗せると、何事も無かったかのように走り去っていく。

＊

行き付けのＤＪバーの前にはパトカーが列を為していた。警光灯の光に誘《おび》き寄《よ》せられるように、周囲には酔っ払いが野次馬《やじうま》となって人垣《ひとがき》を作っている。

その中に混じってトキワは渋い表情を浮かべていた。取引が失敗に終わったことを憤《いきどお》っていた。成功していたら数十万円の小遣いが手に入っていたのだ、額自体はさして惜しくはないが思い通りにいかないのはどうにも我慢ならなかった。

傍《かたわ》らにいる音依瑠が気遣うように宥めすかす。

「しょうがないじゃん？　まさかヤクザのオッサンたちが出て来るなんて誰も思ってなかったんだしさー」

「んなことねぇよ。俺ぁわかってたぜ！　だから慎重に行けって言ったんだよ。なのに、聡の馬鹿野郎が！　使えねぇにもほどがあるぜ！」

すべての責任が聡にあるかのように吐き捨てる。もちろんヤクザの乱入は予想外で、不可抗力でもあるのだが、不運の流れを生み出したのが聡であると決めつけた。

そういえば、聡は昔からそうだった。大した力も無いくせにいつも背後を引っ付いてきた。暴走族で知り合った仲だが、使いっ走りにしてやっただけで喜ぶような変わった奴で、トキワもまた他のメンバーと同様良い様に利用した。それが、面倒を見てやっているという風に捉えられ、どういうわけか懐かれてしまい、奴がポカをするたびに尻拭《しりぬぐ》いする羽目になったのだ。金を稼がせて貢がせてみたが、最後にはやはり警察に睨まれる結果となり、それも聡が間抜けだったせいだと今でも思っている。

この考えに照らして言えば、今回の一件で聡を利用しようと決めた時点で失策なのだが、しかし、自分の過ちを認めるトキワではない。

「おかげで計画はパアだ。あーあ、やってらんねえ」

始まりは三日前。音依瑠が、愛人をしている暴力団組員の居る事務所に新年の挨拶に行くと言ったことがきっかけだった。トキワが「金目の物があれば盗んで来い」と命じると、音依瑠は予想だにしなかった額の現金を持って来たのだった。――有頂天になった。四千万の大金を前にして、高飛びすることを即決する。もしも何かあれば音依瑠にすべての罪を押しつければいい。トキワは四千万が自分の物になった喜びに我を忘れた。

しかし、同じ包みに入っていた物騒《ぶっそう》な品物は、正直持て余した。トキワには無用の長物で、所持しているだけで罪になるのだからできれば処分したかった。とはいえ、ただで捨てるのも惜しかったので、ならば足が付かない相手に売り捌こうと考えたのである。取引のセッティングをし、ホストの舎弟たちを駒《こま》に使い、聡を生贄《いけにえ》に売買を行った。そこまでは順調だったのに、最後の最後でヤクザに現場を押さえられた。手《て》抜《ぬ》かりは無かったはずなので、外国人側から情報が漏れたとしか考えられず、その間抜けさ加減にも腹が立った。どうして自分の周りには無能ばかりが集まるのか。DJバーを眺めながらトキワが憤った理由である。

「そんなに怒らないでよ。それよりも、これからのこと考えた方がよくない？」

「これからのことか。わかってるさ」

手に持った旅行鞄を見下ろして、そっと笑みを浮かべた。そうとも、自分には四千万の大金があるのだ。小遣い稼ぎに腹を立てている場合ではない。

ポケットから携帯電話を取り出して電源を入れた。舎弟たちからの着信が数十件と入っていた。——はっ、馬鹿な奴らだ。端金で動かされやがって。誰がテメエらに支払うかってんだ。携帯電話をへし折ると、音依瑠に渡して解約と処分を任せた。

「明日の朝一でこの街から出て行くぞ。とりあえず田舎《いなか》に引っ込んで、しばらくしてから別の大きな街に移ろうぜ」

「そしたらあたしたち結婚ね！」

それには気の乗らない返事をして、トキワは誤魔化すように音依瑠の肩を抱く。

「ちょっと、臭い！」

「ああん？　仕方ねえだろ！　聡のカスに抱きつかれて変な臭いが移っちまったんだ

からよ。高いスーツだったのに。もう駄目だな。買い直すしかねえわ」

「やだ。あたしのブーツも汚れてる！　ねえ、明日逃げる前にデパートに新しいの買いに行こうよ⁉　こんなんじゃダサいし！」

「構わねえけどよ、俺たちヤクザに追われてるってこと忘れんなよ？」

人込みから抜けてホテル街へと歩き出す。朝まで身を隠せてその上時間も潰せるので、二人は当然のように一軒のラブホテルに入っていく。

「つか、おまえのスッピン、マジ不細工な！」

「見んなよ！　ヤクザにバレないようにしろって言ったのトッキーじゃん！」

「その顔と商売してるときの顔を見比べて、同一人物だってわかる奴居たらマジすげえよ。そんくらい違うわ。詐欺じゃん、詐欺！」

笑うトキワの背中を割と強めに叩く音依瑠。二人はすべて思い通りに行くと信じて疑っておらず、もちろんホテルの入り口までずっと付けられていたことにも気づいていない。

日暮旅人は酷使《こくし》した目を労《いたわ》りつつ二人の背中を見送ると、音依瑠の写真を片手に、携帯電話でメールを打ち出した。

＊　＊　＊

――一月十四日。午前八時。

聡は廃工場の中で意識を取り戻す。異臭は酷いが、冷たく固い床の感触が気持ちいい。事故の際に打ち付けた全身はいまだに痺れていて少しでも動かすと激痛が走った。服はところどころ破れており、頭からは血が流れている。茹《う》だるような熱が体温とは別に体の隅々まで燃やしているようだ、感覚に身を委ねると意識はふわふわと浮いた心地に陥った。

ヤクザたちに立たされて、殴られる。もう何発目かもわからない。

「おい、こっちの拳が痛くなる。いい加減に全部吐いちまえよ。な？」

全部と言われても、昨晩この場所で儲け話に引き込まれたことくらいしか話すことがなかった。トキワも女もすでに廃工場から姿を消しており、よくわからないが四千万という金の行方にも心当たりは無い。

「……知ってることはもう無いっす」

「わざわざこんなトコまで出向いたんだ。誰もいません、何もありませんじゃあ、俺たちゃ無駄足踏んだことになる。四千万だ。事務所から金盗んだ女と命令した男もだ。そいつら全部ここに揃ってなきゃ来た意味ねえわけよ。わかる？」

頷く気力すら無かった。男は項垂れた聡に舌打ちし、摑んでいた胸ぐらを無造作に放した。他の男たちと何やら相談し始め、足音が遠ざかっていく。

聡は高い天井を見上げて、回る視界に虚しさを覚えた。

結局、学も腕っ節も無い以上に、金が無いことがそもそもの不幸の根源なのである。トキワは大金を動かせる、だからあんなにも偉そうなのだ。聡も取り巻き連中も言いなりになって尻尾《しっぽ》を振り、そのことを恥とも思っていない。金が無いのだから当然だ。報酬の百万円はおそらく反故《ほご》にされるだろうが、それも金を持つ者が敷いたルールならば持たざる者は何も言えない。都合良く使われて、いつか一万円でも支払われたのなら運が良い。この世界はそういう風にできている。

人の価値は、如何に儲け、如何に貢ぐか、それらに掛かっていると思う。人間関係など所詮損得勘定《かんじょう》でしか成り立たず、金の切れ目が縁の切れ目は真理であって、より多く金を持つ者にその裁量の権利が発生するのだ。しかし聡はそこに失望も諦観《ていかん》も抱いていない。ごくごく普通《ふつう》のことだと思って生きてきたからだ。

せこい窃盗で日銭を稼ぐばかりでは、トキワはもちろんのこと、他の誰も聡の言うことなんて聞きやしない。大金を稼げる男にならないと一人前とは呼ばれない。
何してんだろ、俺。
半人前ですらなかった。無職で無一文。金と女にだらしない辺りは父にそっくりで、
血統に従った結果がこの現状である。情けなさ過ぎて泣きたくなった。
今日は一月十四日、成人の日。
故郷に錦《にしき》の御旗《みはた》を立てようと、せめて小金持ちくらいにはなっておきたかった。
そうでなければ、母に会わせる顔がない。
「仕方がねえ。こうなりゃおまえで片ァ付けるしかねえみてえだわ」
ヤクザたちがぞろぞろとやって来た。何らかの結論が出たようで、聡にどこか同情
めいた視線さえ送ってくる。薄気味悪い。一人の強面が屈んで話し掛けてきた。
「おい、おまえ、金は好きか？」
「……大好きっす」
「だよなあ。俺も好きだ。大金が手に入るとわかったら目の色変えちまうくらいには
な。でな、そうやって儲け話に飛びついて、悪銭があっちからこっちに行き来した場
合、そこに関わった奴ぁ全員同罪なんだよなあ。つまり、おまえにも責務っつーもん
が発生すんだわ。何言ってるか、わかる？」

わかりたくないので首を振ると、男は深く嘆息した。

「四千万、おまえが一生掛けて返すんだよ。もし逃げたら、おまえの親族に催促《さいそく》飛ぶから覚悟せえや」

聡は凸凹《でこぼこ》に腫《は》らした顔面を歪めた。笑ったのかもしれない。人は極限を過ぎると感情を壊す生き物だ、ヤクザたちは居たたまれない気持ちでその顔を見下ろした。

「……冗談キツイっすわ」

小金持ちになるどころか、借金塗れになってしまった。まともに就職もできない男にどうしてそんな大金が返せるというのか。……それを思うと、不幸なのはもしかしたらヤクザの方なのかもしれなかった。返ってくる当てもない四千万を、無職男に催促する虚しさはきっと想像を絶するものだろう。彼らにも何らかの罰があるのかもしれない。

もう何もかもどうでもよくなった。どうせ先が無いのなら、これ以上無いってくらいに落ちぶれたい。這い上がる気力さえ損なわれたとき、無心で生きられる気がするのだ。

聡は絶望を受け入れた。

「待って下さい」

入り口から掛けられた声は工場内に涼やかに響いた。極道者のドスの効いた声とは比べものにならないくらいに透《す》き通っていて、その場に居る全員が目を瞠《みは》った。

にこやかな笑顔で入ってきたそいつは、昨夜聡を探していた優男だった。背後には小金井が控《ひか》えており、さらにその後ろではトキワと女が黒服の男たちに取り押さえられていた。

「そこの彼を解放してやれ。盗人《ぬすっと》はこの二人だ。四千万もここに無事にある」

小金井が旅行鞄を床に放ると、男たちは「おおっ」歓声を上げた。安堵《あんど》する表情を見る限り、よほど大切な金だったと見える。

トキワは愛想笑いを振りまきながら、女は怯えた目つきで、周囲を見渡した。

「ま、待って下さいよ。その金はそいつ、聡がくれたもんなんすよ。俺、全然、関係ないっすからほんと！」

トキワが情けない声で釈明《しゃくめい》するも、小金井は無視を決め込み、部下に指示する。

「ヤクザ舐めたらどうなるか体で教えてやれ。この建物は別名『拷問工場』、粛清にはお誂え向きだ。謝罪の言葉は聞かない。悲鳴はいくら上げてくれても構わない。ここは防音にも定評がある」

悲鳴が轟《とどろ》いた。トキワは聡がされた以上の暴行を受けている。傍らでは女ががくがくと膝を震わせて泣きじゃくっていた。

　小金井は女の右腕を取って強く握った。

「痛い痛いッ！　ごめんなさい！　ごめんなさい！　あたし違うの！　命令されただけなの！　トッキーがやれって言ったからぁ！　あたし知らなかったもん！」

「金持って高飛びしようとしたくせに何言ってやがる。君は教育し直す必要がある」

　おもむろに女の右手の人差し指を握ると、その長い爪をペンチで食んで思い切り引き剝がした。獣《けもの》じみた絶叫が工場いっぱいに響き渡り、聡は思わず身を竦ませた。

「ああ、ああ、あああああああああ!?」

「まずは一枚。あと九枚ある。ゆっくり行こうか」

「やめてやめてやめてやめてやめてやめてえええええ――くああっ!?」

　中指の爪も剝かれた。女は泡《あわ》を吹いて全身を震わせた。先ほどまでの泣き顔は吹き飛ばされ、怒りと絶望がない交ぜになったような鬼《おに》の形相をしている。

「ひひひ酷い!?　こんな、こんなのって、ぎぃいいいいあああああ!?」

　再び絶叫が響き渡った。小金井が爪を剝いた箇所を強く摘んでいるのだ。叫び疲れた女はもはや立っていられず膝立《ひざだ》ちのまま頭を垂れた。

　女の前に一枚の紙切れが差し出され、摘んだままの指を紙上に誘導していく。自らの血で捺された拇印《ぼいん》は借用証書を成立させるものだった。

「カラス金《きん》という言葉を知っているか？　ヒイチとも呼ぶが。一日一割の超高利で貸し出すことで、闇金の用語の一つだ。覚えておくといい。君たちが四千万を盗んだのは三日前だったな。私も鬼じゃない。四千万は盗まれたのではなく、貸したことにしようじゃないか。元金は返ってきたことにして、その利息分さえ返してくれればすべて許してあげよう。良い話だろう？」

四千万の一割が三日分——つまり、千二百万円で手を打つと言った。

女は嫌々《いやいや》と首を振る。

「な、何でぇ、何でよぅ……」

「だが、元金四千万の利子は変動無しで随時《ずいじ》加算させてもらう。明日までに返せなければさらに四百万、先の四百万の利子分四十万も追加する。複利という奴だ。なに、今日中に千二百万用意すればいいだけだ。簡単だろう？　ああ、親や他人から借りた金での返済は一切受け付けないのでそのつもりでいてくれたまえ。君たちが借りた分は君たち自身の力で返すんだ。これは私のポリシーでね、債務者がすべて責任を負う、当然のことだ。心配することはない。今日中に千二百万は厳しいが、一週間後には完済できるよう調整してみる。君たちは本当に運が良い」

その場にいる全員が戦慄《せんりつ》した。十日経てば結局は四千万円支払うことになり、さらに複利で積み立てた借金の利息分が上乗せされるので、総額は元金を遥かに超《こ》える。

小金井の真骨頂に、聡は身震いした。

女は半狂乱《はんきょうらん》に髪を振り乱した。

「ふざけんじゃない！　どうしてあたしがそんなこと⁉　あたしは若頭の愛人なのよ⁉

若頭に言いつけてやる！　それでもいいの⁉」

「若頭はとうに君を見放している。好きにしろとのお達しだ。好きにさせてもらう」

「あ、あ、あたしじゃない！　そうよ、そこの男がやれって言ったのッ！　ねえってば！　助けろよ！　何見てんだよ⁉　テメエあたしの彼氏面してただろうが！　本当なのッ！　全部アイツが仕組んだことなのッあたしは悪くないいッ！」

「ざっけんな音依瑠！　テメエが持ってきた金だろうが！　俺を巻き込むなよクソがッ！　本当なんです！　信じて下さい！　俺、俺、何も知らなかったんですよ！　まさかその金が鳥羽組さんのものだったなんて。知ってたら真っ先に返しに行ってました。本当です本当なんです信じてくださいぃぃぃ！」

責任をなすりつけ合う醜《みにく》い諍《いさか》いを、小金井は醒《さ》めた表情で見つめた。聞くに堪《た》えなくなったのか、やがて二人を工場のさらに奥へと運び込ませる。

「助けてぇええ！　やだよ、俺、何も悪いことしてないのにぃ！」

「そうなのか？　少なくとも君は嘘を吐いたと思うがね。私はね、一度たりとも鳥羽組だと名乗ってはいないんだ。なぜ知っていた？　知っていたら真っ先に返しに来たというあの発言は、では嘘ではないのかね？」

　トキワは言葉も無く固まった。

「心配しなくていい。君に打って付けの儲け話がある。紹介してあげよう」

　その瞬間、聡は顔面蒼白《そうはく》になった人間というものを初めて見たと思った。女の叫び声すらも遠退《とおの》いた。先ほどまでの喧噪《けんそう》が嘘のように静まって、聡、小金井、優男の三人分の息遣いだけがこの場に残った。

　優男が聡に肩を貸し、立たせた。

「自己紹介がまだでしたね。僕は日暮旅人、探偵です」

「た、探偵？」

　ヤクザでなかったことにまず驚き、その上探偵に探されていたことに戸惑った。誰が雇《やと》ったのだろうと考えていると、「さて」小金井は女が捺印《なついん》した借用証書を真っ二つに引《ひ》き裂《さ》いた。訝しげに見ていると、旅人が説明した。

「あれに法的な効力はありません。むしろ、脅迫の証拠になり得ますから処分した方がいいんです。借用証書は二人を絶望させるための単なる演出です」

「その通りだ。なに、どうせあの二人は一週間も保たん。壊れても厄介《やっかい》だ、躾《しつけ》が済んだら解放してやる。私は投資が好きなんだ、長く太い金蔓《かねづる》が大好きだ。十年先まで取り立てるならほどほどに加減しないといけない」

「見ていて気持ちのいいものではありませんね」

旅人の言葉に平然と言い返す。

「金を返さない奴が悪い。盗んだのならなお悪い。謝って済むなら警察もヤクザも商売上がったりだ。君たちの意見など知らんよ。私はヤクザだ」

そうして、聡の目の前に立つと、小金井は眼鏡を持ち上げた。

標的が移り変わったのがわかった。

「今井聡君。君にも落とし前を付けさせてもらう。君に手を焼いたおかげで要らん時間を費やしたのだ。──五百万だ。破格だろう。カラス金ではない、トイチとも言わない。用意できればすぐにも解放してやろう」

そんな、と声を上げる。聡は一文無しで、頼れる人もいなかった。五百万だなんて大金、不可能だ。これではトキワやあの女と同じ運命を辿ることになってしまう。

「君が盗んだバイクもこちらで処理したのだ、迷惑料も含んでいる。それとも警察に売り渡されたいのか？　過去の余罪を含めれば二、三年じゃ済まないよ」

ぐうと喉を鳴らした。投獄《とうごく》されるくらいなら、と考えるのは甘えだろうか。

「それとも、この街から出て行き、二度と戻って来ないと誓うか？」

「……、？」

聞き間違いだろうか。その落とし前の意味するところがわからずに、聡は首を傾《かし》げた。五百万円と天秤《てんびん》に掛ける罰にしてはやけに良心的である。

小金井は旅人を見遣ると、肩を竦めた。

「その男に感謝することだ。私との賭けに勝ち、君を解放するよう要求したのは日暮君なのだから。約束は守ろう。だが、それは私と彼の個人的な話だ。君がこの街をうろついて部下たちに捕まったとしても、そのときは見逃してやることはできん」

一度限りのお目こぼしだった。小金井が目配せし、旅人は小さく頭を下げると、

「さあ。行きましょう」聡の肩を叩いて退出を促した。

工場を出て行く間際《まぎわ》、聡の背中に声が掛かった。

「今井君、これに懲《こ》りたら真っ当に生きなさい。しがらみが無いのなら、真っ当に生きるべきだ。君にはそれができるのだから」

謎《なぞ》過ぎる言葉に、工場を出た後で振り返る。

「小金井さん、何であんなこと俺に言ったんだろ?」

「貴方の事情を説明しましたからね。何か思うところがあるのでしょう。さあ、それよりも急ぎましょう。貴方を待っている人がいます」

外にはタクシーが一台停まっていた。旅人が乗ってきて待たせていたのだろう、乗り込むと旅人は目的地に馴染みの駅名を挙げた。

道中、旅人は昨日からの経緯《けいい》を語った。

夕方、依頼を受けた旅人は聡の特徴を聞くと真っ先に雪路雅彦に連絡を取った。大きな人脈とネットコミュニティを複数抱える雪路ならば短時間で特定の人物を割り出すことができるはずだ。偶然だが、その日、聡は雪路に会ってもいたのだ。

雪路は金を貸して送り出したと報告し、今頃飲み屋に駆け込んでいるに違いないと嘆いたそうだ。そして、聡のことならばホストのトキワに訊けばより正確にわかるかもしれないという情報も与えた。旅人は聡とトキワの両方を探すことになる。

「三日前に鳥羽組の若頭からも依頼を受けていたんです。事務所から上納金の一部が消えたので探してほしいと。組の面子もあるから公にできないし、事情を知る人間は少なければ少ない方がいいということで、部外者の僕に依頼があったんです。それで事務所を調査した結果、愛人の『琉々』という女性が怪しいということを伝えていたんですが、まさかトキワさんと繋がるとは思いませんでした」

旅人と小金井が行動を共にしていた理由である。

そして旅人はトキワを見つけ出し、小金井や鳥羽組に恩を売った形で聡の解放を要求したのだった。

「……で、俺を探してる人ってのは？」

「駅前で途方に暮れていてね。思わず声を掛けてしまったんです。何でもこの街には来たことが無いと言うし。聡さんもアパートにしばらく帰っていなかったから、随分あちこち探されたみたいですよ」

「……いや、だからその人の名前」

惚《とぼ》けているのか、旅人は「ああ」と拳を叩き、予想もしなかった人の名前を口にした。

「アパートの管理人さんですよ。名前はたしか、中畑さん」

＊

――一月十四日。午後三時。

電車内は暖房が効き過ぎていて暑いくらいだ。二時間近い旅の終点は生まれ育ったあの田舎町である。聡は故郷が近づくにつれ安心感が胸に広がるのを感じていた。

隣に座る中畑が車内温度よりも熱い息を吐き出した。

「おまえという奴は！　携帯に掛けても繋がらん！　アパートの部屋には人が住んでいる気配が無かった！　どれだけ人に心配掛けさせれば気が済むんだ！」

「アパートは、ほら、家賃滞納《たいのう》してて大家に会うのが嫌だったからさ、しばらく逃げてたんだわ。――痛ぇ！」

「同業者として代わりに殴っておく！　家賃は払え！　馬鹿たれ！」

「頭叩くなよー。つか、何でオッサンが俺を探しに来ンだよ。関係無いじゃん」

「関係無いことあるか！　成人の日に帰省するとお母さんに言ったんだろう？　それなのに一向に帰ってくる気配がない、音沙汰《おとさた》もないでは、心配になるのも当然だろうが！」

「？　何言ってんだよ、成人の日ってな今日だろう？　俺、今日帰ろうって思ってたんだぜ？　母ちゃんに大金持って帰りたくてさ！　……あー、けど、結局一文無しになったんだっけ。どうすっかなー。代わりにどっかでお土産、いや、金が無ぇや」

大口叩いて家を飛び出した手前、手ぶらで帰るのはあまりにも格好が悪すぎる。というか、間違いなく母に呆れられてしまうだろう。もしかすると怒られるかも……。とすると、またもや思い切り頭を叩かれた。「何すんだよ！」いきり立つと、中畑もまた怒りの形相を浮かべていたが、その目には呆れ果てたような色もあった。

「馬鹿だ馬鹿だと思ってはいたが、これ程の馬鹿たれだったとは！　成人の日は毎年施行日が異なるんだ！　何年前の日付と勘違いしたか知らんが、今年は一月九日だ！　おまえが帰ってくると言うからお母さんも楽しみにしていたと言うのに、それから五日間も音沙汰がない！　だから私が様子を見に来たんだ！　入院したお母さんに代わってな！」

「……入院？　何だよ、それ。母ちゃん、入院したのか⁉」

「過労だ。病院は、年末年始は特に忙しかったからな。おまえの帰省を信じて何とか保っていた気力がふっと途切れてしまったんだ。倒れたのは二日前だ。幸い、大事には至っていない。明日にでも仕事に復帰できるそうだ」

「……」

「おまえが今すべきことは金を稼ぐことじゃない。お母さんに会ってやることだ」

それからは黙ったまま電車に揺られ続けた。車内アナウンスの間延びした声に焦りを覚える。やけに心臓の音が大きい。かつてない動揺に聡自身どう振る舞えばよいのかわからない。自然と起こる貧乏揺すりを、隣に座る中畑はしかし、咎めることはしなかった。

とにかく、一刻も早く母の顔が見たかった。

子供の頃、何度か訪れたことのある母の職場。

年配の看護師たちは聡のことを覚えていて、声を掛けてくれた。「どうしたんだい、その顔⁉」「こっちで手当してあげるから！」ヤクザに殴られすぎて変形した顔を、すれ違うたびに指摘される。どうにか笑って誤魔化して、母の居る病室まで辿り着いた。

病室に入ると、すぐさま母と目が合った。

「聡？　――アンタどうしたの、その顔⁉」

「…………え？　ああ、これ？　何でもないよ。転んだんだ。そんなことより……」

ベッドで上体を起こしている母が、一瞬、別人に見えた。顔つきも外見もおかしなところはないはずなのに。――ああそうか。この場所で病衣を着ている母に違和感を覚えるのだ。いつもは看護服を着て毅然《きぜん》と立ち振る舞っていた母が、今は看護される側にあることを主張している。

それだけの違いに、なぜだろう、胸がざわついた。

「……何だよ、元気そうじゃんか。入院したって聞いたときはびびったよ」

「ごめんね。心配掛けて。母ちゃんはこの通り、もう大丈夫だよ」

明るい笑顔で迎えられた。血色も良さそうだし、確かに心配は無さそうだった。誤魔化すように母の肩に手を添えた。安心したら顔の傷が疼いた。痛みを隠そうとして、ほうと胸を撫で下ろす。「寝てろよ。退院するまでは病人だろう」掛け布団を引き上げると母は素直に横になった。

「聡、アンタ痩《や》せたかい？」

「何言ってんだ。そんなことねえよ。母ちゃんこそ……」

その先は言葉にならなかった。

痩せた。昔と比べるまでもなく痩せ細った体は見ただけでわかる。たった数年のうちにどうしてこんなに変わってしまったのか。いや、それとも、幼かった自分は当時から母を気丈夫で強健な人だと勝手に誤解していたのではないだろうか。いつまでも強いままでいるものだと決めつけてはいなかっただろうか。

突然、母から手を握られた。どうかしたのかと怪訝に思って窺うと、母は黙って聡を見上げるだけだった。ぎゅっと手を握り、訴えるように視線をくれた。

「母ちゃん……」

握る力さえ弱々しい。大きいとばかり思っていた手は少女みたいに頼りなげで、息子を抱えるにはもうあまりにもか細かった。

大人になって初めて気づけた母の華奢さ。

いつの間にこんなに小さくなったのか。不意に鼻の奥がつんとした。

自然と口から突いて出た。

「俺さ、もうあの街に居られないんだ。だから、こっちで仕事見つけて、やり直すよ」

その瞬間、母の顔がぱあっと華やいだ。言ってしまってから、早まったか、と後悔しかけたが、こんなにも嬉しそうな母を見て、今さらナシとはいかなくなった。

こんなことで母は喜んでくれた。こんなことで、だ。

世間知らずだった昔、母に楽をさせるにはとにかく金があればいいと考えた。

今朝まで自分は、大金を稼げてようやく一人前で、そうでなければ帰省する資格は無いと思っていた。

「ああ、嬉しい。帰ってきてくれて」

なんて馬鹿なこと。この笑顔だけで十分じゃないか。

母の目から一筋の涙が溢れた。泣かせる気など毛頭無かったので面食らったが、それが喜んでのものなのだとしたら少しだけ誇らしい。後ろで中畑も感極まってもらい泣きしてやがる。他人のくせに、親子水入らずに入ってきやがって。鬱陶しいことこの上ない。しかし、母がそんな中畑を見て笑ったので、まあ許してやらんでもないかと思い直す。

「ただいま、母ちゃん」

――一月十四日。午後四時半。

少し遅れた成人式。聡にとっては最悪すぎる一日だったけれど。

「おかえり。聡」

今日が、母にとって良き日になったのなら幸いである。

（了）

微笑みの代償

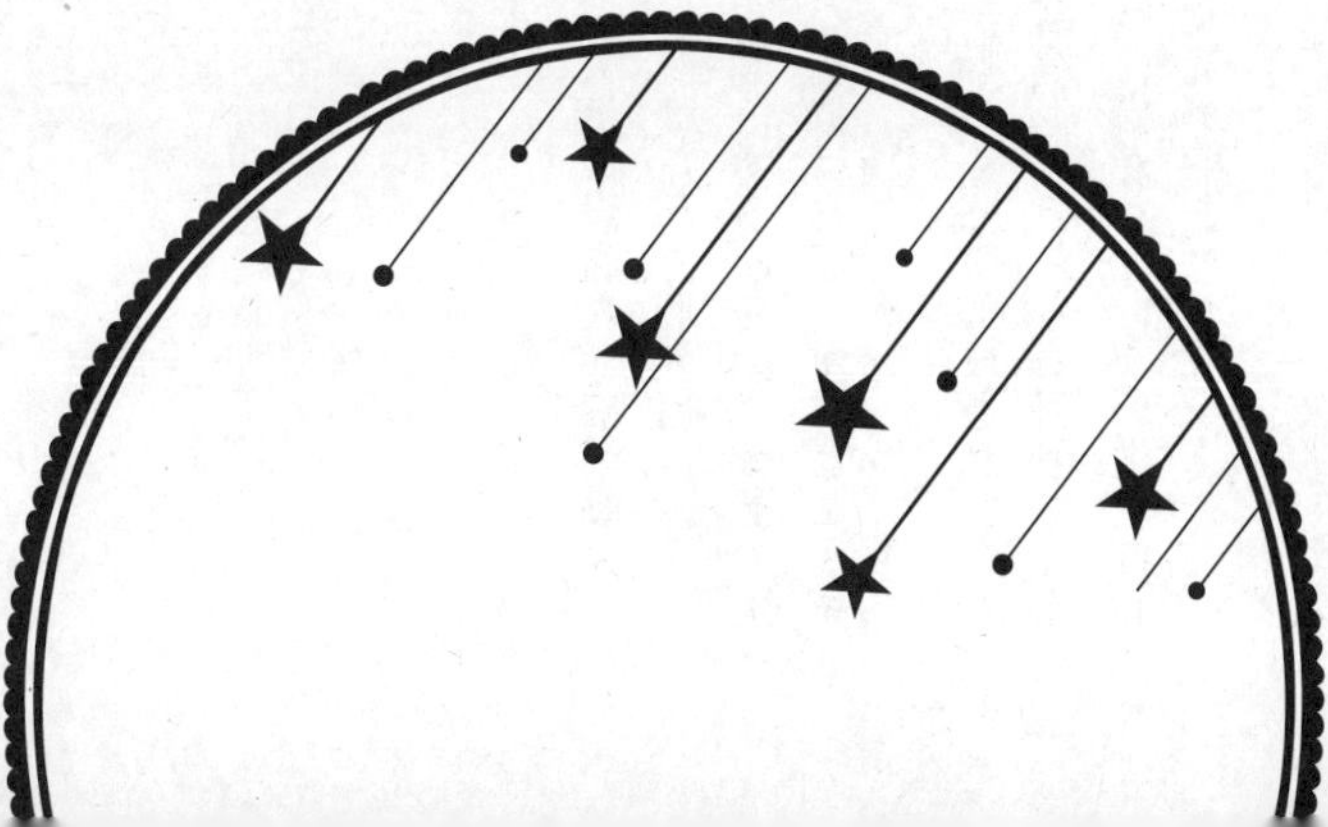

「——大丈夫ですよ、先輩。『明日には笑っています』から」

彼女の座右《ざゆう》の銘《めい》だった。

その言葉を口にするとき、彼女は必ず笑う。


放課後の図書室は利用生徒の数が日によって異なるが、大抵は満席だ。部活動よりも勉学に力を注いだ進学校であるためか、図書室の一角に設けられた個人用自習スペースはすぐに埋まる。平日の放課後はＨＲが終わるや否《いな》や競争するかの如く大勢の生徒が図書室を目指す。さすがに走って席を奪い合うような真似はしないが、どこかギスギスとした空気を醸《かも》し出していて、互いに牽制《けんせい》し合っていた。

同じ敷地《しきち》内には大学図書館もあり、図書室に比べ蔵書量も多く一般解放されているため、閉館時間が遅くに設定されている。付属校なので高校生もそちらの利用が可能なのだが、校舎からは一キロ以上も離れているため通学路に掛かっていない生徒はわざわざそちらまで出向かない。必然的に高校の図書室に人気が集まった。

　しかし、唯一土曜日だけは違った。半日で放課を迎えると、大半の生徒は大学図書館を利用する。高校図書室は短い時間を効率よく勉強に充《あ》てるには向いているが、長時間利用するには狭すぎて落ち着かず、蔵書量も比較的少ないため物足りなかった。

　そのため、毎週土曜日は水を打ったようにしんとした。図書委員会の当番が鳴らすスリッパの音と、数少ない利用者が本のページを捲《めく》る音だけが生きた音色《ねいろ》を響かせた。土曜日のこの時間に利用する生徒はどちらかと言うと読書を楽しみに来ており、平素の忙しい息遣いとは無縁であった。

　──ゆるりゆるり緩慢《かんまん》に。まるで世界から隔絶《かくぜつ》されたみたいなひとときを。本の匂いと午後の日差し。ふと我に返ったとき、あまりにも変化の無い青春の静けさに、切ないまでの哀愁《あいしゅう》がつんと鼻の奥を刺激する。

　特別な空間だ。それ故に、やがて共有する人々の意識が交わるときが来る。

　午後三時を過ぎてなお図書室に居るのは決まっていつもの二人であった。

　進介《しんすけ》は文庫本を読んでいた。滅多に読まない時代小説で、新撰組《しんせんぐみ》の活躍《かつやく》が描かれている。勧《すす》められ気乗りしないままに読み始めたが、これが思いの外《ほか》面白く、熱中してしまっていた。切りの良いところまで読み終えると意識を現実に引き戻す。気がつけば周りに自分以外の利用者はおらず、図書委員の頼子《よりこ》だけが業務をこなしていた。

どことなく楽しげな彼女。スリッパを鳴らす音でわかる。今日は機嫌がいい。何かいいことでもあったか。それとも、単純に本に囲まれている今の時間に満足しているのか。後者のような気がする。彼女はそれだけで幸せになれる少し変わった人間だ。

いや、あるいは、時代小説を渡されて難色を示した進介が時間も忘れて読み耽っているのが嬉しいのかもしれない。お気に入りの本を褒められる喜びは進介も知っている。感想を聞かずとも熱中している姿さえ見られればそれだけで嬉しいものだ。

進介の視線に気がついて顔を向けてきた。穏やかに微笑むと、ぺたりぺたり可愛らしく音を立ててやって来た。

「ご休憩《きゅうけい》ですか、先輩？」

「ああ。少し目が疲れた。君も大変そうだな」

「そう見えます？」

「いや、見えない。言ってみただけだ。土曜日は閑古鳥《かんこどり》が鳴く。仕事も少ないんだろう」

「仕事は確かに少ないですが、でも、大変なんですよ？　いろいろと。見た目に騙されないでくださいね」

そう言うが、にっこりと笑った。やはり大変そうには見えない。騙されているのだろうか。

進介は図書室に居る彼女しか知らなかった。大変だというのは私生活のことかもしれない。二人はここで出会い、ここでしか交わらない。私生活はおろか学校生活さえ露《つゆ》とも知らなかった。

巻田《まきた》頼子は一学年下の二年生だ。最初に話し掛けてきたのは彼女の方からだった。教室で孤立《こりつ》しがちな進介は三年間ずっと図書室に通い詰めていた。ほとんどの本の貸し出しカードには進介の名前が記載《きさい》されており、図書室大好き娘の頼子はその常連ぶりに感銘《かんめい》を受け、進介がカウンターで返却《へんきゃく》の手続きをした折に「この本面白かったですか？」と訊いてきたのが交流のきっかけだった。

極力人付き合いを避けてきた進介は面倒がったが、折に触れて本の話題を持ち出す彼女にやがて親近感を覚えるようになり、いつしか気兼《きが》ねなく話せる仲になった。

それでも話すなら周りに人がいないことが条件である。有名進学校だけあって周囲は勤勉な連中ばかりだ、ただでさえ浮いている進介が客観的にでも女子に現《うつつ》を抜かしていれば、それだけで反感を買う。頼子もその辺り弁えていたようで言わずとも配慮してくれた。彼女もまた教室では浮いているのかもしれない。

「先輩は……」

「うん？」

「あ、いえ、……ええっと」

言いづらそうに目を伏《ふ》せる。このような態度は珍しい、いや、初めて見る。言うに言えない何かがあるのだろうか。

はっきり言え、と先を促す。ぶっきらぼうで、怒っているふうに聞こえたかもしれないが、これが地なのだ。誤解させたかもしれないと少しだけ気になったが、頼子は別段気にした様子もなく、むしろ益々もじもじと両手の指先を遊ばせている。

「あのう、先輩って進路どうされるんですか？」

「……」

遠慮がちに尋ねられたその質問に、瞬間、頭は真っ白になった。

その質問が意味するところはわかっている。進介は三年生、季節は秋を迎えており、受験するなり就職するなり、とにかく、卒業後の進路について本格的に活動し始めなければならない時期に差し掛かっていた。話し友達ならば話題にしてもおかしくない問題で、来年には他人事じゃなくなる頼子が「先輩」に尋ねても不思議じゃない質問でもあるのだが、しかし、二人の間では微妙に意味合いが異なってくる。

頼子は踏み込んできたのだ。介入《かいにゅう》してきたのだ。

進介の私生活に。プライバシーに。

土曜日の図書室だけの逢瀬《おうせ》だった。お互いのことは学年と名前と、本の好みくらいしか知らず、それだけで良好に保たれてきた関係のはずだった。恋愛感情を意識したことはない。きっと心はどこかでブレーキを掛けていたのだろう。けれど、一度踏み込まれてしまえば、逆に相手のことも知りたくなるのが人情だ。曖昧《あいまい》だった一線は呆気なく踏み越えられてしまう。

耳まで顔を真っ赤にした頼子は俯《うつむ》いたまま進介の言葉を待つ。ただ進路を尋ねただけでこの反応はない。やはり進介が感じたのと同じ向きの質問だったとわかる。

「……」

どうしたものか。踏み込まれてしまえば、後は去られるだけだ。彼女のことを気に入っていたのだとこのとき初めて自覚し、自覚した途端惜しくなった。失敗すれば土曜日の至福の時間が失われる。彼女を失ってしまう。それだけは嫌だった。

かといってすげない態度を取ってしまえば今にも気まずくなるだけだろう。今去られるか、後で去られるか、どちらかを取るしかない。

ならば、考えるまでもなかった。

「就職」

「え？」

「家業を継《つ》ぐことになっている。あのな、少しは考えてもみろ。受験生の俺がどうして悠々《ゆうゆう》と図書室に通えていると思っているんだ。しかも、受験には関係のない時代小説なんぞを読み耽っている。天才でなければただの馬鹿だぞ？」

答えたことに感激しているのか、頼子の目が少しだけ潤《うる》んだ気がした。

「天才かと思っていました勉強しなくても頭が良いのかと」

「馬鹿を言え。初めから進路は決まっていたからな、手を抜いていたんだ。この学校に入ったのも選択肢《せんたくし》を広げるためだったが、親の期待という奴には勝てなかった」

だから、食《は》み出し者扱いされてきた。進学校の中で一人だけ和を乱して勉強しない奴がいれば、それは目障りに違いない。

滑《なめ》らかな受け答えに気を良くしたのか、頼子は食い気味になって尋ねてきた。

「先輩、どんなお仕事に就かれるんですか？　ご実家は何をされているんです？」

すかさず「待った」を掛けた。目をしばたたく頼子を真っ直ぐに見つめる。

「そこまで訊くのは虫が良すぎだ。俺はおまえのことを何も知らないんだから」

踏み込んできたのはおまえの方からだ。

知りたかったのはおまえだけじゃないんだ。

「おまえのことも教えて欲しい」

そう言うと、頼子は借りてきた猫のように大人しくなって口を閉ざし、進介が引いたパイプ椅子に素直に座った。急に近くなった距離にドギマギしている。それは進介も同じである。勢いに任せて隣に座らせたが、二人は顔すら合わせられずにいる。

それからの土曜日のこの時間帯は、肩を並べて座るのが二人の間での決まりごとになった。

やがて結婚を約束するまでになる二人の、これが、馴《な》れ初《そ》めである。

秋も深まり、外出時には防寒具が手放せなくなった頃。

土曜日の図書室でいつものように他愛のない話をしていたときだ。頼子は割と口にする、とある台詞を呟いた。

「――はあ。まあ、なんとかなるでしょう。明日の今頃には笑っています」

「……」

初め、頼子が少し風邪気味だったので「病院に行け」と言ったのだ。すると頼子は注射が嫌いだから嫌だと言い出した。行き渋っている頼子を説得し、そうして最後に口にした言葉がそれだった。

——明日には笑っています。

「よく使うな、それ。何か意味があるのか？」

「あ、これですか？　私の座右の銘なんです」

自信満々に言うが、よくわからない。眉《まゆ》を顰めていると頼子は席を立ち、窓際に移動した。日差しが温かいのだろう、光の中で気持ち良さそうな顔をした。

「昔から嫌なことがあるときはいつも唱えるんです。『明日には笑っている』って。辛いことや悲しいこと、嫌なことや痛いことは一時のことで、今くよくよ悩んでいてもそのときを過ぎちゃえばどうせ笑っているって。そう言い聞かせるんです。そうすると結構心って軽くなるんですよ」

ほう、と思わず感心してしまった。少なからず身に覚えがあったからだ。

「それは緊張するときにも言えるな。人前で何かを発表するとき、直前まで思い詰めたように悩むが、終わってみれば案外呆気なかったということがある」

「はい。高校受験のときがそうでした。春には笑っているって、半年くらい前から毎日口にして一日一日を過ごしていたんです。辛いのは今だけだ今だけだー、って」

「それだと落ちたときのショックはでかそうだ」

進学校であるこの高校に通っているのだから、ここが本命のはずだ。公立高校だし。

まさか別に本命があってそこを落ちたとは思えない。

頼子は「ここが本命だったんで良かったです」とはにかんで笑う。

「でも、たとえ受験に失敗していても、落ち込んでいるのは一週間くらいで、一週間後には笑っているって言い聞かせていましたよ。きっと。人間ってどんなに悲しくても慣れることができますから、そうやって前向きになればすぐに立ち直れます」

注射が怖いなんて小さなことはさて置いても、重い悩みごとに直面したときでもこの自己暗示は有効だと思った。

どんなに辛いことがあってもその時間は永遠には続かない。いつかは終わる。終わると信じて前向きになれば、一層早く終わるような気がする。要は気の持ちようで、気持ちが前向きになれば運気というものも変化しやすくなる。気持ちが変わっただけでは決して立ち行かない状況もあろう、しかしただ悩んでいても解決しないのであれば『明日には笑っている』と信じている方が幾分《いくぶん》か気は紛れるはずだ。

変化しない状況などあり得ない。あり得ないんだ。

少なくとも時間だけは確実に変化した。

明日は来るし、一週間後も来るし、一ヵ月後だって必ずやって来る。

そのときには笑っているはずだと、未来の自分を信じることがこの座右の銘の本質なのだ。

「時間を設定するのもいいな。確実にやって来る未来だ」

「そうなんです。明日と言わず、数時間後、帰宅した私は笑っているって考えましょう。そのときの私は大嫌いな注射を乗り越えて無事生還《せいかん》を果たしたのです。偉いぞ、未来の私！」

屈託《くったく》なく笑う。こちらにすべてを預けきった表情がくすぐったい。

陽光に照らされた彼女の笑顔は眩しかった。

明日には笑っている——、それどころか頼子はいつだって笑顔で居てくれた。

進介が家の事情を頑《かたく》なに話そうとしなくても頼子は納得してくれた。いや、納得などしないだろう。好きな人のことなら何だって知りたいはず、秘密にされていい気はしない。進介でさえ頼子に隠し事をされれば気になって夜も眠れなくなるほどだ。けれど、頼子は進介を許してくれた。その慈愛《じあい》にすっかり甘えてしまっている。

「あったかいな」

「あったかいですね」

窓際に二人で佇んだ。背の低い頼子の頭に腕を乗せると「私は脇息《きょうそく》か！」と突っ込まれた。時代小説好きの頼子らしい返しに、思わず吹き出した。二人して笑った。

やがて別れのときはやって来る。

そのとき進介には笑っていられる自信がなかった。

明日はやって来なければいい、そう思った。


けれど、やがて季節は巡り春になる。卒業式当日を迎えた。

頼子は二人の関係が変わらぬものと信じていて、「休日には会いましょうね」頬を染めてそう言った。「お仕事が忙しそうなら無理しないで」とも言ってくれた。

進介は頷けない。

頼子とはもう会えないからだ。

「どうして？……もしかして、どこか遠くへ行かれるんですか？　海外とか？」

「海外、か。なるほど。それならばどんなにか良かったことだろう」

残念ながら、会えない距離じゃない。むしろそれが進介にとっては苦痛であった。

隔たりが増すのは実際の距離ではなく、良識的な距離なのだから。

頼子の目が不安げに揺れた。そんな顔にさせている自分が許せなくて、終わらせたくて、幕を引くように静かに告げた。

「俺の親父は極道《ごくどう》の組長だ。俺はその跡目《あとめ》を継ぐことになる」

終わってみれば確かに呆気ない一時だったが、進介はやはり笑えなかった。

現代より三十年前の遠い情景。

鳥羽組系羽扇会会長・小金井進介の、それが高校生活最後の記憶《きおく》である。

＊　＊　＊

陽子は、年が明けてから一度も旅人に会っていない。

正確には、去年のクリスマス以来ずっと避けている。その理由は言わずもがな、告白する前に好意を打ち明けられて、喜ぶ間もなくこの恋が成就し得ないことを宣言されたからだ。突き放すのは相手を慮《おもんぱか》った結果であり、その残酷な善意に取り付く島もない。

気遣いから遠慮しているのなら構わず無理やりにでも近づけるのに、好きだから、愛しているからと言われてしまうと、その意思を裏切りたくないという気持ちが湧いてくる。一方的で独善的、でも、陽子を想っての結論ならば尊重しないわけにはいかない。惚れた弱みも多少は絡んでいる。

けれど、陽子の気持ちを蔑《ないがし》ろにしているのもまた事実だった。告白を遮《さえぎ》って阻止《そし》した旅人はもちろん、陽子自身も本心に蓋をして一旦は退いてしまった。

一度退いてしまうと、逃げてしまうと、再び立ち向かうには数倍の勇気が要った。時間を置かなければ勢いに任せて無心で攻められたものを、程良く冷静に状況を見つめ直したせいで怖《お》じ気《け》と迷いが生じてしまったのだ。何をどうすることが正しいのかなんて答えの出ないことを延々と無駄に考えてしまう。そうして陽子の本心はどんどんと隅に追いやられて行き、踏み出すための助走距離をさらに広げてしまうのだ。

正しいことなんかわからない。問題は陽子がどうしたいのか、だ。

考え方をそちらにシフトしたのはいいけれど、やっぱり答えは出なかった。

ただ一つだけ、直近にある懸案《けんあん》事項は旅人の目である。あと半年持たないと自己診《しん》断《だん》していた。彼の目は医学では解明できない不確かなものであり、本人の言うように医者に見せるだけ意味がないのかもしれない。ならば、残りの時間を、病院に監禁させられるのではなく、自由に過ごしたいと願うのは無理のない話だった。

灯衣によれば、旅人はますます仕事に精を出しているらしい。視力を削《けず》ってまで他人の『探し物』に従事する。その意気は立派だけれども、失明を覚悟の上だと知ってしまうとすぐにでも止めたかった。

旅人にとって失明は、五感の喪失《そうしつ》を意味する。

音も、匂いも、味も、感触も、痛みも、重さも、温もりも——。それまで目に視えていた何もかもが感じられなくなってしまうのだ。それは体を無くすのに等しい。とても生きているとは呼べない状態に、旅人はすでに片足を踏み込んでいた。遠からず彼の目は機能しなくなるだろう。彼の自己診断を信じるならば。

どうやら雪路は旅人の目の限界を知らされていないようだった。もちろん灯衣もそうだし、亀吉も知らないはずだ。陽子だけが知っている。強く想いを焦《こ》がした陽子にだけはこの上ない牽制球となっている。旅人を想うとその重大な秘密さえ他の人に言えなくなってしまう。旅人の意思の尊重だ、惚れた弱みだ。

……きっとすべて旅人の掌の上だった。本当に意地の悪い人である。そして、そんな意地悪をしたことで自分自身をも傷つけていた。

それを少し心地良いと感じてしまう。旅人が自分のために、自分もまた旅人のために、互いに傷つけあって、それで繋がりを錯覚しているのだとしたら、なんて倒錯した愛情だろう。もしかしたら陽子はこの状況に酔っているだけなのかもしれなかった。

旅人が失明するのをただ待っているのは、悲劇に浸ろうとする願望の発露なのではないか。そんな気がして、そんな馬鹿げた可能性を思いついてしまう自分が恐くなる。思い付いた時点で、少なくとも突拍子《とっぴょうし》のない話ではなくなったからだ。心当たりがあるからこそ強く否定したくなるのである。

——私は、私だけが旅人さんを理解している気になって喜んでいる？

失明するまでの過程をこのまま黙って見ているつもりなら、きっと陽子の本心はそうなのだ。

考えれば考えるほど、ど壺《つぼ》に嵌っている気がした。

きっかけさえあればすぐにでも旅人に会いに行けるのに、肝心のきっかけが見つからない。

ご飯を作りに行かなくなった言い訳は、灯衣には話してある。仕事で忙しいからと言えばそれ以上は訊いてこない。もしかしたら、人付き合いに敏感な灯衣のこと、薄々と感づいているのかもしれない。中身まではわからなくても旅人と何かあったらしいことだけなら伝わっていてもおかしくなかった。物分かりの良い灯衣は、自分から陽子を食事に誘うような真似はしない。陽子と旅人がくっつくためのお節介《せっかい》を焼くことだけは絶対にしないのである。

そもそも一緒に食事という日課を絶ったのは陽子からだ。きっかけを自ら潰しておいてきっかけがあればと嘆くのはおかしい。

どうしよう。踏み出す一歩が欲しかった。

旅人ともう一度きちんと話がしたい。そのための勇気を、できればきっかけを、神様、与えて欲しかった。

煮え切らない態度が極まった。雑居ビルの前でうろつく陽子はどう見てもストーカーで不審者だ。ご飯を作りに行かなくなったというのは、正確には誤りで、正しくは、そのつもりで玄関先まで来るには来たが結局怖気《おじけ》づいて帰ってしまっていた、である。

翌日の保育園で「どうして昨日来なかったの？」と灯衣に訊かれれば、「お仕事が忙しかったのよ」と嘘を吐いて体裁を整えるしかなく、ひどく情けない。

今宵《こよい》もまた食材が入ったレジ袋を手にして溜め息を吐く。やっぱり中に入る勇気が出ない。こんなにも弱気になったのは人生において初めてのことだ。

本気で人を好きになったのも、人から好かれたのも初めてだったから。

旅人は陽子を好きだと言った。好きだから、幸せになってほしいとも。

旅人が望むようにしてあげるのが愛だろうか。

旅人の意に反して困らせてでも傍に居るのが愛なのだろうか。

どちらが正しいのかわからない。

違う、違う。正しいことじゃなくて、陽子がどうしたいのか、だ。でも、やっぱりそれもわからなくて、堂々巡り。わからないことだらけだ。

自分の気持ちすら、わからない。

「——失礼。山川陽子さんでいらっしゃいますか？」

突然の声に振り返る。見れば、一台の車がすぐ傍で停まっていた。ドアガラスから顔を覗かせた男性が話し掛けてきていた。見知らぬ人ではあったが、外見も物腰もとても紳士《しんし》的な感じがしたのでさほど警戒心は抱かなかった。陽子は素直に頷いた。

男は車から降りると懐に右手を忍ばせながら歩いてきた。目の前に来たとき、左手に持っていた一枚の名刺《めいし》を差し出された。

「初めまして。こういう者です。少しお話させて頂きたいのですが、よろしいでしょうか？」

名刺にはこう記されてあった。

『鳥羽組系羽扇会　会長　小金井進介』

鳥羽組という名前に聞き覚えがあった。まさかという思いで顔を上げると、男——小金井は陽子の表情を察したのか一つ頷き、

「お察しの通り、暴力団関係者です。日暮君のことについてお訊きしたい。来て頂けますか？」

「……っ⁉」

コートの内側から現れた右手には黒光りした物体が握られていた。それが拳銃であるとわかった途端、陽子は息を呑んで身震いした。男は銃口を向けることまでせず、ただ銃身《じゅうしん》を見せるに留めてすぐに仕舞《しま》った。バレて困るのは男の方だからだ、しかし恐怖を植えつけるには十分だった。

「信じて頂けないかもしれないが、君には危害を加えるつもりはありません」

「……い、私には？」

「君次第だとも付け加えておきましょう。日暮君は今、私の依頼を引き受けて少し遠出している。これから迎えに行くのだが、君にも一緒に来て欲しい」

「……」

手は懐に忍ばせたままだ。拒否権など最初から無かった。

小金井にエスコートされるがまま助手席に納まると、間もなく車は発進した。

いくら脅されたとはいえ、どうして怪しい人の車に乗ったりしているのか。

車は夕暮れの繁華街を危なげなく走行している。運転が上手いというだけでなく、動作の一つ一つが丁寧なので安心できるのだ。ヤクザの車だと言うのにおかしなものだった。

＊

シートベルトに納まった体を見下ろしながら、陽子は不意に思い出す。近頃、誰かに見られているような気がしていたのだ。それは去年の秋頃から始まっていたと思う。保育園の周辺を徘徊《はいかい》する不気味な男がいると保育士たちの間で話題になり、似た特徴の人物を家の前で見掛けたことがあった。そのときは智子先輩と一緒になって怖がっていたのだが、その一件以来不審者を目撃《もくげき》したことはなく、注意はしつつも次第に「勘違いだったのでは？」と疑うようになり、いつしか忘れてしまっていた。

運転席の男を改めて見る。横目に見ているだけだが、陽子にはどうしても小金井が暴力団関係者には思えなかった。おそらく以前関わったその筋の人間の印象が強いせいだろう。あれに比べたら小金井はどこにでも居る真っ当な一般人に見える。

けれど、最初に声を掛けたとき陽子の名前を口にした。旅人のことで、と前置きしたことからも陽子のことを調べ尽くしているとわかる。

もしかしたら、あの不審者の一件はこの人が関わっているのかもしれなかった。

「そう固くなるな。君をどうこうするつもりは本当にないんだ」

丁寧だった口調が砕けたものに変わったが、振る舞いはやはり上品だ。名刺を持っているヤクザというのも初耳だし、この人はその筋では変わり者のような気がする。

「……どうして私のことを？」

「連日探偵事務所を訪れる若い女性が居れば、日暮君の関係者だとすぐにわかる。素人《しろうと》相手なら調べるのも簡単だ。もしも不審な人間に付き纏われて不安に思ったことがあるのなら、それは多分私の組の者だろう。すまなかった」

「……」

「ヤクザが謝るのが珍しいかね？」

「あ、いえ……」

「暴排条例のせいでいろいろと窮屈《きゅうくつ》な思いを強《し》いられている。トラブルの種は些細なことであってもすぐに取り除くべきだ。謝って済むことではないが、誠意を見せることで余計な諍いを避けられるのであればそれに越したことはない」

犯した犯罪に対して開き直っているだけなのに、どうしたことか訴える気になれなかった。何か訳があったのかな、と逆に心配になってしまう。おかしなことだ。信用はできない。でも、なぜか話しやすい。きっと小金井の物腰が影響していた。

「もう不審な人間がうろつくことはない。一月の中旬辺りからだから、二週間ほどだな。その間、窮屈な思いをさせてしまった。改めて謝罪させてほしい」

「……」

陽子は正面を向いたまま小さく頷いた。謝罪を受け入れたわけではない、無意識に、考えなしに首肯《しゅこう》しただけだ。

期間が食い違う――。瞬間的に陽子の頭はそのことでいっぱいになった。

車内にBGMは無く、エンジン音とエアコンが送る風の音しか聞こえない。

しばしの沈黙の後、小金井が説明し始めた。

「トラブルが発生した。君の助けがいる。この事態を多少予測していたからこそ君のことを調べさせてもらったのだが。まさか保険が活きるとは思わなかった。備えていて正解だった」

旅人に関して予測し得る事態。

陽子に思いつくのはたった一つだけだった。

「まさか、旅人さん、目が見えなくなったんですか⁉」

「目？　――ああ、彼の両目は特殊だったね。本人が言っていたよ、近頃視力が低下していると。五感をすべて視覚で補っているという話だったな。つまり、失明すれば生きていけなくなるわけか。それなら大変だ」

信号を右折するタイミングで小金井は口を閉ざした。横断歩道の手前で停車していると、道を渡っている子供が会釈《えしゃく》したので小金井も応えるように手を振った。歩行者が行き過ぎるのを待ってから発車させ、続きを口にする。

「心配しなくていい。君が言う不幸は起こっていない。トラブルというのは私の側の問題だ」

旅人が失明していないとわかって安堵したのも束の間、今度は不思議なものを見た気がして陽子は目を丸くする。

「小金井さんって、実はいい人なんですか？」

本当はヤクザじゃないんじゃないですか、という意味合いも含んでいる。偏見《へんけん》かもしれないが、やはり動作の一つ一つがヤクザらしくないのである。

ある意味失礼なことを言われたのに、小金井の表情は微塵《みじん》も動かなかった。

「君と日暮君は恋人同士なのか？」

そうして、意趣返しとさえ思える返しを受けることになった。陽子は答えられずに固まり、唇《くちびる》を結んで俯いた。小金井は横目でその様子を確認すると、バックミラーに映る後部座席に置かれたレジ袋を見つめて、言った。

「だが、少なくとも君は彼に好意を抱いている。そうだな？　では仮に、日暮旅人が暴力団の一員だったとして、君はそれでも彼を好きで居られるか？」

意趣返しと思っていたら、よくわからない仮定話に変わっていた。陽子は眉根《まゆね》を寄せて小金井を見た。

「あの……、何が仰《おつしや》りたいのかよくわからないんですけど」

「この世にいるのは自分にとって都合の良い人間か、都合の悪い人間かだけだ。『いい人』などという人間は、存在しない。今の君にとって私は害ではない。だから『いい人』に分類されてもおかしくない。しかし、だからといって私に気を許していいわけじゃない。日暮君に関しても、そう忠告させてもらおう」

少しだけ口調が強くなる。冷静さを欠いたようだ。しかし、車の運転は相変わらず静かなもので滑らかに複数車線あるバイパスに合流した。

どこまで行くのか、訊くタイミングを逃したまま、小金井の話は続く。

「物事はすべて主観的だ。君にとって善人に思える人間にも裏の顔があり、別の誰かにとっては悪人である可能性がある。その逆もあり得る。そして君もまた善人ぶったつもりでいても誰かにとっては悪人であるかもしれないんだ。君が好きになった男は、好きになった一面しか見せていないはずだ。君には見せない顔で他の誰かを傷つけている」

人は誰しも二面性を持つ。いや、二つどころではないかもしれない。

人は相手を選んで態度を変えられる。好きな人には良い顔をするだろう、嫌いな人にはすげない態度を取るだろう、それで普通だ。

振れ幅は人によってまちまちだろうから、都合の良い人間、都合の悪い人間、という二元論で語るのは間違っている気はするが。

「私の一面を見ただけで『いい人』だと断ずるな。その思い込みは君の美徳かもしれないが、付け入る隙にもなり得る。これからは用心しなさい」

つまり、自分は正真正銘暴力団の人間であるので誤解するなということだろう。

「……」

言いたいことはわかったが、どうしてそこで旅人を引き合いに出したのか謎である。

裏の顔を知ってもなお好きで居られるか、という質問は話の流れ的に浮いている。

そして、それが反語であることもわかった。

——否、好きで居られるわけがない。

「……旅人さんの裏の顔を知れば、私は彼を嫌いになると？」

もちろん旅人にも陽子に見せない顔があることくらい承知している。前に旅人の中学校時代の先輩・見生美月の前で見せた顔は、陽子の知らないものだった。

嫉妬もするし不安にもなる。当然だ。でも、それで嫌いになったりなんかしない。陽子だってだらしない部分や恥ずかしい一面はいくらでもあるし、……醜い感情だって持ち合わせている。

旅人にそういった暗い一面が無いだなんて思っていない。それすらも受け止めて好きでいられる自信があった。

「嫌いになんてなりません。私、どんな旅人さんでも好きで居られます」

毅然として宣言する。言ってから、赤の他人に何を言っているのだろう、と恥ずかしくなった。

「……」

小金井は一瞬目を鋭く細め、コートのポケットから携帯電話を取り出して操作した。

運転しながらでも滑らかな指の動作は、普段からの使用頻度《ひんど》を窺わせた。

「見ろ。日暮旅人から送られてきたメールだ」

差し出された携帯電話を受け取って、ディスプレイを確認する。表示されたメール画面の差出人には、登録されていないのだろう、相手のメールアドレスが英数字で綴られてある。そのアドレスには見覚えがあった。間違いなく旅人のものだ。

下方にスライドさせると、一枚の添付《てんぷ》画像が展開された。

中年女性を写した写真だった。小柄《こがら》で、可愛らしい感じの人だ。緊張しているのか固い表情でカメラに目線を向けている。歳を推し量るのは難しいが、小金井と同じくらいの年代に見える。

「この人が？」

「本文を見ろ。それが彼の本性だ」

さらに下にスライドさせた。現れた本文に息を呑む。

『巻田頼子さんをお預かりしております。二千万で手を打ちましょう。期限は明日の日の出時刻まで。良いお返事をお待ちしております』

「……」

「彼女は私の古い知人でね、大切な人でもある。文面からもわかるように、私は日暮旅人から脅迫を受けている。彼は裏の世界では大層有名な極悪人なのだよ」

何度読み返してみても、旅人の本意がわからない。文面どおりの意味しかないのなら、紛れもなくこれは脅迫状だ。

そんなはずはない。祈るようにもう一度、もう一度、本文を読み返す。

携帯電話を持つ手が震えた。

「さて君は、これでも彼を好きで居られるか？」


案の定、山川陽子は驚愕に顔を歪ませた。

期待どおりの反応に進介は内心でほくそ笑む。随分昔から表情が固まってしまい、笑顔の作り方すら忘れてしまったが、あくどい笑みの一つくらい浮かべられたら多少は格好が付いたかもしれない。――そんなどうでもいいことを悔やみつつ、暗い達成感に打ち震えていた。

やはり俺は間違っていなかった。

絶望する山川陽子の顔を見て、三十年前の頼子との別れを思い出す。

最後に聞いた「さようなら」に傷ついた心が、現在まで進介を邁進《まいしん》させる原動力だった。歪ではあるが、あの別れがあったおかげで今の地位まで上り詰めることができたのだ。これは愛だろうか。はたまた憎悪《ぞうお》か。何だっていい。ともかく頼子との絆がもたらした結果であると信じている。

それをこれから絶たねばならない。

日暮旅人の暴挙には驚かされたが、しかし、進介に止まる気は微塵もなかった。

すべてを白紙に戻す。——貸し借りも、夢も希望も、若かりし日の恋心もだ。

『——大丈夫ですよ、先輩。明日には笑っていますから』

ああ、そう願うよ。

頼子に会うのも三十年ぶりか。遺憾ではあるが、感慨深くもあった。気持ち強めにアクセルを踏み込む。スピードを上げて目的地を目指す進介の目には、三十年前の景色が見えていた。

唸るエンジンが三十年の年月を飛び越えた。

＊　＊　＊

頼子が進介のことを初めて意識したのは、やはりあの図書室の中だった。

放課後はいつも図書室にやって来る彼。勉強をするでもなくひたすらあらゆるジャンルの書物を読み漁っていた。きっと家に帰るのが嫌なのだろう、半日授業の日でも彼は図書室で時間を潰していたからそれとなくわかった。

そして、土曜日の昼下がり。頼子は日差しの暖かさに思わずスリッパを軽やかに鳴らした。一学年上の先輩が読書中であることに気づき、慌てて振り返ると目が合った。

あのときのことをよく覚えている。

彼は頼子を見つめて柔らかく微笑んでいた。

その笑顔に、頼子は恋をしたのだ。

——その時代、G5により『プラザ合意』が発表され、急速な円高ドル安が引き起こされていた。輸出産業は円高不況《ふきょう》に見舞《みま》われ、関連企業の多くは進退を極める事態へと追い込まれた。とりわけ、町工場は倒産が相次ぎ、一般人は世界経済の激変を体感する間もなく実生活に大打撃を受けていた。

翌年から始まる交易条件の改善からのバブル景気への突入は、そのため誰もが予測し得なかった事柄《ことがら》だ。金融取引が活発化していく中、国営企業は民営化に踏み切り、マスコミは個人投資家に株式投資を盛大に煽った。地価の高騰《こうとう》、それに伴う株価の上昇。投機を目的とした売買が加速し、目に見えない金が市場を刺激し、目に見える金を銀行が吐き出して、一般人の懐にも札束が溢れ返るようになる。

政界と財界と銀行と暴力団が手と手を取り合って幅を利かせた、あの時代――。

高校を卒業した進介はヤクザの世界に身を投じた。教育係の兄貴分・師岡《もろおか》は小金井組の中では最も攻撃的な男で、極道は暴れて何ぼと見得を切るステレオタイプのヤクザであった。

「舐められたら終わりじゃボケエ！　舐められるくらいならぶち殺せ！」

極道たる者斯《か》くあるべし、と教育を受け、やがて進介は心を殺すように冷徹《れいてつ》で残忍《ざんにん》なヤクザに仕上がっていく。

飲食店を回って見かじめ料を無理やり支払わせ、闇金融の債務者を執拗に取り立て、地上げ屋の仕事で警察とも何度も衝突した。巨額の金が目の前で行き交った。敵対する組織との抗争《こうそう》に駆り出された。初めて撃った拳銃の感触は思いに反して呆気ないと感じた。

進介はいつしか笑い方を忘れてしまった。

＊

鳥羽組本家直系組長、小金井組組長・小金井哲治《てつじ》は我が子を溺愛《できあい》していた。進介に不自由を強いることはなく、極道の思想や仁義を押し付けることもなく、好きなように遊ばせ好きなように勉強させた。かといって放任主義だったわけではなく、行き過ぎなきらいはあったが常に進介のことを思いやっていた。有り体《あてい》に言えば親馬鹿だったのである。

そんな父だからこそ、我が子には全財産を譲《ゆず》り渡したいと考えていた。

「進介が俺の跡を継げば小金井組は安泰《あんたい》だ！」

そんな父の期待が、新米の若衆である進介が兄貴分に特別に目を掛けてもらっている理由であった。将来的にも格段の出世がすでに約束されている。

地場（縄張《なわば》り）回りから鳥羽組の影響下にある範囲を学んだ。それから付き合いのある有名企業や著名人を知り、裏世界の横の繋がりの広さに驚かされた。暴力団が絡んでいない世界は存在しないのではないかと疑うほどだった。そしてその分だけ暴力団には需要《じゅよう》があり、金が動いているのだと知ると、おかしなことに、ただ悪でしか無かった暴力団が必要悪と感じられるようになる。おそらく一年後には秩序《ちつじょ》を生み出す装置として誇らしくさえ思えるようになるのだろう。朱《しゅ》に交われば、いずれこの身も師岡のような人種になるのかもしれない。

進介は将来の自分を師岡に見た。とても彼のように品性下劣《げれつ》に振る舞えそうにないが、しかし同じように大威張りに街中を闊歩《かっぽ》するのだろう。

何か大切な物を失っている気がした。

「先輩、無理してませんか？」

頼子が心配そうに声を掛けてくる。何度突き放しても懲りずにやって来る。学生の頃とは違うのに、そのつもりでいるのに、頼子は進介を変わらず『先輩』と呼んだ。

「先輩、わかりやすいんですもの。何だってわかっちゃう。私にはお見通しですよ。先輩は今、私に甘えたがっています」

悪戯っぽく笑って立ち塞がる頼子に、進介は辛辣《しんらつ》に言い放つ。

「俺に関わると不幸になる。変な目で見られる。もう付き纏うのはよせ」

「嫌です。好きなんだもん。私の気持ちを無視して一方的にお別れなんてずるい」

不意に湧いた後ろめたさが頼子から視線を外させた。

勝手なのはわかっている。だが、この手はすでに罪を犯しており、頼子を抱き締めることはできない。

事務所の外では他の組員の目があるので別の場所に移動した。

市営の野球グラウンドに入り、スタンドベンチに腰掛ける。

「今度は誰もいない球場なんですね」

引いていた手を放すと、頼子はくすくすと声を立てて笑った。

「先輩がデートに連れて行ってくれるところって、いつも知り合いに会いそうに無い場所ばかりなんですよね」

「今はデートじゃない。それに、俺たちはもう恋人同士じゃない」

「……はい。それでも先輩は人目を気にするんです。私のことを思って」

そして頼子は、いつになく真剣な眼差しを進介に向けた。

「学校でもそうでした。私たちが話せるのは図書室で二人きりのときだけ。昔、それとなく学校での先輩の様子を遠目から観察させてもらってました。在学中、先輩はクラスの人ともあまりお話していませんでした。嫌われているわけじゃなくて、寡黙《かもく》で人付き合いが苦手な先輩に皆さんが遠慮しているような感じで。でも、それって先輩がそう見せていただけですよね。本当の先輩はもっとお喋りで、ユーモアたっぷりで、よく笑う人ですもの」

「……そんな姿は君にも見せていない。俺は元々こういう性格だ」

頼子は首を振る。少しだけ切ない表情を浮かべて、言い聞かせてるように語った。

「いいえ、違います。先輩はもっと明るい人です。入学したときからずっと見ていましたから。私にはわかります」

優しい人です、消え入りそうな一言はまるで愛おしむように響いた。

「ご実家がヤクザの家だから仲良くなると迷惑になるって、そう思っているんでしょ？　先輩のそういう優しいところが、私、大好きなんです」

進介は項垂れた。その手は再び頼子の手を強く握っていた。

――俺も、君のそういうところを好きになったんだ。

どうしてこんなにもわかってくれるのだろう。無理をして誰とも仲良くすまいとしていたのに、頼子だけがすべてを包み込むように受け入れてくれた。甘えさせてくれた。彼氏が暴力団だなんて、進学校に通う女子ならば外聞《がいぶん》が悪いどころの話じゃないのに、それでも君は知った上でなお追いかけてくれるのだ。それがどれだけ今の進介を勇気づけてくれていることか。

「……初めて気づいたのは小学生のときだ。俺の家が極道一家だと知った同級生は皆、俺から離れていった。多分彼らの親が俺と付き合うなと注意したんだろう。俺は、自分の親が世間に迷惑を掛けている組織のトップであることを呪《のろ》った。家庭では優しくて良い父親だったからかなり葛藤したものだが」

訥々《とつとつ》と話す。このように胸襟《きょうきん》を晒したのは生まれて初めてのことだった。

話すべきだと思ったのだ。頼子に一方的に別れを切り出すのは卑怯《ひきょう》なことだと気づいたから。頼子を納得させたいのなら真摯に向かい合う必要があった。

「いくら子供同士の付き合いとはいえ、大人や世間は単純に物事を見てはくれない。ヤクザと付き合いがあると知られればどんな悪評が立つかわかったものじゃない。一般家庭ならなおさら、近所付き合いは大切にするからな。俺は厄介者だった。それを子供のときに思い知った」

「仲良くなることでその子のご家族が不幸になるかもしれないから、先輩は自ら身を引いたんですよね。厄介者だったなんて、卑下《ひげ》するように言わないで。先輩は良い子で、偉い子です」

「ヤクザの息子だ。いずれ俺は組長にまで上り詰めるだろう。そこを目指すまでに何人もの一般人を不幸に陥《おとし》れるんだ。それを誇らしげに語り、下の者を鼓舞し、組織を拡大させ、さらに社会に迷惑を掛ける。ただ金儲けのためだけにな！」

「嫌なら逃げてもいいと思います。でも、お父さんの跡を継ぐんだって言ったときの先輩はすごく凛々《りり》しかった。覚悟を決めて進む道なら、私は応援したいです」

欲しい言葉をくれる。迷いや葛藤を打ち消してくれる。頼子が後押しすることで、進介は頼子との別れを明確に決意する。頼子はそのきっかけを与えてくれている。

二人が二人ともこの関係を終わらせようとしていた。

これは先に進むための儀式《ぎしき》だ。

「社会にとっては良くなくても、みんなに嫌われても、承知の上でヤクザさんになるのなら、先輩はきっと良いヤクザさんになると思います」

「ヤクザに良いも悪いも無い。ヤクザはヤクザだ。そして俺は、その道を極めようと思っている。誰からも恐れられ、嫌われる、そんなヤクザになる」

「みんなから嫌われたとしても、私は嫌いになんてなりません。辛くなったら支えてあげます。先輩が自分を好きで居られるように、好きで居ます」

「暴力的に、狡猾《こうかつ》に、人の人生を足蹴《あしげ》にしてでも上り詰めてやる。欲しいものは力尽《ちからず》くで奪ってやる。傲慢《ごうまん》に生きてやる。止まるつもりはない。たとえ君が相手でも、俺はもう顧みない。俺は正真正銘の悪人になる」

「悪人でも何でもいいです。お別れなんて嫌です。一緒に居させて下さい」

「これ以上俺と関わるな。俺の人生に関わってくれるな」

決して半端者にだけはなりたくなかった。頼子よりも生き方を選んだ責任は命懸けで果たさなければならない。頼子の為《ため》にも。

頼子は頼子で幸せになってほしかった。

「私、先輩が居ない生活って想像付かなくなっちゃってるんですけれど、どうしましょう？」

「……」

その瞬間、困ったように笑う仕草に心は摑まれていた。

球場に風が吹く。突風《とつぷう》はポールに掲揚《けいよう》されている市旗を揺らし、吹き抜けて頼子の髪を乱暴に搔き乱す。進介の手でそれを整えてやり、はにかむ彼女に頬を寄せた。

初めての口づけはとても荒々《あらあら》しいものになった。

半端はできず、命懸けで極道を生き抜く覚悟を抱き、頼子の幸せを願う。

「──頼子。巻田頼子さん」

「はい」

「結婚してくれ」

「…………………はい」

切り捨てられないのなら、半端に生きられないのなら、まとめて手に入れるまでのこと。欲しいものは力尽くでも奪う、それがヤクザだ。

──俺も、おまえが居ない生活は想像が付かないよ。

結局、これも頼子への甘えだ。進介に向けられた、ぶれることのない想いの強さは、頼子らしくて眩しくさえあった。この陽《ひ》だまりからは抜け出せそうにない。

それからの日々は幸福に包まれた。頼子との交際は順調に思えた。深刻な喧嘩はしたことがなく、お互いに好き合っているという感覚を共有していた。生涯の伴侶《はんりょ》はこの人しかいないとさえ思う。青臭い恋ではあったが、それでも進介には得難《えがた》い幸福だったのだ。

何度も愛を確かめ合った。傷つけまいと優しくした。頼子の声が耳に絡みつく。不意に午後の日差しと本の匂いが思い出された。

至福はすべてあの図書室にあったのだ。

頼子の息遣いを聞きながら、進介は心地良い多幸感にまどろんだ。


至福の終わりは、唐突《とうとつ》に、思いもかけない死角から忍び寄る。

高級クラブで一番高いシャンパンを注文した師岡は、店内が賑わい始めた頃を見計らって、外に隠しておいた金属バットで店中を破壊して回った。クラブの支配人は鳥羽組とは別の組に見かじめ料を払っており、すぐさま用心棒を呼び寄せた。駆けつけたのは縄張り争いで敵対していた組の者で、師岡はたった一人で五人を伸《の》した。

「支配人さんよ！　ちょいとビジネスの話でもしようじゃねえか。こんなクソ弱ぇ用心棒雇うよりもうちに金払った方がいいと思わないかい？」

　断ればさらに破壊されるのは目に見えている。支配人は首肯し、師岡は気持ちよく最高級シャンパンを呷《あお》るのだった。

　ヤクザ抗争の激化がピークを迎えた時代だった。夜の街ではこのような出来事が日常茶飯事で、連日週刊誌にも取《と》り沙汰《ざた》され、抗争そのものがお茶の間のエンターテインメントにされていたのである。ヤクザ映画がムーブメントになったように、暴力は金になった。師岡は笑いが止まらない。時代はヤクザを容認していたのである。

　敵対組織は師岡に何度もしてやられていた。鳥羽組とは比べるべくもないほどの弱小組織であるため、師岡一人に数で圧《お》して勝てないようでは一矢報いることも難しい。しかし、このまま泣き寝入りできるくらいならそもそもヤクザになんてなっていない。

「ちくしょう。なんとしてでも小金井組の奴らに一泡《ひとあわ》吹かせてやる……！」

　怪しい企みは、難敵である師岡を避け、狙いやすい若衆に的を絞るのだった。

＊

　ある日、師岡に呼び出された。険しい顔つきから穏やかでない話であることは容易に窺えた。進介が対面して座るなり師岡は切り出した。

「テメエ、女ァ居るってなあ」

「え？　……ええ、付き合っている人なら居ます」

「悪いことは言わねえ、すぐに別れろ」

意味がわからず、呆けたまま師岡を眺めた。洒落《しゃれ》や冗談を言う相手ではない。それが忠告だったのだと遅まきながら気づいた。

「ど、どうして？」

「テメエはただのクソガキじゃねえってこった。組長の息子で、将来的には若頭だ。今はまだ使いっ走りだが、余所から見りゃ大事な大事な跡取りで、狙い撃つにゃあ格好の的なんだよ。——テメエの女が狙われるかもしれねえ。さんざ人目も憚《はばか》らずいちゃついてやがったしな、女の素性もすでに割れてんだろう。ちと不用心が過ぎたな。奴さんら、俺じゃなくテメエを貶《おとし》めることでウチの代紋《だいもん》に泥引っ掛けてえらしい。すぐに女と縁を切れ。人質にされたら厄介だぞ」

「人質!?　そいつら、カタギに手ぇ出すつもりなんすか!?」

「テメエの女だろ？　そりゃカタギとは言わねえよ。相手の弱みに付け込むのがヤクザの専売特許だろうが。何度取り立てしてきたと思ってんだ、タコ」

進介もまた実際に師岡に付いて、取り立てだけでなく見かじめ料を支払わせるためなら、その家族すら脅迫したことがある。本当に襲うつもりはなかったが、近しい人を盾に取った脅しは、従わせることはもちろん刃向《はむ》かう気力を損なわせることもでき、あらゆる面で効果的だった。

敵対する組織が同じ手口を使ったとしても何ら不思議なことはない。

師岡は煙草《たばこ》に火を点け、煙《けむり》を頭上に吐き出した。

「俺の女房《にょうぼう》は五年前の抗争で殺された。俺が特攻隊長だったから見せしめにな」

紫煙《しえん》を追う目つきは遠い。そこに在りし日の妻の姿を見ているかのようだった。

「俺は怒り狂ったが同時に、この世界の厳しさを学んだ気がした。所帯持ってる幹部はたくさん居るが、皆それなりの覚悟を決めている。昔の抗争を知らねえ若いテメエには及びもつかねえほどの覚悟さ。要するに、いろいろ足りてねえんだよ、テメエは」

初めて聞く師岡の凄惨な過去に少なからず動揺した。

極道の世界に飛び込むとはどういうことなのか。

すべてを奪うのがヤクザならば、すべてを奪われることも覚悟すべきだと師岡は言う。そんなことすらも考えていなかった進介は、今、頼子を不幸にしようとしている。

「まあ、殺されるようなことにはならねえだろうが、嫌がらせくらいしてくるだろうな。いいか？　極道は安目を売ったら終《しま》いだ。女を盾にされたテメエが土下座なんざしようもんなら、ウチがそいつらに頭ァ下げたことになる。いい笑いもんになる。小金井組の権威《けんい》が地に落ちちまう。テメエの失態一つで何もかもがひっくり返る」

進介が下手を打てば評判を下げるのは組の看板なのである。自分を一介のチンピラと思っているのは進介だけだ。組長の息子という立場が双肩《そうけん》に重くのしかかる。

「女を不幸にしてもいいってな覚悟があんなら別れる必要はねえ。だが、そうでねえなら別れろや。いずれにせよ、テメエはまだ若い。気張るにゃ十年早え」

師岡はそれだけ言うと立ち去った。進介はしばらくその場で固まっていた。

「……別れろだと？」

吐き出された言葉に実感が伴わない。なぜこんなことになっているのか。ようやく手にした至福を自ら手放せというのか。頼子に何と言うつもりだ？　そもそも、現状がそれほど大袈裟な事態に陥っているとは思えなかった。師岡の杞憂《きゆう》に過ぎないはずだ、そのように楽観的に思い込む。

なのに、背後からじわじわとどす黒いモノが迫っている感覚に陥った。それは運命と呼べるような回避《かいひ》しがたい予感めいた何かだ。虫の知らせとも。

頼子に会いたい。会って、彼女の笑顔に癒されたい。

　突然の呼び出しにもかかわらず、頼子は嫌な顔一つせずにやって来てくれた。背が低くて明るくて優しい、最愛の彼女。黙り込む進介を思いやって、呼び出された訳も訊かずに一方的に話してくれた。些細な気配りさえ愛おしい。

　進介が反応を示したのは、次の話題に飛んだときだ。

「卒業式には来てくださいね。両親も来ますからそのとき紹介したいんです」

「……俺は、ヤクザだぞ？」

　振り絞るように声を出す。自分で言った事実に、頼子との間に見えない線を引いたみたいで、おののいた。こんな簡単なことすらも忘れていた。ヤクザは世間の食み出し者でしかない。交わることすらそもそも許されなかったのだ。

「先にプロポーズした先輩が及《およ》び腰《ごし》でどうするんですか？」

　頼子はくすくすと屈託なく笑った。

「お父さんもお母さんも二人して田舎から出て来て、こっちに親戚《しんせき》が全然いないんです。だから、極道一家と縁故《えんこ》になるのはむしろ心強いと思うかもしれません」

「そういうものなのか？」

　一般人の感覚は時に奇異《きい》なものであった。ヤクザに対する偏見と、よくわからない憧憬《しょうけい》のようなものを同時に感じることが多々あった。実体は単なる暴力集団でしかないのに、やたら持ち上げられる。きっとマスメディアの影響だろう。仁義というものにおかしな幻想を抱いているのだ。

ヤクザ者の多くは極道の生き様に心酔し、進介でさえも代紋に誇りを覚えているが、部外者にこの感覚がわかるとは思えない。

「お父さん、人が良いから、すぐに先輩のこと気に入ると思います」

それらはすべて頼子の希望的観測に過ぎなかった。

現実は想像以上に非情なものであることを、進介は今まさに感じている。

しかし、こういうときこそ、頼子は言うのだ。

「大丈夫。私たち、卒業式の日には笑っていますよ。すぐに何もかもが上手く行くだなんて私も思いません。でも、きっと、春には笑っていますから」

「――」

この笑顔を曇《くも》らせたくない。進介は視線を下げて頼子の笑顔から逃げた。頼子と別れるなんて死んでも嫌だ。

半端者にはならないと決めたのに。

決断を下せなかった進介に、遠からず、裁きの日はやって来る。

＊

何もかもを棚上《たなあ》げにして、逃げて、決断を先延ばしにしてきた進介に、その日はやって来た。デートの待ち合わせ場所に頼子は最後まで姿を現さなかった。

事務所に戻ると、タイミング良く頼子から電話が掛かってきた。受話器越しに頼子はいつにない沈《しず》んだ声で『先輩』と呼び掛けた。

『ごめんなさい』

なぜ謝るのか。謝られるようなことをされた覚えはない。

「何があった？」

受話器を握る掌に汗がどっと噴《ふ》き出《で》る。嫌な予感がしていた。

『しばらく会えません。卒業式も来ないで』

「……順を追って説明してくれ。俺には何が何だかわからない」

『お父さんに先輩のこと話したら、その、……すごく怒って。………』

沈黙が何を物語っているのか、進介にはわからない。頭の中では暴れ回っている頼子の父を想像していた。話に聞く限りでは温厚そうな父親だと思っていたのに。

『すぐに冷静になってくれて、怒ったことも謝ってくれました。……それから、ぽつぽつ話してくれました。お父さん、借金があるって。つい最近、出来て、……それが暴力団絡みのものらしくって。…………だから』

「……」

待て。

ちょっと待て。

その話は何だ？　どこに繋がる？　なぜ師岡の顔が目の前にちらつくのだ！

「……暴力団とはウチのことか？」

『いいえ。聞いたことのない名前です。名前は確か——』

師岡から聞かされた、敵対している組織の名前であった。目の前が暗くなった。

『でも、お父さんは小金井組のことは知っていたから』

この辺りでは有名ですものね、と何に対してのフォローかわからないフォローを入れる。一般人には組も組織も関係なく一括《ひとくく》りに『ヤクザ』という認識だ。別の組織であろうとも進介はすでに頼子の父からは憎き相手としか思われていないのだろう。

デートに来なかったのは父親に止められていたかららしい。

先輩には話しておきますね、と幾分か冷静な声で続けた。

『借金をしていたのは私の叔父《おじ》、お父さんの弟に当たる人です。何でもいくつもの闇金業者からお金を借りていて、借金が数千万円にまで膨らんだそうなんです。叔父はもう財産をすべて失っていて、支払い能力が無いからと言って父に催促が来たんです。叔父の保証人にはお父さんの名前で登録されていたそうで……』

財産をすべて毟《むし》り取られた多重債務者からさらに金を回収するのは不可能だ。そこで行われる手口が保証人詐欺である。まず余所と自転車操業していた分の借金をまとめて一本化し、新たに金を出す。その際、人の良い人間を保証人に立て、債務者本人は高飛びさせる。借金だけを保証人にスライドさせて新たな金蔓として取り立てるのである。

保証人にはあたかも銀行からの融資《ゆうし》に見せ掛けて話を持ち掛けるのだが、バブル期だからこそあり得た手口であった。

「高利貸しは違法だ。支払う義務はない。まして未承諾の保証人なら」

『はい。……でも、お父さん、人が良いから。利息分はともかく元金はきちんと支払わないといけないって。自分の弟がした借金はきちんと返さないといけないって、それが筋だと言っていて。……それでその、相手はヤクザさんですから何をされるかわかりませんので、お父さんはお母さんや私の身を案じて離婚しようとしています』

取り立てるならその家族に手を出すことも厭《いと》わない。かつて自分も同じように脅していたことを思い出し、その罪深さに歯噛《はが》みした。

「その叔父はどうした？　彼に払わせればいい」

闇金業者に手を出すような男だ、大して期待せずに訊ねてみると、

『いなくなっちゃいました』

明るい声で返された。きっとその組織が手引きしたに違いない。借金から解放されて気を緩ませた叔父にさらなる借金を背負わせているはずである。多重債務者をタダで見逃すわけがなかった。

『借金をしたのは叔父ですし、払うと決めたのはお父さんです。いくら暴力団絡みでも先輩には何の関係もありませんから。気にしないで』

……なんて強い女だろう。仮にも彼氏がヤクザの組長の息子なのである、なんとかしてほしいと泣きつくのが普通だろうに。部外者だと突き放すことで、進介に負い目を感じさせまいとしていた。

『今はピリピリしてるから頭ごなしに反対されちゃいそうなので、一旦時間を置いてから改めて先輩のことを紹介しようと思うんです。こっちの事情で待たせてしまって申し訳ないんですけれど』

違う。違うんだ。十中八九、それは俺に対する嫌がらせだ。小金井組への当て付けだ。俺と付き合っていなければ、頼子の身辺を探られることはなかった。叔父の存在が弱みになることはなかった。頼子の家庭が壊されることはなかった。全部、全部！　俺のせいだ！

俺が原因だ……。

「頼子」

『はい』

「別れよう」

受話器の向こうから息を呑む気配がした。今から自分は頼子を精一杯傷つけようとしている。感情を切り離し、他人の目になったつもりで冷徹な自分を作り出す。それは、皮肉なことに、ヤクザに身を落としたことで染みついた習慣であった。

「別れてくれ」

『何を言っているんですか？　よくわかりません』

「わからないか？　俺はヤクザだ。カタギとは付き合えない。当然だろう」

『い、今さら、』

「いいや。昔からだ」

ぴしゃりと言い捨てる。言葉を遮られた頼子の呼吸が荒くなる。耳を、塞ぎたい。

「前に言っただろう。俺は誰かと深く関わるのが苦手なんだよ。どうせ君も最後には俺から離れていくんだ。初めからそのつもりで付き合っていた」

違います！　私は先輩が好きです！　どんな先輩でも好きで居るって言いました！

「……」

受話器を離して聞き流す。こんなことさえできるのか、俺は。彼女の必死さを無下にしてしまえる鬼畜《きちく》さ加減に思わず笑みを溢した。

頼子に聞こえるように嘲笑《あざわら》う。蔑《さげす》んだのは自分自身をだ。

「わかってくれよ。君と居ると、もう、苦痛なんだ。結婚してほしいなんてのは思わず口から出てしまっただけで本気じゃない。むしろ、君が本気になればなるほど重くなる。もう懲《こ》り懲《ご》りなんだ。良い機会だ、借金塗れの女なんかと連れ添う気にはなれないね」

まるでこちらが被害者だと言わんばかりの口調で切り捨てた。

「迷惑だ」

『――――』

沈黙が降りる。受話器を叩き付けてしまいたい衝動に駆られたが、酷い言葉を投げておいて自ら逃げることは許されなかった。傷つけるつもりなら最後まで見届けろ。

数分だっただろうか、一分と経っていなかったかもしれない、唐突にすうと大きく息を吸う音が聞こえた。どんな罵声《ばせい》も覚悟していたが、頼子が口にしたのは他愛のない単語を一つだけ。

『さようなら』

平淡《へいたん》な、何の感情も載《の》らない声が最後に聞いた彼女の言葉だった。

この日を以って、頼子と言葉を交わすことは二度と無かった。

＊

進介は卒業式を見に母校へと訪れた。

会場となる体育館へ進む卒業生の列の中に頼子の姿を見つけた。その顔は無機質なもので門出を喜んでいる様子はない。

「――ッ」

目を逸らすな。歯を食い縛り、体育館へと消えていく彼女をこの目にしっかりと焼き付けた。――これで良かったのだ。一緒になれば、師岡の女房のように、いつか取り返しの付かないことに巻き込みかねない。

心にはぽっかりと穴が空いたが、不思議なことにこれからのことに何の憂えも感じなくなった。期待しなければ何を不安に思うこともなくなるのだ。

頼子に会わぬままその場を後にする。もはや極道を突き進む意志にブレーキを掛けるものはなくなった。「俺はヤクザだ」呟いて、二度と笑うまいと心に誓う。

『春には笑っていますから』

彼女の微笑みを奪った代償《だいしょう》は一生背負い続けなければならないのだから。


高校を卒業した頼子は母方の実家に引っ越し、地元を離れた。人質として盾に取られる心配が無くなったとき、進介は極道としてのケジメを付けんと立ち上がる。

「舐められたままで終わらせるわけにはいかねえんだよ」

極道として生き、不幸せに死んでいこう。もう誰も愛さずに、一人きりで居よう。

それが頼子への唯一の贖罪《しょくざい》だと信じて、硬く冷たい拳銃を握りしめた。

仇《かたき》の組織に単身乗り込んだ。話に聞いていた通り少人数体制で、遠回しに嫌がらせしかできないだけあって正面からの突貫《とっかん》に脆く、制圧するのは簡単だった。

組長の頭に拳銃を突きつけるとドスの利いた声を聞かせた。

「囲っている女共をどうしようと痛くも痒《かゆ》くもねえが、売られた喧嘩なら買ってやる。今日がテメエら一家の命日だ」

腹を据えた進介の迫力に圧され、組長は堪らずに白旗を振った。弱小とはいえ、たった一人で組織を壊滅《かいめつ》させた武勲《ぶくん》は、その後進介を上へと伸し上げることになる。

八十年代後半からバブルが崩壊するまでに荒稼《あらかせ》ぎをした。地道に地上げを行い、まとまった金で政治家を取り込むとリゾート開発を餌《えさ》に銀行から不正融資を引き出して何十億という裏金を手に入れる。人脈を生み出し、いくつもの企業を興し、一大グループを結成した裏で、暴力による統括《とうかつ》にも手を抜かなかった。二十九歳という異例の若さで組事務所を構え、実父である小金井組組長を差し置いて鳥羽組本家の直系組長に躍進《やくしん》する。羽扇会の誕生であった。

悪名を馳《は》せろ。いずれ地獄《じごく》に堕ちるなら、遠くにいる頼子が後ろ指を差せる程度には有名でありたかった。この身に不幸が遭ったとき、すぐに伝わればいいと思う。

師岡は余所の組との諍いで刺殺された。師岡の葬儀《そうぎ》を盛大に執《と》り行ったが大して感慨を抱くこともなく、ただヤクザの営みに虚しさだけを覚えるのだった。

頼子の叔父を見つけ出して借金返済を迫った。保証人となった頼子の父は律儀《りちぎ》に返し続けてくれたが、進介はそれとは別に叔父からも取り立てを強攻《きょうこう》した。

「金を借りた奴が全額返済すべきだ。私のモットーでね、親兄弟親族に負担を掛ける奴は死ね。だが、君は運が良い。良い仕事を紹介してやる」

元々の貸金業者が持っていた債務事情をそっくり引き継いだ進介は、巻田一家に押し付けられた借金をすべて帳消しにした。手切れ金のつもりでもあった。しかし、頼子の父からの返済は止まったが、代わりに頼子から残りの返済が始まった。

毎月決まった額が入金された。頼子の父宛《あ》てに手紙をしたため、入金を止めるよう伝えてみたものの一向に止まらず、それから間もなく頼子から一度だけ差出人住所不明の手紙を貰った。

『ご無沙汰《ぶさた》いたしております。

先輩のご活躍は雑誌等々でよく存じ上げております。

ヤクザさんを取材した雑誌というものが世の中にはあったのですね。書店で目にしたときは吃驚いたしました。お元気そうで何よりです。

まずはお礼を言わせてください。父の借金を無くしてくださってありがとうございます。おかげさまで父も母と再婚できて喜んでおります。私たち一家が再び同じ屋根の下で暮らせるだなんて夢のようです。本当にありがとうございました。

ですが、借金は最後まで返済させてください。

お別れしたことには何か意味があったのでしょう？　優しい貴方のことだから電話で言ったことがすべて本音だったとは思えません。けれど、私が重荷になってしまうのは事実でしょうから、私にわからせるためにあえてあのような言い方をしたのだと勝手ながら思っています。

もし此度《このたび》の借金の帳消しが先輩にとって手切れのつもりだったのだとすれば、私は本当にお荷物でしかなかったことになります。いっぱい迷惑を掛けたのに、実情も知らずのうのうと生きていくことなんて私にはできません。せめて借金の負担分くらいこちらで解決できなければ、私は一生自分を許せなくなるでしょう。

もう関わってほしくないこともわかりますが、せめてお金だけでも返させては頂けないでしょうか。一生を掛けて払い続けますので。

どうか我《わ》が侭《まま》をお許しください』

文面通りに受け取れるほど自惚《うぬぼ》れてはいない。進介に借りを作ったままにしておくのは我慢ならない、そのように解釈《かいしゃく》した。

「……それで君の気が晴れるのなら」
金の切れ目が縁の切れ目とも言う。ならば、借金返済までは付き合ってやろう。
毎月の支払いで繋がる歪な絆。一日でも入金が遅れれば何かあったのかと不安にな
った。偶に多めに入金があったときは良いことでもあったのかと空想した。数字の羅《ら》
列《れつ》が彼女の人生を物語る。勝手なことだが、その繋がりから進介は悪道を突き進む力
を得ていたのだ。
そして、二十数年の間休まず続いた借金返済は、あと一度の入金で完済というとこ
ろまで来た。少し寂しくもあるが、ようやく頼子を解放してやれると密《ひそ》かに喜んだ。
しかし、最後の入金はなかなか行われず、何の音沙汰も無く半年が過ぎ去った。
……金額を間違えてすでに完済したものと思い込んでいるのだろうか。それならそ
れで構わなかったが、一報くらいあっても良さそうなものだ。もしや何か不幸が起き
たのか。気が気でなくなった。
頼子の現住所を下の者に調べさせてこちらから出向くべきか。
昔と違い、今やヤクザ業界は自分のシノギを保持し続けることに必死で余所の組と
抗争をしている余裕はない。頼子の存在が明るみになったとして、もはや進介の弱み
にはならないだろう。しかし、どこに敵や裏切り者が潜んでいるかわからないのも極

道だ。油断はできない。できれば部下にも頼子のことは秘密のままにしておきたい。

進介は名刺入れから『探し物探偵事務所』と印刷された名刺を取り出した――。

＊　＊　＊

陽子はふと我に返った。旅人の脅迫状に驚愕しながらも、小金井に連れられて来た理由を察したからだ。要するに自分は、人質に対する人質、なのであろう。陽子に旅人の恋人かと訊ねたのは人質に値する人間かどうかを測ったのだ。

陽子の睨み付けるような視線に気づいた小金井は、しかし、平然と口を開いた。

「保険だと言ったはずだ。日暮旅人の暴走を止めるにはこうするほかあるまい」

少なくとも口先では、陽子に危害を加えるつもりは最後までないようだ。比較的誘拐が簡単な灯衣ではなく大人の陽子を選んでいることからも小金井に悪意は無いように思える。――というのは、少々信用し過ぎか？

「これに懲りたら日暮旅人に関わるのはもう止めた方がいい。君のような一般人が裏《うら》稼業《かぎょう》の者と恋仲にあるのは見ていて忍びない」

「……それ、貴方のことですか？」

小金井は顔をしかめた。踏み込んだ質問だったと気づいたが、先に踏み込んできたのは小金井である。跳ね返った質問に気を悪くしたとしても自業自得だ。

「一般論だ。カタギはカタギの世界に居るのが幸せなのだ。わざわざ関わって不幸になることはない」

今度は陽子が顔をしかめる番だ。そんな勝手な忠告を聞くわけにいかない。

「大きなお世話です。私の気持ちを一般論に落とし込まないで」

好きだから離れて幸せになってほしい、だなんて。

だったら私の気持ちはどうなるの？

今、わかった。心に引っ掛かっていたのは旅人の愛情という名の身勝手さだ。陽子のためを思い、陽子を愛するが故に身を退いた決意は崇高で美しく、だからそれに惑わされた。陽子の気持ちを蔑ろにしていることには変わりなくて、傷つき合うことで繋がりを錯覚して、悲恋であることに陶酔《とうすい》した。すごく馬鹿馬鹿しい。小金井のような第三者に言われてようやく気づいた、なんと押し付けがましい親切か。

「幸せとか不幸せとか、どうして決めつけられるの。それは私が決めることだわ」

かつて旅人に言われた台詞を思い出す。陽子が大切にしていたキーホルダーを探し出してくれたとき、彼はこう言った。

——物の価値を決めるのは僕じゃない。持ち主です。

旅人との思い出は陽子のものだ。この恋心も陽子のものだ。その価値を決めていいのは陽子だけだ。他の誰にも、旅人にだって、陽子の幸福の基準を決めてほしくない。一般論ならなおさら。それこそ陽子の気持ちを蔑ろにすることになる。

好きなのに、離れて幸せになんてなれっこない。

どうして一緒に幸せになりましょうと言ってくれなかったのか。

「……君と日暮旅人との間に何があったのかは知らないが、よく考えることだ。少なくとも彼の目は失明の可能性があるのだろう？　苦労をするのは目に見えている。それに彼は極悪人だ。君まであらぬ疑いを掛けられるかもしれない。最悪、命に関わるような仕返しを受けることにもなりかねん」

この状況がすでに物語っていた。旅人が脅迫状を送ったせいで陽子が人質としてさらわれたのだ、見限るならばこれ以上の理由はないはずだ。けれど、

「私は旅人さんを信じています。今回のことだって、きっと何か理由があるはずなんです。ずっと旅人さんを見てきました。私は、私が好きになった旅人さんを信じています。もしも本当に悪い人だったとしても、それならそれで理由を聞きます。何もわからないうちから嫌いになんてなりたくありません」

旅人にも信じて貰いたかった。もっと陽子の気持ちを聞いてほしいし、ワガママも聞いてほしい。甘えたかった。甘やかして貰いたかった。彼の気持ちばかり優先してきたけれど、陽子にだって譲れないものがある。

——私のことが好きだと言うなら、もっと私を見て！　私の気持ちに気づいて！

不意に感情が溢れた。クリスマス以来溜め続けてきた想いが堰《せき》を切った。両手で顔を覆って涙を隠し、ここにはいない旅人を想う。

「距離を置かれるよりも、一緒に悩んで苦しんで、その上で支えてあげたい。そして、いつか一緒に笑い合いたい。好きなんだもん……！　それじゃ駄目……？」

「——」

小金井の運転が一瞬乱れた。その乱れを感じ取ったとき感情的だった心が急速に冷え込んだ。

こんなところで嘆いていても始まらない。

言いたいことは旅人に直接言わなければ。

わからせてやるんだ。もう我慢なんてしてやるものか。

「……もしも貴方が思っているような最悪な事態になったときは、私が旅人さんを説得します。それでいいんでしょ？」

「……」

小金井はそれきり黙り込み、目的地に到着するまでの間、沈鬱《ちんうつ》な空気が流れた。

山川陽子の言葉が胸に突き刺さった。

距離を離すことで不幸を回避できると信じていた。

もしや、一緒になれば不幸にしてしまうと思うのは、単なる決めつけだったのではないか。いや、そんなはずはない。ヤクザの世界に頼子を引きずり込むことなどできないし、進介がカタギになったとしても小金井組の看板から逃れることなどできなかったはずだ。

別れる以外に方法は無かった。何度も自問して導いた結論である。

けれど、もし、互いに寄り掛かることで困難を切り開く未来があったとしたならば？

今頃は一緒に笑っていられたのだろうか。

「……っ」

後悔するには三十年の月日はあまりにも長すぎた。武勇などと持ち上げられて、ひたすら汚名《おめい》を被った三十年だ。心を殺し、自分自身に見切りを付けた年月だ。頼子の笑顔を奪うことで得た罪深き日々だ。

身勝手で構わない。

頼子の隣に今、別の誰かが居てくれればそれでいい。

幸せに笑ってくれたなら。

俺はそれだけで満足だ。


三時間のドライブが終了した。高速道路を飛ばして二つの県を跨《また》いで到着したその場所は、日暮旅人が指定してきた野菜農園である。午後十時を過ぎ、田畑に囲まれた一般道は交通量が皆無で、遠くに見える民家の灯りと車のヘッドライトの光だけが光量のすべてだった。ビニールハウスが連なる敷地に侵入し、停車させた。

薄暗がりの中、こちらに向かってくる人影を視認した。進介はアタッシェケースを持って車から降りると、人影に近づいていく。

「お待ちしておりました」

日暮旅人が穏やかな笑みを浮かべて迎えた。進介は舌打ちした。

どうやら一杯食わされたらしい、と気づき始めたのは山川陽子に脅迫メールを見せた後だった。それまでは頭に血が上っていたので現状を客観視できないでいたが、他人に話すことで冷静さを取り戻し、見過ごせない事実に気づかされた。

「巻田頼子さんが仕組んだことかね？」

「いいえ。僕が勝手にしたことです。けれど、なぜ？」

「身代金の額が一緒だったのでね。――彼女はどこだ？」

日暮旅人が振り返った先――五十メートルほど後ろに見えるユニットハウスの正面に人が一人佇んでいた。

「この農園は頼子さんの知人の方が営んでいて、頼子さんは住み込みで働いていらっしゃるそうです」

日暮旅人は進介に道を空けた。アタッシェケースには触れもせずに。

進介は観念するように深々と溜め息を溢した。

「何のつもりか知らないが、こうなった以上付き合うほかあるまい」

すると、日暮旅人は意外そうな顔をした。物分かりの良い進介を怪訝に思ったようだ。悪戯を仕掛けた側として少々拍子抜けしたといったところか。

「いずれ決着を付けねばと思っていたことだ。早いに越したことはないだろう。それに、君への意趣返しならばとうに済ませてある」

そこでようやく山川陽子の存在に気づいたようだった。助手席を眺める日暮旅人の表情は魂《たましい》が抜けたように真っ白だ。その間抜け面一つで溜飲《りゅういん》が下がった。彼は三十年前の進介と同じ場所に立っている。山川陽子とどのように決着を付けるのか、見物《みもの》ではあったが、生憎と他人の恋路《こいじ》を面白がるような無粋《ぶすい》は持ち合わせていない。

せめて、旅人と陽子がこれから下す決断が間違ったものでないことを祈った。

頼子に向かって歩き出す。

暗がりの中でも近くまで寄れば、三十年ぶりに見る顔でもすぐに頼子だとわかった。目の前で立ち止まる。彼女は、——ああ、昔のままに可憐《かれん》に見えた。

「……」

「……」

だが、互いに老いた。切なさが胸に去来したが、同時に、十代の頃のときめきさえ覚えていることに戸惑った。進介の顔を見上げる頼子はまるで陽だまりにいるかのように目を細めている。

罪悪感もさることながら、愛しいと想う気持ちに支配され、言うべき言葉が見当たらない。絆を断つつもりでいたのに、この一瞬に感じ入る。

しんと静まった空気は夜気に晒されて凍《こご》えている。吐く息の生温かさだけがやけに神経にひりついた。見つめる相手の呼吸に合わせた心音が、はっきりと耳にまで聞こえている。

特別な空気に包まれた。やがて共有する二人の意識が交わるときがやって来る。

「先輩」

懐かしい呼び掛けに、瞬間、世界が図書室に化けた。

＊　＊　＊

——あの人とお話してみたい。でも、なんて声を掛けたらいいの？　突然話し掛けて、変な子って思われたりしないかしら。どうしよう、どうしよう。

「あ、あの！　……この本、面白かったですか？」

頼子は迷った挙げ句、返却してきたばかりの本の感想を訊ねてしまった。もっと気の利いたことを言えれば良かったのだが、人見知りの自分ではこの話題が限界だ。

そして、上級生に話し掛けるという大それたことをしでかしたことに気づいて青ざめた。思ったことを勢いに任せて言ってしまった感である。気恥ずかしくて、怖くなって、俯いていると、小金井先輩は少しぶっきらぼうに応えてくれた。

「あまり面白くなかったな。良ければ、君のお気に入りの本を紹介してもらいたい」

「——」

きっと、萎縮《いしゅく》する頼子を気遣ってそう言ってくれていた。先輩を遠巻きに恐がっている人たちが居たけれど、本当は優しい人なんだって私だけは気づけた。

ますます好きになっていく。

土曜日の逢瀬が習慣化し、先輩もいろいろな表情を見せるようになった頃、先輩は頼子のことを「君は強いな」と評した。座右の銘の一件もあってどうにも見直されたらしい。

けれど、それは誤解だ。本当の頼子は引っ込み思案で、臆病で、クラスの誰とも馴染めない、とても弱い人間だった。逃げ込む場所は決まって図書室と本の中。最近は先輩もその一つに追加された。図書室と本と先輩が居るだけで頼子は強い自分に成れている。

不思議だった。私が私じゃないみたい。

ねえ、先輩。貴方が居るから私は笑えているんだよ？　貴方が居てくれるだけで私は幸せなんだよ？　私一人じゃ強くなれない。騙されないでくださいね。

私はそんなに強くない。

「……恨めしかった。先輩にさよならを言われたときこの世の終わりかと思ったわ」

小金井進介の使いでやって来た日暮旅人を、仮住まいとしているユニットハウスに招き入れ、昔語りを聞かせた。最後の取り立てに来た彼ならば、当然、すべての事情を呑み込んでいるものと思ったから。

「でも、借金の返済をすることで彼と繋がっていられる気がしたから、まだ救われていたの」

なんて歪んだ救いだろうか。自分の弱さにほとほと呆れ果てる。こんなこと、進介はきっと気づいていない。

「先輩、……小金井さん、私のこと何か仰って？」

「いえ。ただ、今でも深く愛していらっしゃいます」

「……そう言ったの？」

旅人は小さく首を振ると、哀しげに目を細めた。

「貴女の名前を口にしたとき、初めて優しい顔をなさいました。それで、貴女だけが特別なのだとわかりました」

唐突に進介の顔が目の前に浮かんだ。三十年前の、制服姿のあどけない彼だ。

頼子の名を呼ぶときの、あの顔。

あのときが一番素顔を晒していたように思う。卒業し、ヤクザになってからはいつも辛そうにしていた。頼子と別れた後はもっと酷い。悪名を馳せて自らを貶め、それを頼子に見せつけることで贖罪としているとわかった。雑誌であくどい顔を見掛けるたびにこの胸は軋《きし》んで切なくなった。

「……だったら、私の気持ちにも気づいてほしかった」

愛しているのは私も同じなのに。私から寄り掛かる機会を奪っておいて、傷ついた顔をして、なんて勝手な人なのだろう。なんて優しくて、なんて残酷なのだろう。

——ああでも、当て付けのように入金し続けた私もそれは同じだ。

彼が抱く罪悪感に付け込んだ。お荷物になりたくなくて、けれど安全圏《けん》から繋がりだけは主張して……。行為そのものが歪んでいるから、伝わる気持ちも歪んだはずだ。今でも頼子が恨んでいるものと進介はきっと誤解している。

自業自得か。

「……それももう終わりね。半年もの間、随分引っ張ったけれど、あと一回の入金で完済なの。貴方がここへ来たということは、それが先輩の意志だものね」

寂しくはあるけれど、仕方がない。この生き甲斐も今日限りだ。

時折、三十年前に進介からの別れを受け入れていなかったら、もっと彼に縋り付く勇気があったなら——そんなあり得たかもしれない未来を想像することがある。あるいは、いつかは彼が迎えに来てくれるんじゃないかと期待もしていた。

「全部、終わりなのね」

彼が繋がりを断とうと言うのなら、もう受け入れるしかない。

進介のいない人生を――。

「いいえ。終わらせませんよ」

しかし、旅人は柔らかな笑みを湛えて提案するのだった。

「こういうのはどうでしょう。貴女は誘拐されるんです。身代金を小金井さんに要求し、僕たちに支払わせます。金額は、そうですね、貴女が小金井さんに返した額でどうですか？」

頼子は絶句した。その意味するところは借金の上乗せ。これまで返してきた借金を突き返される形で、一からまた生き甲斐が再開されるということだ。

絆の継続《けいぞく》だった。

「で、でも、そんなこと……」

許されるのか。再び進介を苦しめるだけではないのか。

「小金井さんを救ってあげてください。それは貴女にしかできないことです」

「……」

生き甲斐は頼子だけのものではなかったのだ。

そうして、二人は向かい合う。

見慣れた農園の景色が、あの図書室に化けた。

夕暮れが迫る土曜日の午後。利用者は無く、静けさに包まれて、呼吸の数は二人きり。ぺたりぺたり音を立てると、彼がゆっくりと顔を上げた。「先輩」そう呼び掛けて、私は彼の隣に腰を下ろすのだ。

アタッシェケースを掲げた。

「……身代金だが、君はまたこれを背負うつもりなのか?」

彼は辛そうな顔をする。そのような人生を歩ませてしまったと悔いている。本当に一途《いちず》で真面目。いつしか顔面は厳しい表情で固まって、いつから笑っていないのか、笑い皺さえ残していない。ああ、きっと、三十年前に、たとえ迷惑がられても、強引にでもその手を取るべきだったのだ。

「はい。…………でも、今度はお側に置いてほしいです」

「しかし、俺は……」

ヤクザという立場に葛藤する。長年に亘って煩わされた苦悶《くもん》がこの瞬間に解けるだなんて思わないけれど、目を背けようとする彼の手を取り、こちらに顔を向けさせて、あのとき言えば良かった台詞を、私はようやく口にした。

「不幸になったっていいんです。先輩と一緒ならそれでもいい。離れ離れになるくらいなら一緒に不幸になりたい。——約束して下さい。三十年も想い続けたのだもの、先輩が約束してくれるなら、私、これからも待っていられます」

「……」

不幸だと思っていても、それは一時だけの感傷だ。

時間は確実に移ろいゆき、明日や明後日《あさって》を連れてくる。そのうち笑っていられるはずだと苦悶することを諦めてしまえば、心はいつしか晴れやかだ。

一緒に笑っていられる未来だって。

一緒に居さえすればいつかは叶うはずだから。

夕暮れの光に照らされて、あの頃の二人が笑っている。

「……わかった。すぐにとはいかないが、いつかは………」

意地を張るのはもう終わり。私の笑顔を曇らせまいと、彼ならきっともう一度。

恋に落ちたあの一瞬を切り取ったみたいに、——ほら。

「——春には笑っていられるようにしよう」

「……」

「……」

沈黙が降りた。犠牲《ぎせい》となった多くの時間を想い、胸に込み上げる虚しさが静かに二人の間に降り積もる。変化の無かった青春がゆっくりと動き出すのを感じていた。

春はいまだ遠く、迎える時を待ち望む——。

*

小金井進介と巻田頼子が手を取り合っている光景を、陽子と二人して遠目に眺めた。

「——」

旅人は小金井に自分を投影《とうえい》させまいと強く意識した。目を逸らし続けてきたモノがそこにある気がしたのだ。焦点を当ててしまえば、おそらく取り返しが付かなくなる。迷いはもう断ち切った、ぶり返しがあってはならない。

隣に立つ陽子を見た。二人の手は繋がれていない。クリスマスのときのような温かみは消え、空虚《くうきょ》ささえ感じる倦怠《けんたい》感が漂った。陽子は真っ直ぐ前を見据えていて、旅人の視線にも合わせない。——嫌われたか。それもそのはずだ。陽子の気持ちを知りながら突き放したのだ、嫌ってくれなければ意味がない。

その上、こんなわけのわからないことに巻き込んでしまった。小金井に無理やり連れ回され、きっと怖い思いもしている。陽子が目を合わせようとしないのも当然だ。

そう仕向けたくせに、どうして僕は哀しいと思うのか。

「……陽子先生」

辛く傷ついた彼女を寒空の下にいつまでも置いてはおけない。一瞬躊躇した後に、旅人は陽子の手を引いて歩き出す。

「少し歩けば駅があります。そこでタクシーを拾いましょう」

今からだと帰り着くのは深夜だ、遅くまで付き合わせたことを悪く思い、旅人は足早に行く。素直に付いてくる陽子の顔は見られなかった。――見たくない。無感情な彼女の瞳はきっと旅人を非難する。それに耐えられそうになかった。

誰に失望されようとも構わなかった。拠点《きよてん》を変えれば周りのすべてが他人になった。居づらくなったのならどこへなりとも消えればいい。そうやって生きてきたから、たとえ雪路や灯衣に嫌われたとしてもどうにかやっていける自信があった。

けれど、心を支える思い出ばかりは手放せない。遥か昔、幼い頃に、ほんの少し触れただけの温もりが旅人の核となる部分を作っていた。いずれこの目が見えなくなり、生きることさえままならないとしても、確かに在った愛情を思い出すことで自分は自分として居られる。そんな気がするのだ。

陽子に見限られることはその思い出を手放すということだ。……なんという矛盾《むじゅん》だろう。彼女を傷つけておきながら自分は傷つきたくないと言っているのも同じことじゃないか。

陽子の幸せを願う気持ちは本物である。

不幸にしたくないから拒絶して、傷つきたくないから拒絶した。

僕はワガママだ。

彼女の気持ちを知っていてなお、彼女の気持ちを踏みにじる。

「ごめんなさい。怖い思いをさせてしまって。でも、今日みたいなことはもう起こりませんから。僕の目が見えなくなれば仕返しをしたいという人もいなくなるでしょうし。陽子先生は普段の生活に何の問題もなく戻ることができます」

余計な親切心だとわかっていたけれど、せめてそれだけは伝えておこうと思った。

「……」

突然、立ち止まる陽子に手を引かれた。

何事かと振り返ったとき、首に縋り付くように両腕を回した陽子の唇が旅人の唇を塞いでいた。

「――」

押しつけるような口づけは、陽子の爪先《つまさき》が地面に触れたとき自然と離れた。

一瞬、何をされたのかわからなかったが、わずかに触れた唇は焼けるように熱かった。無くしたはずの感覚を取り戻したかのようだ。呆然としているところを、息を弾ませた陽子が旅人の胸に頭を預けた。

陽子は振り絞るように声を張り上げた。

「私は旅人さんが好き！」

拳を胸に打ち付ける。ドン、と小さな衝撃が彼女の心情を力強く訴えた。打ち付けるたびに好きだと言い、何度も言い、そのときようやく彼女が泣いていることに気づいた。叩く拳はだんだん弱々しくなっていく。

「好きなのっ！　好きなのに、想いを伝える機会まで奪わないでよ！」

「……」

旅人は思う。言い訳がましく心の中で弁解する。

決定的な言葉を避けたくて誤魔化してきた。関係が変われば彼女を放っておけなくなるからだ。不幸にするとわかっていて、どうして彼女を抱き締められる？

「私のこと好きなら！　私の言葉も聞きなさいよ！」

そこに居てくれるだけで良かったんだ。昔と今とでは距離があり過ぎる。僕は変わってしまったし、これから先は何一つ約束できない。君に出会えただけで幸運で、胸が詰まるほど嬉しくて。クリスマスには夢まで見させてもらった、だから、感謝の気持ちしか与えられるものがなかった。

「不幸にするとか決めつけないで！　どんな旅人さんだって好き！　情けなくても格好悪くても！　もっとたくさんの貴方を見せてほしかった！　壊れ物みたいに扱わないでよ！　優しいだけじゃやだ！　もっと私に甘えなさい！」

ほら、今も。世話焼きで、いつも手を引いてくれたあの頃の彼女に戻っている。

遠慮していたのは君も同じだろう。

僕らは子供の頃から随分と変わってここに居るのだから。

取り戻せないモノに縋っていても意味は無いんだ。なら、今ある大切なモノをきちんと守り抜かなくちゃ。波風立てず、穏やかで平穏に、僕一人が静かに消えていきさえすれば、誰も何も傷つかない。

寂しいけれど、それでいいじゃないか。

「離れていたって何も良いことない！　私は貴方と一緒に悩みたい！　一緒に苦しみ

たい！　支えたいの！　傍に居たいの！　わかってよ！　私はっ！」

旅人の瞳に言葉を映す。

「貴方を幸せにしたいのよ！」

最後に打った拳が一番胸に響いた。

勢いはそこで収束した。息を乱し、肩で呼吸する陽子は涙で濡《ぬ》れた顔を持ち上げて旅人をじっと見つめた。初めて見る怒り顔は身勝手な旅人を責めている。

おののいた。

「僕は……」

僕は、――――それでも僕は、今の自分に満足している。

そう言ってくれて嬉しい。幸せだ。これで十分だ。

だから迷わせないで。君を手放せなくなりそうだ。

「……僕だって同じです。貴女が幸せになるのならそれでいい。――うん、もう大丈夫です。ありがとう。陽子先生の気持ちは本当に嬉しかった」

この気持ちさえあれば明日も笑っていられる。それからもずっと笑っていける。

悔いはない。

「やめてよ。そんな風に笑わないでよ……。私のことなんてどうだっていいの」

陽子はキッと睨み上げると、震える声で叱りつけた。

「一番辛いのは貴方でしょう⁉　辛いのも苦しいのも、悲しいのだって、みんなみんな貴方のモノよ！　だったら！　………………だったらぁ、」

その慈愛をぶつけられたのは生まれて初めてのことだった。

「もう、泣いたっていいんだよ……」

「……………………………………ぁ」

世界から音が消えた。

陽子に目が釘付けになる。たった一つ欲しかった言葉が体中を駆け巡る。すべての神経が麻痺して、無くしたはずの五感が疼き始めた。

もう我慢しなくてもいいのかもしれない。

「────ああ」

許されたのだと思った。

不安や、怒りや、哀しみや、孤独や、嫉妬や、羨望《せんぼう》や──抑圧《よくあつ》してきたあらゆる感情が、一挙に胸の内から込み上げてくる。

じわりと涙腺《るいせん》が緩んだときにはもう限界だった。涙が後から後から静かに流れ出る。溜め続けていたものがようやく解放されたのだ、抑え付けることなどできなかった。

膝を突き、俯きかけると陽子が旅人の頭を抱いた。柔らかな胸に顔を押しつけられたとき、その母性に抗えず、初めて声を上げて泣いた。

「うわああああああ、あああああああ！」

慟哭《どうこく》が、嘘吐きな自分を責め立てる。

何が幸せなものか。何が十分なものか。

僕一人が消えていきさえすればいいだなんて、そんなの耐えられない。

笑っていられるわけないだろう⁉

「どうして……、どうして僕なんだ⁉　どうして僕だけがっ⁉　どうしてっ、どうしてっこんなことに……ッ！　僕は、僕はあああああ──っ！」

本当は怖かった。徐々に光を失っていく恐怖に震えていた。

本当は寂しかった。日常から遠退いていく孤立感に泣いていた。

本当は生きていたかった。誰とも別れたくない。何も失いたくない。もっとたくさんの景色を見つめていたい。

僕は、

「生きて……、いたいんだ…………ッッッ」

この想いを受け止めてくれる誰かの不在を、本心ではずっと嘆いていた。一人きりでもいいと嘯《うそぶ》いて、この目はずっとそんな誰かを探していた。

「やっと聞けた。旅人さんの本音」

「――――っ」

君だった。

僕は、君を、探していたんだ。

「ずっと一人で抱え込んで、大変でしたね。偉いです。よく頑張りました」

欲しい言葉をくれた。濡れた視界の中で彼女の言葉はきらきらと輝いた。心に溶け込んで温かい。理解を得られた安心感は一層旅人の心を解きほぐす。

「でも、これからは一緒ですから。私だけじゃなく、ユキジ君もテイちゃんも亀吉さんも、みんな旅人さんの味方です。ドクターにもきちんと相談しましょう。その目を失わないように、一緒に考えましょう」

頭を優しく撫でられていることは目に視えていなくてもわかる。身を委ねることがこんなにも温かだって知らなかった。知ってしまえばもう、一人きりになんて戻れない。

くすぐったい気持ちと泣いてしまった決まり悪さに、旅人はしばらく動けずにいた。

「私、旅人さんに会えて良かった」

しばらくしてぽつりと落ちてきた呟きに、再び涙が滲んだ。もうどんな言葉も視えはしない。僕もです――、かろうじて振り絞った声はがらがらに嗄《しゃが》れていて、様にならなかった。

陽子はおかしそうに笑った。

その笑顔はもちろん、困った顔も、怒った顔も、泣き顔だってそう、全部、全部が愛おしい。

旅人もつられて笑った。

一緒に居たいと思ってしまったんだ。

この先何があったとしても。

「――貴女に会えて本当に良かった」

僕は、君を、見つめていたい。


（了）

魔の手

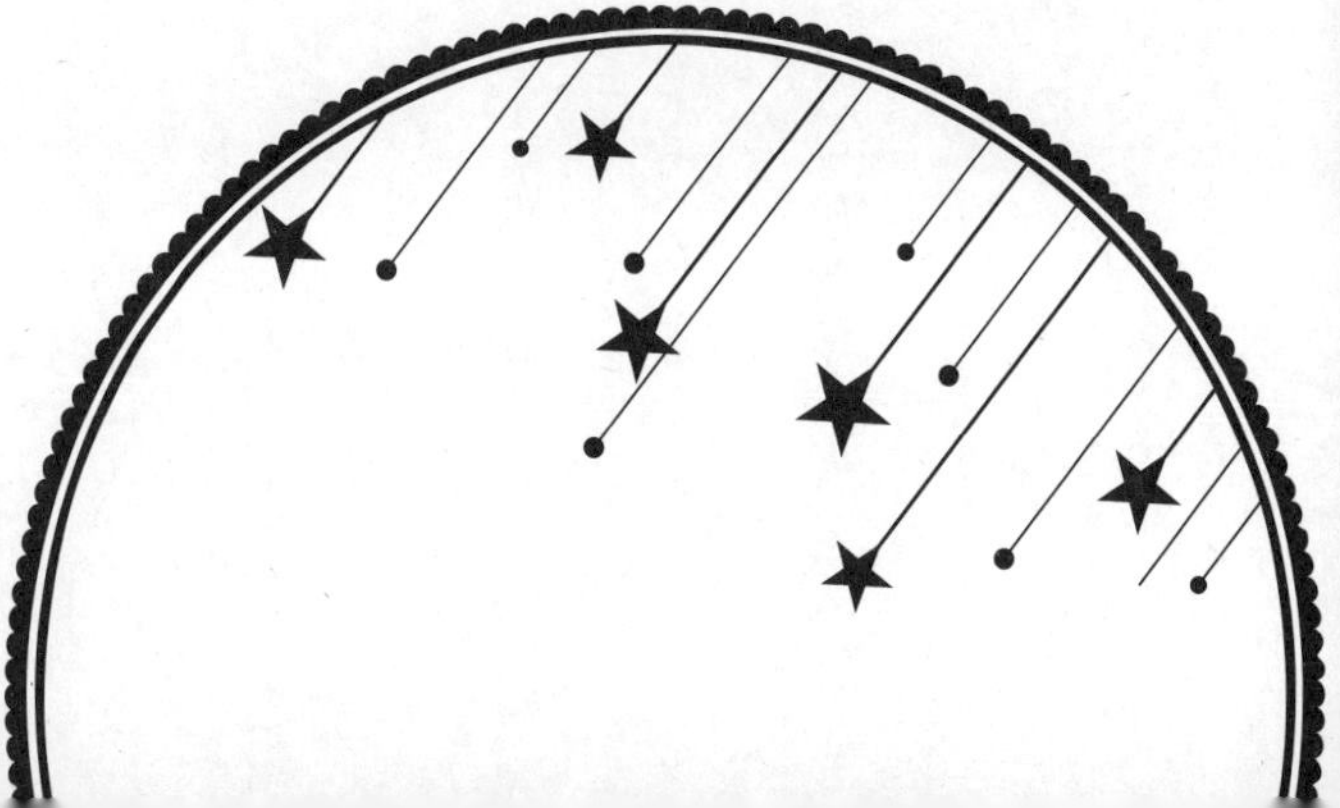

それではそろそろ復讐《ふくしゅう》を再開致しましょう。


現市長の渡《わたり》は、雪路照之顧問《こもん》を市長室に招き入れると、早速《さっそく》本題に入った。

「これが私の自宅に送られてきた文書です」

差し出した一通の便箋《びんせん》には以下の内容がワープロで打たれてあった。

『本日より一週間以内に、雪路照之前市長が任期中に働いた数々の悪行を世間に公表せよ。さもなくば、市内の何処《どこ》かで爆弾テロを実行する』

雪路照之はさっと目を通すと、険しい顔つきで渡を見据えた。

「これが何だと言うのかね？」

「ただの悪戯だと仰いますか？『差出人』を御覧《ごらん》になりましたか？　明らかに山田《やまだ》

快正《かいせい》殺害事件のことを示唆《しさ》しています」

フリージャーナリストの山田快正は、不正や不祥事《ふしょうじ》をネタにして政治家や企業団体から現金を強請《ゆす》るような狡猾な男だった。情報収集能力は高く、情報を盾にあらゆる個人から次々と弱みを引き出し、複雑に絡んだ利害関係を網羅《もうら》することで自己保身にも繋げていた。

彼が携帯していた通称《つうしょう》『山田手帳』には業界のあらゆる不正の闇が記されてあり、多くの人間が、恐れ、手に入れようと画策したものだ。いまだ発見には至っておらず、そして――。

山田快正は十九年前、不正を摑まれた何者かが放った殺し屋によって殺害された。

「私もあの事件には少なからず携《たずさ》わりましたからね。無視することはできません」

「私には何の関係もない話だな」

「関係ないですって？」

「そうだ。君は何が言いたい？」

渡は首を左右に振り、老獪《ろうかい》さを感じさせる表情の中に苦悶を浮かび上がらせた。

「これが単なる悪戯だとは思えんのです。『差出人』の名前は、山田殺害の後のことを糾弾している。『山田手帳』を持っていた可能性があったとして巻き添えを食った『彼』

は、その名前は、あの事件の関係者の胸に深く刻まれています。今でも」

事件以降、利した者ほど良心の呵責《かしゃく》に苛まれた。渡もまた雪路市政の下でいくつもの甘い汁にありつけた。山田快正亡き後、恐れる物は『山田手帳』だけで、『差出人』に関して言えば完全にとばっちりに過ぎなかった。何も殺すことはなかったはずだ。

便箋を手にしてテーブルに叩きつける。渡は息を弾ませた。

「十八年前、……いえ、もう十九年前になりますか、あの事件を知る人物の手によるものなのですよ、これは！」

雪路照之の目は、それでも冷めたままだ。『差出人』の名前にも反応を示さない。

「……まさか、もうお忘れになられたのですか？」

渡の目に侮蔑《ぶべつ》が籠もる。忘れたとは言わせない、と強く訴えている。そこにはわずかばかりの羨望の想いもあった。忘れられるものなら忘れたい。関わった事実をすべて抹消《まっしょう》したい。少しも動揺を見せない雪路照之が、渡には巨大に見え、相対的に自身がひどく矮小《わいしょう》に思えた。

雪路照之は、渡の視線を物ともせずに、鼻を鳴らした。

「知らんな。どこにでもある名前だ」

思い悩んでいるのが自分だけだという理不尽さに腹が立った。

「引退した貴方はよろしい、しかし、私は現役の市長だ。この脅迫状を無視して、もしも爆弾テロが実際に起こってしまえば、初期対応を怠《おこた》ったとして私が責められることになります。少なくとも議会からは退任を迫られるでしょう」

ならば、打つべき初期対応の常套《じょうとう》手段は限られてくる。まず警察に通報することだ。しかし、それが容易に行かないからこそ苦悩《くのう》した。

この脅迫状は物証である。警察に提出しないわけにはいかない。近頃はテロリスト『天空の爪』が爆弾テロ事件を起こしたばかりで、警察は爆弾と名の付く物にはとかく敏感だった。すぐにも大掛かりな捜査が行われるだろう。マスコミにも嗅《か》ぎ付けられる。

危惧《きぐ》すべきはこの『差出人』について調べられることである。犯人への重要な手掛かりだ、調査は必ず行われるだろう。しかし、それは十九年前の事件を掘《ほ》り起こすことを意味するのだ。おそらく『差出人』の身元と存命確認、そして雪路照之との因縁が明るみになれば、ただの愉快犯《ゆかいはん》の仕業《しわざ》でなく、関係者による雪路照之への怨恨《えんこん》の可能性を疑われることになる。十九年前の出来事を洗い直されかねない。

それだけはなんとしても避けねばならず、回避する手は一つしかなかった。

「貴方のかつての不正を告発するだけでいいのなら、そうしたい。すでに後進に道を譲った貴方だ、了承してくださいますね？」

雪路照之をこの場に呼びつけたのは承諾を得るためだった。無論、反対されても押し切るつもりでいる。

「浅はかだな、渡君。何を公表する気か知らんが、君もただでは済まんぞ」

雪路照之の不正は、すなわち、市議会議員時代に共謀《きょうぼう》した渡の罪でもあった。

だが、そんなことは百も承知だ。告発する内容は、渡が信用の置ける人間だけでチームを組んで吟味《ぎんみ》する。雪路照之の天下を疎《うと》ましく思う者は少なくないのだ、これを機に下克上《げこくじょう》を果たし、雪路照之ひとりを蜥蜴《とかげ》の尻尾に追いやるつもりでいた。

「ご心配には及びません。貴方のお手を煩わすことはありません。ご了承頂ければそれでいいのです」

決別を暗に含ませた言い回しに、雪路照之は胡散臭い物を見るような目つきになる。

「君の考えはよくわかった。だが、やや拙速《せっそく》が過ぎるな。少しは頭を働かせなさい。テロに屈《くっ》したとなれば、それもまた世論は黙っておらんよ」

「人命を救うために不正を告発するのですから、善良な市民なら騙されてくれるでしょう。もちろんマスコミへの対応も抜かりなく行うつもりです」

「まあ、待て。冷静になりなさい。こういうときこそ権力を使わんでどうする？」

いよいよ煩わしくなったのか、雪路照之の声に険が宿る。渡はやや臆《おく》して顔を引きつらせたが、頑として視線だけは外さなかった。反論はその態度だけで十分だろう。

雪路照之が言う権力とは警察組織のことだ。ただしそれは、雪路照之の息の掛かった警察庁の官僚《かんりょう》や県警察の上層部に限定される。

十九年前の事件は警察も一部加担していた。『差出人』を調べられて困る人間が警察内部にもおり、なるほど、彼らに任せておけば上手く処理してくれることだろう。しかし、警察には『改革派』と呼ばれる連中もいる。幹部を引き摺り下ろそうと躍起《やっき》になっているという話だ。一枚岩でない限り信用はできない。

雪路照之は渡の考えなどお見通しであるかのように、言い放つ。

「権力とは私のことだ。何も使える駒は警察だけではない」

唖然《あぜん》となる渡を無視して、雪路照之は便箋を手に取ってじっくりと眺めた。便箋の最後に記された差出人の名前には『日暮英一《えいいち》』とあった。

わずかに眉を寄せた。

「いつまで……」

その呟きは渡の耳に届くことなく吐息《といき》に混じって消えた。

——いつまで纏わり付いてくるつもりだ、亡霊《ぼうれい》め。

＊　＊　＊

二月上旬――。

数日の間、雨と雪が交互に降り続いたがそれも弱まり、この日は久しく見られなかった晴れ渡った青空が頭上に現れた。濡れた路面を輝かす陽光が、まるで幸先《さいさき》良いことを象徴しているかのよう。

旅人が大病院の眼科で診察《しんさつ》を受けることを決意した。主治医となった眼科医に目の特異性と視覚以外の感覚が無いことを打ち明け、その原因が違法ドラッグであることまで語った。確かな因果関係については検査の結果を待つしかなく、今後治る見込みも、その為の治療《ちりよう》法もまだ定まらない。――まだ初日だ、問診と検診だけですべてが解明するなら苦労はない。長期に亘る治療は初めから覚悟の上であったのだが、その最初の一歩が晴れやかな日和《ひより》の下で行われたことに、榎木《えのき》竜造《りゆうぞう》は思わず感じ入った。

――よく闘《たたか》う覚悟を決めてくれた。

歓楽街に診療所を構えている榎木は、旅人の目の理解者の一人である。優秀《ゆうしゆう》な眼科医を見つけて紹介したのも榎木だ。旅人の視力が下がっていることは、定期的に診察していたからわかっていた。いつ旅人が決意を固めてもいいように準備だけはしていたのだ。

生きることと向かい合った旅人が誇らしい。雪路雅彦を含めて我が子のように可愛がっていたものだから、なおさら、感慨深い。

目尻を下げる。病院の個室には旅人の他に付き添いでやって来た雪路と陽子がいて、三人の姿を榎木は穏やかな表情で眺めていた。

雪路が不満そうな声を上げた。

「……やっぱり芳《かんば》しくないのか？」

「そうだね。ずっと放ってきたツケが回ってきたんだ。症状《しょうじょう》の改善を期待するのは虫が良すぎるよ。視力は落ちる一方だし、相変わらず治療法はわからない」

旅人は掛けている眼鏡をくいと持ち上げた。雪路は視力の低下を知らされていなかったらしく、病院に着くまでに何度も激昂《げきこう》した。今も、他人事のように話す旅人に苛立っている。無理もない。

頼ってほしいと思う気持ちは、榎木にはよくわかる。心配を掛けさせまいという配慮が他人行儀のようで水臭《みずくさ》く、また、信頼されていないみたいで悲しくなった。医者でもある榎木はことさら打ちのめされたものだ。旅人が、診察は受けるのに治療を決断しなかったのは、偏《ひとえ》に榎木が信頼を勝ち得なかったが故である。

そんな旅人から生きたいという望みを引き出させたのが、陽子だった。

陽子は真剣な面持《おもも》ちでずいと旅人に顔を寄せた。

「治療法がわからないからこそお医者様に掛かる必要があるんです。覚悟してくださいね。逃げ回っていた分、長い時間拘束されるかもしれないんだから。途中で逃げ出そうとしたら引《ひ》っ叩《ぱた》きますから」

「おおぅ……」

雪路まで圧倒されている。いつになく強気な陽子に、しかし旅人は嬉しそうに微笑んだ。

「僕の方からお願いしたいくらいです。僕は自分が思っている以上に打たれ弱いから、もしかしたら黙って逃げ出すかもしれない」

「そうですね。貴方は弱い人です。だから、ずっと見張ってます」

見つめ合い、二人は笑った。今の会話で二人の仲が窺い知れた。纏う雰囲気がいつもと違うことには榎木も、雪路も、なんとなく気がついていたが、まさかここまで進展していたとは意外であった。

疎外感を覚えたのか、雪路は詰まらなげに言った。

「でも、医者に掛かれば治るってわけじゃねえ。あんま閉じ込めておくのもどうかと思うぜ？」

「もちろん。私たちも出来る限りのことはしなくちゃ。とりあえず旅人さんにこれ以上無理はさせないこと。まずはそこから始めないとね」

「そりゃそうだけど……。視力は現在進行形で衰《おとろ》えているんだ。とにかくそれだけでも改善させねえとどうしようもねえ」

雪路は、わかっていても何もできない自分の不甲斐《ふがい》なさを詰るように、くそ、と毒づいた。諭す陽子に反発したいわけではないのだろうが、もどかしさについ苛立ってしまう。

「ユキジ君、顔上げて！」

ハッとしたように顔を上げる。陽子に人差し指を突き付けられて思わず上体を反らした。

「ネガティブな発言は禁止！　病は気からって言うでしょ！　こういうときこそ希望を持つことが大事なの！　心配要らないわ。だって、旅人さん、目を瞑っていても私の手が触れたのに気づいたことあったもの」

それが一時の奇跡《きせき》や目の錯覚ではなく、確かな快復の兆しであると陽子は言う。希望は、手繰《たぐ》り寄せれば叶うと信じていた。

至極もっともなことを言われて、雪路はますます面白くなくなった。

「前にも聞いたよ。でも、それ、夢だったんじゃねえの？」

「たとえ夢だったとしても、否定したってプラスになんてならないでしょ？　だったら、私は信じることにする。ユキジ君も信じて。治る見込みは絶対にあるわ。私たちだけはそれを疑っちゃいけない。旅人さんも弱気なこと言ったら怒りますからね！」

「はい。言いません。陽子さんが怒ったら怖そうだ」

「もう！　すぐそうやって茶化《ちゃか》すんだから！」

「……ちっ」

雪路はそっぽを向き舌打ちして誤魔化した。雪路とて否定的なことばかり言いたかったわけではない。

苛立ちの原因は女房役を取られたところにあった。旅人に活を入れるのは雪路の役回りであるべきなのに、陽子にすべて持って行かれて拗ねているのだ。榎木は苦笑する。旅人のこととなると途端に子供じみてしまうのはもはや悪い癖だな。

反対に、陽子は旅人に対して遠慮が無くなったように思う。一歩引いていたこれまでよりも、元々の性格もあるのだろう、背中を押すその姿は活き活きとして見えた。

旅人も満更《まんざら》では無さそうで、やけに楽しげである。

　陽子の言うとおりだ、病人だけでなく周りの人間まで暗く沈んでいては治るものも治らない。陽子の明るさや存在感は今や必要不可欠なものになっており、彼女が居てくれるおかげで旅人はおろか雪路まで塞ぎ込まずに済むことができていた。

　介護《かいご》者に不安は無さそうだ、榎木はそう確信した。


　しばらくして、雪路が携帯電話を片手に外に出た。慌てて耳に当てているところを見ると、誰かから着信があったようだ。榎木も用足しに席を立ち、病室から出た。

　トイレから戻ると、玄関ロビーで立ち尽くす雪路と鉢合わせした。雪路は携帯電話を見下ろしながら浮かない顔をしている。

「何だ？　どうかしたのか？」

「……いや。何がなんだか。とにかく、帰るわ」

「何だと？」

「悪い。アニキのこと頼む。明日また見舞いに来るって伝えておいてくれ」

　言うが早いか、雪路は足早に去っていった。大切なアニキを差し置いて優先するものが雪路にはあったのかと、意外に思った。変わったのは陽子だけではないらしい。

病室のドアに手を掛けたとき、中から聞こえてきた声に身を固めた。

「――待って。まだ帰らないで」

そっとドアを開けて隙間《すきま》から中を覗く。旅人はベッドに腰掛けたまま、コートを羽織り帰り支度を整えた陽子の手を握っていた。

「終わるまで傍に居てください」

「旅人さん……」

日はすでに傾きかけている。諸々の手続きに時間を食い、さらに目の検査も長引くものと思われるので、おそらく終わる頃には面会時間は過ぎているはずだ。普段の旅人ならば陽子を気遣って帰らせるところだが、今回は様子が違った。

「テイちゃんが心配だから早く事務所に行かなくちゃ。旅人さんだってさっきそう言ってたじゃないですか？」

「……テイのことはもちろん心配です。僕のせいで寂しい思いをさせてしまっている。陽子さんにも頼り切ってしまって申し訳ないと思います」

「私だってテイちゃんのこと大好きですもの。頼り切ってもらって嬉しいんですよ」

「でも……、でもまだもう少しだけ、このままで」

陽子の手に額を押しつけた。

目を調べることは旅人にとって一大事である。これまで逃げてきた分、圧し掛かる不安も格段に違うのだろう。こんなにも弱々しい旅人は初めてだった。

誰かに縋りたいのだ。そんな旅人を見て、陽子は肩を竦めた。

「甘えん坊ですね」

呆れたように笑い、旅人の頭を抱いて優しく撫で付ける。

「大丈夫。私は何も心配していませんよ。旅人さんの目は絶対に治ります。他の感覚だって取り戻せます。そう信じているから、不安なんて感じていません」

「でも……」

「弱気なこと言ったら怒るって言いましたよ？　それとも叱ってほしいんですか？」

「叱ってくれていい。もっとこうして居たい」

「もう、しょうがないですね。旅人さんは」

まるで子供をあやすように、陽子は旅人を慰めた。榎木ですらその母性には思わず心惹かれてしまった。それくらい慈愛に満ちた抱擁だった。

二人は優しい呼吸を繰り返す。なぜか二人の姿が遠い昔からの知り合い同士のように見えていた。旅人と陽子は一年前に知り合ったばかりだというのに。男女の関係というものは、やはり、おかしなものである。

やがて体を離して互いに顔を見合わせたところで、榎木は出歯亀《でばがめ》を止めた。

数分後、病室から出てきた陽子は廊下の壁に寄りかかる榎木を見つけて、途端に顔を真っ赤にした。

「み、見てましたか？」

「ふむ。まあ、……若いしなあ」

茶化す気にもならない。若気の至りというのは目撃した方も恥ずかしいものだ。

陽子は誤魔化しを含みつつ、頭を下げた。

「旅人さんのことよろしくお願いします」

「私と一緒なら残っていても誰にも咎められんよ？」

面会時間外に院内に居たとしても、榎木の付き添いという形でなら大目に見てくれるだろう。しかし、陽子は首を横に振った。

「でも、もう遅いですし、テイちゃんの様子も見に行かないと」

強い子だと思った。

不安なのは陽子も同じはずだ。もしかしたら、雪路や灯衣が想う以上に旅人の目を心配している。しかし、彼女はそれら感情を一切おくびにも出さず、気丈に振る舞った。旅人の支えになろうと決めたからにはブレない芯を持つ必要があると知っているからだ。

　そして、きっと誰よりも旅人の傍に居たいはずなのに、あえて旅人にしがみ付くようなことはせず、旅人という拠り所を失おうとして揺れている雪路と灯衣さえも支えようとしていた。決して弱気にならないのは自覚してのものなのだ。

　これから陽子にとってきつい闘いが始まることだろう。

　いつまでも気丈に振る舞い続けるのは難しい。おそらく誰も見ていないところでこっそり泣いたりするはずだ。それでも、旅人や雪路たちの前では力強く微笑み続けるのだ。

「明日また来ます。何かあったらいつでも連絡してください。駆けつけますので」

　病院を後にする陽子の背中を眺めて、榎木は深く溜め息を吐いた。

「こういうときこそ、一切を私に任せなさい、と胸を張りたいものだがなあ」

　自らの不甲斐なさを恥じていても仕方がない。榎木は自分にできることを最大限実行しようと決意を新たにするのだった。

　差し当たり榎木に課せられた使命は、後日に控える彼女との面会だった――。

＊

あの夜から陽子の意識は変わった。

憧れに近づいて、触れた先から現実が流れ込む。理想と思っていたあの人は、本当は弱く、脆く、泣き虫で、寂しがりやだった。一歩後ろは嫌で、肩を並べて歩きたいと思っていたのに、今では手を引いてあげなくちゃ歩き出すことさえままならない。

どうしようもなく駄目な人だった。

なのに、ますます愛しくなる。

もっと甘えさせてあげたい。

もっと構ってあげたい。

この人には私しかいないんだって、そんな安っぽい感傷に酔ってしまう。

ときに既視感を覚えることがあった。弱気な彼の手を引くとき、頼りない少年の手付きに身に覚えがあったのだ。随分昔に得た感覚だから、きっと、旅人とは関係の無い出来事なのだろう。懐かしくて、嬉しくなる。

お日様に照らされて輝く庭に、友達と手を繋いで駆けていく。

あったかもしれない記憶に浸り、そこに幼い旅人を見つけた気がした。

……重傷である。駄目なのは、自分も同じだった。

離れがたいのだ、どうしようもなく。


「ご結婚おめでとうございます」

二月中旬。お互いに私生活が何かと立て込んでいたせいもあり、面と向かって改めてお祝いするのが遅れてしまった。近場の居酒屋で、陽子はビール瓶《びん》を傾けてグラスに注ぐ。

智子先輩は困ったように笑った。傾けていたグラスを離すと、返杯《へんぱい》した。

「そう改まれると調子狂うわ。気が早いわよ。まだ日取りだって決めてないのに」

グラスを打ち鳴らし、一口舐めた。

「でも正式に婚約《こんやく》はされたんでしょう？　その指輪、綺麗ですよね」

左手薬指に光るのは一粒のダイヤモンドをあしらったソリティアである。指をいっぱいに広げて翳《かざ》すと、智子先輩は苦笑した。

「外出するときはなるべく嵌めておけってうるさいの。べっつに悪い虫なんて寄って来やしないのにねー」

言いつつも、やはりどこか嬉しそうだ。陽子もつられて頬を緩ませた。

新年早々、現在付き合っている彼氏から結婚を申し込まれたらしい。出会い、恋人になってからまだ半年ほどしか経っていないというのに、なかなか積極的な彼氏さんなのであった。

こうして指輪を嵌めたということは、智子先輩にもその気があったわけで。

「よく決断しましたねー」

「んん。それなのよねー。タイミングっていうかさー。なんとなーくこの人しかいないんじゃないかなーって思った矢先にプロポーズされてさー。なし崩し感は否めないわね」

同じアパートの独身女性たちの後押しもあったというが、詳しく聞こうとすると表情を渋くするので止めた。きっとあったのは後押しではなく一悶着《ひともんちゃく》だったというのが正確だろう。何はともあれきっかけの一つにはなったようだ。

「でも、律儀な人じゃないですか。結婚を前提にしたお付き合いだなんて、最近じゃ珍しいですよ」

デキちゃった婚などという言葉が当たり前に定着してしまった昨今である。決定的なきっかけだったり、「そろそろかしら」なんていう曖昧な踏ん切りだったりがあってようやく結ばれるケースが多い中、「必ず結婚しましょう」と誓いを立てる男性は稀《まれ》である。いつの時代の人かと疑われてもおかしくないほど誠実だった。

「真面目な人なのよ。うん。だから、信用はしてる。……向こうの職場に女っ気が無いものだから、早い内に予約しておこうって感じがして若干気に入らないけど」

相手の粗《あら》を探せば切りないことくらいわかっているけれど、その一点だけはどうしても引っ掛かるらしい。男気溢れる智子先輩は、約束するくらいなら今すぐ奪っていけくらいに思っているのかもしれない。

陽子からすれば、男性の独占欲の強さは可愛くて愛せる要素だ。近頃すっかり甘えん坊になった旅人を思い出して思わず顔を綻ばせた。

智子先輩はそんな陽子をじっと眺めた。

「山川もさ、いろいろ変化があって、いろいろと大変だろうけど」

病状は伏せられているが旅人の入院は周知の事実である。灯衣への配慮の問題もあったし、陽子の献身《けんしん》的なお世話は近しい者ほどすぐに気づけた。智子先輩に至っては旅人との関係性が変わったことも察している。

安易な励ましや慰めはかえって気を悪くさせるものだが、しかし、言わなければ伝わらないこともある。

今さら遠慮する仲ではない、智子先輩は陽子に割り箸《わばし》を突きつけた。

「頑張んなよ！　私はアンタとも一緒に幸せになりたい！」

相変わらずの格好良さに惚れ惚れする。そんな台詞を堂々と口にして様になるのは先輩くらいです。

「はい！　頑張ります！　先輩もお幸せに！」

久しぶりの語らいですっかり元気を分けてもらった。

料理をお腹に納めると、早々と居酒屋を出る。陽子は毎日必ず『探し物探偵事務所』を訪れて灯衣の様子を見ており、旅人不在の間の義務としていた。

智子はひとり酒を煽りながら正面の空席を見つめた。学生時代からずっと可愛がってきた後輩《こうはい》が、最近は顔つきが変わって随分大人びてきた。嬉しくもあるが、どこか寂しい。結婚話もあって感傷的になっているみたいだ。我ながら、らしくない。

日常の変化に戸惑っていた。それまでが幸せで、けれどこれから先にはその保証はなく、取り巻く環境さえ自分を置いて行くようで不安になった。山川を食事に誘ったのはそんな不安を払拭《ふっしょく》したかったからだ。山川と居れば、張りぼてでも強い先輩に戻れるから。

「頑張るのは私の方か」

励まされたのは智子の方だった。迷いなく走り始めた山川が眩しくて、マラソンランナーのようにその背中に張り付いていれば引っ張ってもらえる気がしたのだ。おかげで覚悟が決まった。まだ式場さえ選んでいないのにマリッジブルーとか、気が早すぎでしょうに。

――いつか後を追ってくる後輩のためにも幸せな結婚生活を見せつけないとね。

吹っ切れてそう考える智子は、いつにも増して姉御肌なのだった。

*

意識が変われば、目の前に広がる景色も違って見えてくる。

大切だった日常は色褪せた。ぬるま湯のようであり居心地も良かったのだけれど、そこに浸《つ》かり続けることに不安を覚え始めたのだ。ずっとこのままで居たいという気持ちと、それに背反する焦りが葛藤を招いた。

――旅人をこのままにしておけない。

自覚した瞬間、陽子の心はすぐさま動き出していた。優先順位が入れ替わるだけで日常は呆気なく覆った。

そうして世界は慌《あわただ》しく変化を遂げ、旅人にだけ向けていた心がどうにか周囲へと広がり始めた頃、ようやく変化を拒《こば》む何かに気づけた。

目の前を通せんぼする何か。

それは泣きべそをかいた幼い少女の形をしていた。


旅人が入院した影響は、当然この場所にも表れている。

『探し物探偵事務所』の事務室兼リビングでは灯衣と亀吉がオセロゲームで火花を散らしていた。眉間に皺を寄せる灯衣とは対照的に、亀吉は終始へらへら笑っている。

それほど亀吉は強いのか、と意外に思っていると、灯衣が身を乗り出して怒鳴った。

「真面目にやって！　カメ、弱すぎだわ！」

「自分、こういうの苦手なんす」

これまで亀吉は対戦者ありきのボードゲームやカードゲームとは無縁だった。あのクリスマスを境に灯衣と亀吉の仲も改善され、今ではこうしていろいろなゲームで対戦するようになっていたが、それで苦手が克服《こくふく》されるものではない。

灯衣にとっては、入院している旅人や何やら忙しそうにしている雪路の代わりのつもりのようだが、亀吉は遊び相手に指名されて喜びを隠し切れずにいた。普段よりも二割り増しの笑顔が、灯衣には不真面目そうに見えてしまったらしい。

「次負けたら罰ゲームだからね。苺《いちご》のケーキ買ってきてもらうから」

それでも嬉しそうな亀吉だった。ちゃっかり大好物を要求する灯衣も抜け目ない。見過ごしてはおけないので一応釘《くぎ》は刺しておく。

「駄目だよ、テイちゃん。すぐそうやってお菓子《かし》やケーキをおねだりするんだから」

仲良くなるのはいいけれど、亀吉の優しさに甘えすぎるのはどうかと思う。

灯衣はむっとすると、つんと澄ました顔をした。

「あら、陽子先生、来てたの？　あんまり遅いからもう来ないかと思ったわ」

つれないことを言う。いつもなら一緒に食卓を囲んでいるので、一人だけ外食してきた陽子を「ずるい」と責めているのだ。「遅くなってごめんね」と擦《す》り寄《よ》っても、「どうして？　謝る必要なんてないわ。美味しいご飯が食べれて良かったね」なんて取り付く島も無い。一度拗ね出したら長い長い。

誤解が無いように言っておくと、陽子が一番美味しいと感じるのは灯衣や旅人たちと一緒に取る食事である。外食好きの灯衣にはなかなか伝わらない。

亀吉と会釈を交わしていると、冷たい声で言った。

「用も無いんだし、もう帰ったら?」

「テイちゃんたら、そんなこと言わないでよ」

髪を掻き上げて、ふんと鼻息を荒くした。

「パパが居ないんだからここに来る必要なんて無いでしょう?」

「……」

「陽子先生なんて大嫌い」

わかっている。この憎まれ口は本意ではない。ちょっとした不満を口にしたのが呼び水となって、旅人がいない寂しさや鬱憤《うっぷん》までも吐き散らしてしまっているのだ。

「……ごめんね。ごめんね、テイちゃん」

「許さない。帰って。どっか行って。もう二度と来ないで」

後から後から悪態を吐く。灯衣自身も歯止めを失ってしまい、「大嫌い」「帰って」繰り返すうちに涙声に変わっていった。

旅人がいなくて一番心細かったのは灯衣である。旅人の為と頭では理解していても、パパを奪った陽子が許せなかった。慰めは火に油だろう。帰るなんてもってのほかだ。灯衣のことだって旅人と同じくらい大切なのだから。陽子はただひたすら謝ることしかできずにいた。

灯衣の気が紛れるのなら憎まれ役などいくらでも平気だった。

けれど、泣いている灯衣を見ているのは辛い。

亀吉はおろおろするばかりで何も言えず、嗚咽だけが虚しく響く。

「――ああ、うるせえなあ」

ソファから身を起こした雪路が不機嫌そうに言った。

「ユキジ君、居たんだ」

「……陽子さんこそ来てたのか」

こちら側を背にしていたソファに寝転《ねころ》んでいたので気づかなかった。いや、ソファの向きが前後逆に入れ替わっていることには気づいていた。あれでは座ったとき正面に壁が来るのでおかしいとは思っていたのだ。きっと、亀吉専用の即席《そくせき》ベッドなのだろうと当たりを付けていたので、まさか雪路が寝ているとは思わなかった。

「そんなところで寝てたら風邪引くよ？」

頭を乱暴に引っ掻きながら、しばたたく眼《まなこ》を陽子に向けた。

「仮眠だよ。ちょっと目を閉じていただけさ」

近頃は何やら忙しいらしく、朝も晩もなく、眠れるときに眠るという生活を繰り返していた。陽子が来られない日は雪路が夕食を作りに来ているのだが、その度に夕食後はこうして仮眠を取っているという。

「で、何の騒ぎだ？」

欠伸《あくび》を嚙み殺しながら尋ねてきた。どう説明したものかと迷った瞬間に、雪路は泣いている灯衣を見つけてすぐさま状況を察した。

灯衣の傍に寄ってその頭を撫で付ける。少し乱暴な手付きは叱り付けているようにも見えた。

「ったく、まだぐずってんのかよ。アニキのことなら何度も説明しただろうが」

灯衣は俯いたまま首を横に振った。雪路は舌打ちした。

「陽子さんはアニキの暴走を止めたんだ。放っておいたら確実に失明して、それこそ二度と一緒に居られなくなっていた。感謝こそすれ怒るのは筋違いだ。——って、これも話したよな？　で、おまえも納得しなかったか？」

陽子が事務所を訪れない日に、そんなやり取りがあったとは知らなかった。陽子からも説明したことはあったが、やけに物分かりが良かったのはそういうわけか。

しかし、灯衣は今ぶんぶん激しく首を振っている。納得などしない。何を言われようと知らない。旅人を今すぐ返してほしい。そう、駄々を捏ねている。

「じゃあテイちゃんはアニキの目が見えなくなってもいいって言うのか？」

「……違う」

「失明するってことは死ぬことと同じだ。アニキに死ねって言いたいのか？」

「違うわよ！　そんなこと言ってないじゃない！」

「だったら文句を言うな。間違っているのはテイちゃんの方だ。陽子さんに謝れ。さっき酷いこと言ってただろ？」

雪路は子供への諭し方が上手かった。言質《げんち》を取り、理解させた上で非を受け入れさせようとする。この場合、子供は大抵逃げを打つ。逃げを打った時点で非を認めたようなものであり。

例に漏れず、灯衣は椅子から立ち上がるとドアの方へと駆けていった。

「何よ⁉　ユキジもどっか行っちゃえ！」

ドアを思い切り閉め、自室へと駆け込んだ。「こんなもんだろ」雪路は呟くと、灯衣が座っていた椅子に腰を沈めた。

「悪かったな。陽子さんだけが悪者にされちまって」

「ユキジ君が謝ることじゃないよ。きっと私の言葉が足りなかったんだわ」

「いや、それは違う。あいつはいろんなこと頭ではわかってんだよ。ただな、偶に癇《かん》癪《しゃく》を起こしたくなるんだ。それの格好の的っつーか、ガス抜きの対象に陽子さんが選ばれたに過ぎない。だから、アンタに落ち度はないよ」

　そう言ってもらえるのは嬉しいけれど、やはり灯衣に嫌われるのは辛い。「二度と来るな」という言葉は思いのほか深く突き刺さっている。

　表情から察したのか、雪路は苦笑した。

「いいんだよ。これに懲りずに来てやってくれ。あいつも陽子さんがいなくなったら鬱憤晴らす相手がいなくて困るだろ。それにさ、悪態ってのは離れ離れになる心配が無い人にこそするもんなんだ。許してくれるだろうって甘えがそこにはある。要するに、テイちゃんは陽子さんのこと信頼してんだよ」

「そう、かな……」

　多少は慰めになったが、それでも灯衣の気持ちを考えると平然としていられない。旅人を奪ったことは事実だ。失明の危機の有る無しに関わらず、灯衣から旅人を引き離したのは陽子に違いなかった。

　灯衣だけのパパじゃなくなりつつある。

　恨まれても仕方がないのだ。陽子はその激情を甘んじて受け入れる。

　和解なら、旅人の体質が改善されたときでいい。

　雪路の携帯電話が鳴った。出ると、雪路は眉を顰めて立ち上がった。

「――またかよ。わかった。すぐに戻る。家から出んなよ」

通話を切ってポケットに仕舞うと、ダウンジャケットを羽織った。

「どうかしたの？」

「さあな。悪いが、先に帰る。陽子さん、ここ出るときはタクシー使え。近頃は何かと物騒だしな」

キョトンとする。そんな心配をされたのは初めてだった。もちろん陽子が心配されていないというわけじゃなく、夜九時頃の繁華街は人で賑わっているし、駅周辺も御多分に洩《も》れない。駅から向こうもさほど街灯が無いではないし、すぐに住宅街に抜け、陽子の家まであっという間だ。これまで何度も通った道である。

そりゃあ夜道を女の一人歩きは警戒するけれども。……突然どういう風の吹き回しだ、と陽子は訝しげに思った。

「うん。気をつける。でも、タクシーは勿体ないから」

手を振ると、雪路は「金なら後で払ってやる」とこれまたらしくないことを言った。

「カメ、テイちゃんのこと頼んだぞ。明日保育園に連れて行ってくれ。じゃあな」

真意を探る間もなく、雪路は帰って行った。

後に残された亀吉と二人して顔を見合わせると、同時に首を傾げるのだった。

一時間ほど経った頃、一度だけ灯衣の部屋の扉が開いた。布団を被っていたので寝入ったものと勘違いしたのだろう、扉はすぐに閉められた。耳を澄ましていると、リビングの方から陽子が帰る気配がした。

布団を被ってぬいぐるみに囲まれて、自分だけの王国に閉じ籠もってようやく癇癪は収まった。陽子に酷いことを言ってしまった自覚はあるものの、素直に反省する気にはなれなかった。追いかけて、呼び止めて、謝るなんて死んでも御免である。

こうなることを恐れていた。

陽子が旅人を変えてしまったのだ。

表面的にはいつもどおりだけれども、三人で居るときの空気はどこか違った。同じ空間に居るのに、二人と一人。自分一人だけ除《の》け者《もの》にされた気分だった。取り繕《つくろ》っていても子供だてらに本質は見抜けるのだ。きっと二人は灯衣を邪魔者《じゃまもの》のように思ったはずである。

仕舞いには、旅人そのものを連れて行かれた。

「返せ、バカァ！」

クリスマスに貰ったタグペンダントを引っ摑んで投げつけようとしたが、物に当たることへの惨めさがかえって涙を滲ませた。代わりにペンダントを握った手で力任せに枕を殴った。こんなペンダントじゃ何の慰めにもならない。欲しいのは代用品ではなく本物の温もりなのだから。

陽子が憎い。でも、心底嫌いになれない。

パパが好き。でも、他の誰かを見ているパパは好きじゃない。

じゃあどうすれば満足なのかと訊かれても、それは灯衣にもわからなかった。前の方がいいと思っていても、変化したものは元に戻せないと本能的に悟っていた。旅人の目のこともある。我慢しなければいけないこともわかっている。でも、だからって、どうして心まで奪っていくの？

駄々を捏ねるので精一杯。大人たちは容赦なく灯衣を翻弄してくる。

殴るのも疲れて突っ伏した。

泣き喚いても、問答無用で灯衣を抱きしめてくれる人はもういない。

「パパ、会いたいよぅ……」

親の不在がちくちくと心を締め上げる。

いらない子になったみたい。

「…………ママ」

誰かの優先順位が入れ替わっただけで日常は呆気なく覆った。

閉じた瞼《まぶた》の向こうには、どこまでも闇が広がった。

＊

雪路は急いで屋敷に戻ったものの、別段異変は感じられなかった。

最近、雪路邸の周りを怪しい集団がうろついていて、家政婦が目撃するたびにいちいち雪路は呼び戻されていた。その集団とは、見るからに柄の悪い若い連中だったらしい。もしや雪路の悪友では、と家政婦たちは真っ先に雪路家の次男に原因を求めたわけだが、当の雪路には一切身に覚えがなかった。ヤクザとさえ繋がりがある雪路にチンピラ風情《ふぜい》がちょっかいをかけるはずがない。

一応周辺も見て回ったが、不審な人物は見当たらなかった。せいぜい会社帰りのサラリーマンやウォーキングしているお年寄りを数人見かけただけである。

「ただの通りすがりってわけじゃないんだよな？」

改めて尋ねると、珠理は大きく首を振った。

「そんなわけないよ。だってその人たち、塀《へい》を乗り越えようとしてたんだよ？」

雪路は窓から外を眺めた。屋敷を囲む塀の高さは二メートル程である。乗り越えようと思えばできなくない高さだが、しかし、何故《なぜ》塀を乗り越えようとする。

「正面の門を普通に開けて入ってくりゃいいのに」

「だから、泥棒《どろぼう》だってば」

「集団でか？　しかも、こんな早い時間に？　泥棒するなら寝静まった深夜だろう」

前に呼び出されたときなどはまだ日が高かった。常に誰かしら在宅している雪路邸に昼間から忍び込む輩はいないだろう。

「そいつらって人が出てくるとすぐにいなくなっちまうんだろ？」

「そうなの。なんかやってることが目茶苦茶」

その上、これといった被害はまだ出ていなかった。物を盗まれたわけでも壊されたわけでもない。塀を乗り越えようとしただけで不法侵入まではしていない。威圧的な振る舞いをして周辺をぐるぐる回っているだけだそうな。

「となると、嫌がらせだろうな」

「どうしてそんなことするのよ？」

知るか。寝不足気味の頭ではそんなくだらないことを考えるのも億劫《おっくう》だ。粋《いき》がったガキ共が何をしようと知ったことではない。いずれ飽きる。雪路はこの一件を深刻に受け止める気になれなかった。

「お兄様、あのね、今日ね――」

妹の麗羅である。こいつから話しかけてくるなんて珍しい。

「家の前で変な男の人に話し掛けられたの。『雪路顧問はいるか？』って訊かれて。いないって答えたらどっかに行った」

「変な人って……、どうせ市議会の人とか銀行員とかだろう？」

「多分、違う。虎《とら》の絵が付いたジャンパー着てたし。太ってて怖い感じがした」

「……」

「私のこと、麗羅ちゃんって呼んだ」

珠理が麗羅の両肩に手を添えて「それ本当⁉　変なことされなかった⁉」取り乱した。麗羅はいつもどおりの無表情で激しく肩を揺すられている。

「……俺じゃなく、親父に用があった？」

父・照之の客なら雪路は関係ない。だから、麗羅に近づいたその男が何者であろうとどうでもいいことだ。しかし、
虎の絵が付いたジャンパー。

ざらりと、脳内を嫌な感触で撫でられた気がした。記憶が刺激され、見たことない

はずなのに鮮明《せんめい》にイメージが湧く。

「そのジャンパーって、色は青と白じゃなかったか？」

麗羅は、こくり、と頷いた。

クリスマスの夜に探偵事務所の前で見掛けた人影を思い出していた。

何か。嵐《あらし》の予兆のようなものを感じた。

＊

灯衣に残酷なことをしてしまっただろうか。

けれど、優先順位は変えられない。陽子だけでなく、皆にとっても旅人は大事な人だ。旅人が勇気を得られるのなら、彼の望むままに陽子のすべてを与えよう。それで灯衣からどんなに恨まれても、どんなに憎まれても、嫉妬されても、構わない。

愛する人の為にならなら、どんなことだってできるのだ。

「──愛する人、か」

ままならない。

陽子とて灯衣のことは愛しく思っている。けれど、灯衣は旅人がくれる温もりだけでいいと頑なだった。他の愛には目を瞑り、ただ親からの愛だけを欲していた。

愛には種類がある。多くは心を満たす温かなものだが、他にも昏《くら》い愛情がある。

愛憎がある。

刺々《とげとげ》しくて、攻撃的で、もはや執着とさえ言えるような荒々しい愛だ。独善的だから一歩間違えれば憎悪に裏返る、恐ろしい感情だ。独占欲がそれに近い。偏愛《へんあい》とも言う。

灯衣の場合、親から貰う純粋な愛情に飢えているだけだが、では自分はどうか。

陽子の愛は他を排除しようとする愛ではないのか。

灯衣から旅人を奪い取ったそれは、偏愛ではないのか。

愛が人を狂わせるなんて、チープなフレーズだけれども、真理であるようだ。

──今の私は旅人さんへの愛に盲目《もうもく》的になっている気がする。

周囲に目が行き届いていない。真っ直ぐに突っ走っているから大切な物を見過ごしてしまうのだ。それが灯衣であったり、盲進《もうしん》していく自分自身であったり、そして。

こつこつ、こつこつ、こつこつ、こつこつ。

「……」

繁華街を抜け、駅の東口から住宅街を目指し、開かずの踏み切りを越え、人気が途《と》絶《だ》えた神社脇の小道を進んでいたとき、誰かに付けられていることに気づいた。

勘違いかとも思ったが、後ろに確かに居る人間は、陽子と歩調を合わせている。

気にしない振りをして歩く。気持ち程度早足で。なるべく足音を立てないように。

こつ、こつ。

こつ、こつ。

こつ、こつ。

こつ、——こつ。

「!?」

立ち止まってみれば、背後の足音も止まったではないか。

陽子を意識しているのは明らかだ。奇妙《きみょう》なことに、陽子が止まっている限り、背後の人間も歩き出そうとしなかった。

ただの通行人ならば、陽子を素通りしているはずなのに。

もしも変質者が陽子に襲い掛かろうと目論んでいたなら、構わず近づいてくるはずである。一応、肩に担いだスポーツバッグを振り回す準備だけはしていたのだけれど。

一体どういうつもりだろうか。

振り返るのが怖い。街灯の少なさも祟《たた》って恐怖心だけが煽られる。動き出さない何者かは不気味なことに呼吸の音だけ聞かせてきた。

ハァ、ハァ、ハァ、ハァ。

男の声。耳障《みみざわ》りで、全身に鳥肌《とりはだ》が立った。

不意に、肥満体型のニット帽《ぼう》男の姿が脳裏を過《よ》ぎった。いつしか姿を見せなくなったが、一度だけ陽子の家の前に佇んでいたことがあった。まさか、まさか陽子を付け狙っていたというわけじゃ——。

じゃり、とアスファルトを踏み締める音が響き、一歩前進する足音が鳴った。

陽子は振り返っていた。驚いた拍子に体が反応してしまったのだ、半身に体の向きを変えると、視界いっぱいに周囲の様子が見て取れた。

冬の澄んだ空気に反射する街灯の白い光。その真下に浮かび上がる人影は陽子からきっちり十メートル分距離を離している。スカジャンの青と白のラメが安っぽい煌きを弾き、黒いニット帽の下には膨よかな顔が笑みを湛えた。

鈍い眼光が陽子を見つめてくる。

保育園の周りをうろつき、陽子の自宅前で佇んでいた、あの不審者だった。

両手をポケットから抜いてだらりと下げ、揺らめくようにまた一歩前に進み出た。

その一歩を皮切りに、男は陽子に向かって走り出した。

「っ！」

陽子も咄嗟に駆け出した。硬直《こうちょく》から解けた直後にもかかわらず、体は滑らかに走行姿勢に入り、すぐにスピードに乗った。普段からはありえないほど速く走れている。

しかし、そんなことを意識している余裕はない。男が追ってくる。街灯に照らされてできた男の影が、陽子の足許を掠めて回る。逃げなきゃ。ただ無我夢中に、必死になって両足を動かした。全神経を背後に集中させて、無意識に男との距離を測る。

分厚い気配が首筋を舐める。

今にも肩を摑まれそう。

耳元に男の息遣いが迫ってくる。

気持ち悪さに怖気立つ。

引き離せない。

やだ、やだ、やだ、やだ、やだ――――っ！

雪路の言葉が脳裏を過ぎる。タクシーを使っておけば良かったと後悔した。どうしてあのときニット帽男のことを思い出さなかったのだろう。今すぐ時間が巻き戻ってほしいと願い、変わらぬ現実に絶望を覚え、歩道の段差に躓《つまず》いて「あ」と声を上げていた。——しまった。一瞬後に来る転倒の衝撃よりも男に追いつかれる恐怖に悲鳴を上げた。

どさり、と体がぶつかった。ぶつかったものはアスファルトではなくもっと柔らかい何かで、よく見れば、陽子は角を曲がってきた通行人をクッションにして転倒していた。

「わ、すみません。大丈夫ですか？」

ぶつかった誰かが声を掛けた。勢いよく突っ込んできた陽子は前のめりに倒れ込み、逆に通行人を押し潰した形だ。本来心配されるべきは通行人の方だが、きっと、背後を振り返る陽子の鬼気《きき》迫る様子に尋ねずにはいられなかったのだろう。

「……あれ？」

陽子は、そこでようやく男がいないことに気がついた。相手の足が遅かったのか、はたまた深追いする気がなかったのか、いつの間にか振り切っていたらしい。そのままへたり込み、バクバクと鳴る心臓に呼吸を急かされた。

「だ、大丈夫？」

「すみ、ません……」

体を起こした通行人に肩を抱かれた。それが女性の手であったのでますます安心できた。すぐにも警察に連絡したいところだが、声も体も震えていて、しばらく何もできそうにない。

「陽子ちゃん？　あ、やっぱり、陽子ちゃんだ！」

顔を上げる。通行人は陽子の見知った人だった。

「……美月さん？」

「久しぶりだね！　――って、え、ちょっと、泣かないで!? 何かあったの!?」

見生美月だった。三ヶ月ぶりに会った美月の笑顔に安心したのか、込み上げてきた涙を抑えることができなかった。

再会を喜んでいる場合ではない。

泣き止んだ陽子はしどろもどろになりながらも何とか事情を説明すると、美月がすかさず警察に連絡してくれた。

「ここに居ても怖いし、一旦家に帰りましょう。陽子ちゃんちってこの近く？」

「はい。歩いて五分も掛かりません。すぐそこです」

「じゃあ行きましょう。私も怖いから、陽子ちゃんちにタクシー呼ばせてもらうわ」

美月は本当に偶然通りかかっただけらしい。知人宅から駅に向かう途中で出会い頭に陽子と正面衝突したのである。事情を聞いた美月は「だったら迷っていて良かった」

と恥ずかしい事実を口にした。……そうですか。迷っていたんですか。タクシーを呼ぶのも、変質者対策というよりは自力で駅を目指すのを諦めたからだった。

「私って意外と方向オンチなのよね。ちょっとでも知らない道に入ったらもう抜け出せない。方向感覚が狂っちゃうのよ」

聡明な人だから意外と言われれば確かに意外だが、少女みたく可憐な外見をしているのでそういった一面があっても不思議に思わない。相変わらず中身と外見にギャップがあるお人である。

陽子を和ませるために話題を振ってくれているのだとわかった。その気遣いに助けられる。沈黙が続くとじわじわと先ほどの恐怖が蘇《よみがえ》ってきて、またへたり込みそうだったから。今は一刻も早く自宅に帰り着きたい。

「旅ちゃんとは最近どう？　何か進展はあった？」

旅人の中学時代の先輩である美月は、特殊な目を持つ旅人をずっと気に掛けてきた。

「陽子が傍に居れば彼はどこにもいかない」そう太鼓判《たいこばん》を押してくれたこともあり、だからこそ二人の仲がどうなっているのか気になるのだろう。

まあ、単純に恋愛話が好きなだけかもしれないけれど。

照れ臭いが、進展具合を報告しておく。そして、旅人が入院したことも伝えた。

「入院？　どっか悪いの？」

「いえ。旅人さん、目を治そうと頑張っているんです」

「目を……」

「このまま失明してしまったら生きていけませんから。生きようと必死になってくれました。いつかは五感も取り戻せるといいですけれど」

ひとまず視力の低下を防がなければ。話を聞いた美月は力強く頷いた。

「そう。体質を治すために頑張っているんだ。変われば変わるものね」

しみじみと呟く。中学時代の旅人は自暴自棄の固まりだったという話だから、生きることに貪欲《どんよく》になった旅人はもはや別人みたいなものだろう。

山川家まで無事に辿り着くと、ようやく安堵に胸を撫で下ろした。美月のおかげで程よく心も落ち着いた。ニット帽男のことを間もなくやって来る警察と両親にどう説明したものかと軽く頭を捻《ひね》りながら、家の鍵を取り出した。

玄関に入ったときである。

「陽子ちゃんが変えたのね」

冷ややかな口調に思わず振り返る。

俯く美月の顔には三日月にも似た笑みが結ばれていた。

＊

「弟さんからお手紙をお預かりしましたよ」

その日の検査を終えてベッドに腰掛けていると、看護士に一通の手紙を渡された。

旅人は封筒を裏返すと目を見開いた。差出人――『日暮英一』

封筒を破き、ゆっくりと手紙を開く。

「……」

その夜、旅人は行方を暗《くら》ませた。

＊　＊　＊

降水確率九〇％以上。空は灰色に塗りつくされ、今にも一雨来そうな気配だ。

園児服に着替えた灯衣は朝食のサンドイッチを頰張り、亀吉が淹れたコーヒー牛乳をちびちび飲んだ。どこか憂鬱《ゆううつ》そうな顔は、保育園で陽子とどう接したものか迷っていた。昨晩の灯衣は酷い有様だった。溜め込んでいたものが一気に破裂《はれつ》した、それを悪いと思っているからこそ会うのにも気が引けているのだ。

亀吉はそんな灯衣を励ます意味も込めて、灯衣の首に下がっている事務所の鍵を通した紐に、あの星型のタグを繋げた。亀吉のタグも取り出して見せ、力強く頷いた。

――大丈夫だよ、と。きっと陽子もわかってくれる、と。タグが示す絆が何よりも説得力を持っていた。

灯衣は仏頂面で亀吉を蹴った。

亀吉に言われるまでもなく、そんなことはわかっている。ただこれは意地とか、気恥ずかしさとか、そういう問題なのである。自覚していることを改めて他人から指摘されると腹立たしいものだ。

ぷりぷり怒る灯衣を見て、亀吉は安心する。

夕方迎えに行く頃には陽子と仲直りできているはず。そう確信するのだった。

事務所に来客を告げるベルが鳴った。

「うっす。どちらさんすか？」

こんな朝早くから訪れるのは大抵見知った人間だ。そうでなくても、例えば種々の勧誘《かんゆう》ならば、亀吉の強面に恐れをなして早々と退散する。亀吉は特に警戒することなく事務所の扉を開けた。

客人が自分好みのスカジャンを着ていることに気づいて顔を上げた瞬間、ざくり、と。

一本のナイフが深々と亀吉の体に突き刺さっていた。

「があああああっ！――――あがっ⁉」

侵入してきた何者かは悲鳴を上げる亀吉を殴りつけた。亀吉の掌からこぼれたタグペンダントを拾い上げると、次いでリビングから顔を覗かせた灯衣を捕まえた。

「カメ！　カメぇえええええ！」

灯衣の両手を縛り、口をガムテープで覆う。侵入者は灯衣を抱え上げると、痙攣《けいれん》する亀吉を踏み越えて、事務所から出て行った。

雨が降り始めた。天気予報では局地的に豪雨《ごうう》に見舞われるだろうと警戒を促した。

午前九時を過ぎた頃、各局で放映されているワイドショーに速報が飛び込んだ。緊急速報と銘打《めいう》って、キャスターがカメラの前を慌しく移動する。それはスタジオであったり、現場からの中継であったりと目まぐるしい。

『○○駅構内で不審物が爆発しました！　繰り返します。本日、午前八時五十五分頃、こちら○○駅構内で不審物が爆発しました！　死傷者の数は不明。爆発の規模、被害については現在調査中で、――え、あ、たった今情報が入りました！　……これは、犯行声明でしょうか？　犯人からと思しき犯行声明が届いております！　各放送局に送りつけられているとのことです！　内容ですが、……読み上げても、大丈夫？　OK？　――失礼しました！　内容を読み上げます！』

本日、○○市内数箇所に爆弾を仕掛けた。

心当たりのある者は至急要求を呑むように。

さもなければ、さらなる犠牲者を生むことだろう。

視聴者《しちょうしゃ》に警戒と注意を呼び掛けると、最後にニュースキャスターは声高《こえだか》に叫んだ。

『差出人は「ヒグレタビビト」！　「ヒグレタビビト」とあります！　これは個人名

でしょうか！　それとも団体名でありましょうか！』

テロップにははっきりと『日暮旅人』と漢字表記されていた。

（つづく）

一月中旬のことだ、『探し物探偵事務所』を定位置から見上げていた。

手帳を開く。そこには日暮旅人の人間関係や、彼に関わりのある人間の個人情報が記載されていた。性格、生い立ち、家族構成に至るまで細かく調べられてある。

○山川陽子
三月生まれ、二十三歳。保育士。家族構成――父、母。学生時代の先輩・小野智子と仲が良い。性格は比較的明るい方だが、やや思い込みが激しく、失敗をすると極端に落ち込む。感情が表に出やすい。気分屋な面もある。物を捨てられない性向は変化を嫌う安定志向の表れか？　何かしらのトラウマ？（※）日暮旅人に恋愛感情を抱いている。

（※仮面ライダーのキーホルダー。宝物。詳細不明。五月頃から仕事用のスポーツバッグから外している。幼少期、旅人と面識がある？　要注意人物）

さらに『殺害対象』と書き加えたところで、素早くビルの陰に身を潜ませた。鳥羽組系羽扇会の構成員がうろついていたのだ。日暮旅人と、おそらく山川陽子を探っていた。暴力団に介入されたくなかったが、まさか手を引けとは言えない。怖い怖い。

無事日課を終えたことなので、暴力団に見つかる前に退散することにした。

アパートに戻ると、隣室《りんしつ》の小野智子と鉢合わせした。

「今お帰り？　お疲れさん。どう？　これから一杯。こっちの部屋使ってもいいけど。……ああ、明日早いの。じゃあ仕方ないわね。え？　聞きたいこと？　——山川が貰った物？　確かにそんな話したと思うけど。でも、何で？　——ふうん。彼氏の誕生日プレゼントに。えっと、ちょっと待ってね。確か、……そうそう！　『好運屋』！　そんな名前だったはず。そっか、シルバーアクセサリーをねえ。うちの彼氏にゃ似合わないかなあ。え!?　いいよう！　結婚祝いなんて！　なんていうか、まだ実感ないし」

照れて頬を掻くと、小野智子は真面目な顔をした。

「今の彼とうまく行っているのも全部貴女のおかげよ。ありがとう。いろいろ相談に乗ってもらったわよね。——山川？　あはは、もちろんあの子にも感謝しているけれどね。そういえば、貴女って山川と会ったことあったっけ？」

翌日、職場に行く前に『ギフトショップ・好運屋』に立ち寄った。もちろん調査のためである。店主で職人の茂木から話を聞いた。

「旅人の知り合い？ ああ、見たんか俺が作った作品をよ！ いいだろ、あれ。五つもよ、短い期間で仕上げたんだぜ？ すげえだろ！ ——あん？ どういうもんかって、星型のタグペンダントだよ？ クリスマスプレゼント用にな。見てないの？ おっと、彼氏へのプレゼントだったな。なら、腕輪とかどうよ？ ——え？ タグに興味が湧いたの？ 彼氏へのプレゼントだろ？ ……まあ、いいけどよ。なんだったら、五人のうちの誰かから実物見せてもらえよ。それから何あげるか考えてもいいんじゃね？ えっと、五人ってのは、旅人とユキジとあとは——」

正午前に職場に到着した。二年前から働いているが、一番情報収集が捗《はかど》った場所である。雪路邸に入ると、一味珠理と出会《でくわ》した。彼女とは初対面だった。もっぱら情報収集は彼女の母親から行っていた。お喋りは小母さんの特権なのだ。

「初めまして。母からいろいろ聞かされたと思いますけれど、真に受けないでくださいね。あの人の言うことはほとんど妄想《もうそう》ですから。雪路家はそんなに物騒なお家《うち》じゃありません」

しかつめらしく頷いてから、握手を交わす。

「改めまして、一味珠理です。いつもはシフトの都合で被ることないんですけれど、今日だけかもしれませんが、よろしくお願いします」

確か、この子、二歳年下だったはず。

ならばよし、年長者らしく、こちらから壁を崩してあげよう。

親しみを込めて。

いつものように。

いつもどおりの自己紹介。

「見生美月です。私のことは美月ちゃんでもみーちゃんでもみっちーでもいいからね！」

美月は、朗《ほが》らかに笑った。

あとがき

『笑い物』を辞書で引いてみますと「笑いを誘《さそ》う材料」とあります。「笑い物にする」と言えば攻撃的で悪意がありますが、「笑顔の源」というふうに考えるとなんだか良い言葉のように聞こえます。

笑うという行為には二つ種類がありまして、一つは声を立てる笑い（Laugh）。動物行動学的に申しますと威嚇と暴力の代替行為であるのだとか。相対する事象への攻撃行動で、世のエンターテインメントはその攻撃欲求を意図的に解消させるために生み出されたものらしいのです。もしもエンタメが無かったら、身近にいる誰かを笑い物にするしかなく、あちこちで殴《なぐ》り合いの喧嘩が発生してしまうというわけです。なんと恐ろしいことでしょうか。そう考えると、笑いという暴力の捌《は》け口《ぐち》になってくれるお笑い芸人が偉大な存在のように思えてきます。

で、もう一つは微笑（Smile）です。心を満たしたときに自然と起きる行動様式で、動物行動学的に申しますと、何だろう、……求愛行動？　少し違う気がする。でも、愛情表現の一つだとは思います。楽しかったり、嬉《うれ》しかったり、満足したときに思わず出てしまう微笑は現状への満足度を示しており、つまりは「愛《いと》おしい」という感情から出てくるのではないかと思うのです。

タイトルを決めたときからこんなことをつらつらと考えていました。このシリーズ第七弾『探偵・日暮旅人の笑い物』が世の「笑い物にされてしまう」のか、「笑顔の源として愛される」のか、どちらに転ぶか気が気でありませんが、貴方にとって満足行くものであったらいいなあ、と願うばかりです。

ところで、微笑（Smile）と言えば――今巻の序章ではテイちゃんの家出騒動《そうどう》が描《えが》かれておりますが、このお話は元を質《ただ》せば『東日本復興応援～電撃《でんげき》チャリティプロジェクト～とどけ！　笑顔。』の一つ、『電撃スマイル文庫』に寄稿《きこう》した掌編《しょうへん》『家族の形』を加筆修正したものでした。『電撃スマイル文庫』はおかげさまで完売致《いた》しましたが、割と重要なお話でしたので、買いそびれた方には今巻に所収する形でお届けすることに相成りました。『電撃スマイル文庫』を買ってくださった方は今巻と読み比べてみると面白いかもしれませんね。

はてさて。物語もついに佳境《かきょう》です。今回は次巻に跨《また》いで続いております。陽子を付け狙っていたあのニット帽男の正体や如何《いか》に⁉　……などと無理やり勿体《もったい》振《ぶ》ってみましたが、さほど謎でも何でもないような。多くの読者の方にはすでに正体を見破られている気がします。

しつこい男は嫌われるとも言いますし、いい加減物語を引っ張るのはここまでに致しましょう。というわけで、

今度こそ、次でラストです。

2014年　春

山口幸三郎《やまぐちこうざぶろう》

山口幸三郎　著作リスト

探偵・日暮旅人の探し物（メディアワークス文庫）
探偵・日暮旅人の失くし物（同）
探偵・日暮旅人の忘れ物（同）
探偵・日暮旅人の贈り物（同）
探偵・日暮旅人の宝物（同）
探偵・日暮旅人の壊れ物（同）
探偵・日暮旅人の笑い物（同）

神のまにまに！　～カグツチ様の神芝居～（電撃文庫）
神のまにまに！②　～咲姫様の神芝居～（同）
神のまにまに！③　～真曜お嬢様と神芝居～（同）
ハレルヤ・ヴァンプ（同）
ハレルヤ・ヴァンプⅡ（同）
ハレルヤ・ヴァンプⅢ（同）

本書は書き下ろしです。

メディアワークス文庫

探《たん》偵《てい》・日《ひ》暮《ぐらし》旅《たび》人《と》の笑《わら》い物《もの》

山《やま》口《ぐち》幸《こう》三《ざぶ》郎《ろう》

発行　2014年4月25日　初版発行
　　　2016年2月1日　4版発行

発行者　塚田正晃
発行所　株式会社KADOKAWA
　　　　〒102-8177　東京都千代田区富士見2-13-3
プロデュース　アスキー・メディアワークス
　　　　〒102-8584　東京都千代田区富士見1-8-19
　　　　電話03-5216-8399（編集）
　　　　電話03-3238-1854（営業）
装丁者　渡辺宏一（有限会社ニイナナニイゴオ）
印刷・製本　加藤製版印刷株式会社

Printed in Japan
ISBN978-4-04-866484-4 C0193

メディアワークス文庫　http://mwbunko.com/
株式会社KADOKAWA　http://www.kadokawa.co.jp/

本書に対するご意見、ご感想をお寄せください。

あて先
〒102-8584　東京都千代田区富士見1-8-19　アスキー・メディアワークス
メディアワークス文庫編集部
「山口幸三郎先生」係

◇◇メディアワークス文庫

オーダーは探偵に

謎解き薫る喫茶店

近江泉美

就職活動に疲れ切った小野寺美久が、ふと迷い込んだ場所。そこは、王子様と見紛う美形な青年がオーナーの喫茶店『エメラルド』。その年下の王子様は意地悪で嫌みっぽい、どんな謎も解き明かす『探偵』様だった——。

お-2-1

168

オーダーは探偵に

砂糖とミルクとスプーン一杯の謎解きを

近江泉美

王子様と見紛う美形の青年・悠貴との最悪の出会いを経て、喫茶店『エメラルド』でウェイトレス兼探偵を務めることになった美久。ドSな年下王子様とその助手の許に、今日も謎解きの匂いがほのかに薫る事件が舞い降りる。

お-2-2

201

オーダーは探偵に

グラスにたゆたう琥珀色の謎解き

近江泉美

王子様と見紛う美形の青年・悠貴がオーナーの喫茶店でウェイトレス兼探偵を務める美久。今日も謎解きの匂いがほのかに薫る事件が舞い降りる……はずが、今回は探偵であるはずの二人が密室に閉じ込められてしまい？

お-2-3

233

からくさ図書館来客簿

～冥官・小野篁と優しい道なしたち～

仲町六絵

京都の一角にある「からくさ図書館」には、アットホームな雰囲気に惹かれ、奇妙な〝道なし〟を伴ったお客様が訪れる。館長・小野篁は、道に迷った彼らを救う〝冥官〟で——悠久の古都で紡ぐライブラリ・ファンタジー。

な-2-3

202

からくさ図書館来客簿 第二集

～冥官・小野篁と陽春の道なしたち～

仲町六絵

季節は春。冥官・小野篁が館長を務める「からくさ図書館」には〝道なし〟を伴うお客様が訪れ、そして……ある日訪れた上官・安倍晴明が、新米冥官の時子に伝える使命とは——悠久の古都・京都で紡ぐ優しいファンタジー、第二集。

な-2-4

261

ビブリア古書堂の事件手帖
~栞子さんと奇妙な客人たち~
三上 延

鎌倉の片隅に古書店がある。店に似合わず店主は美しい女性だという。そんな店だからなのか、訪れるのは奇妙な客ばかり。持ち込まれるのは古書ではなく、謎と秘密。彼女はそれを鮮やかに解き明かしていき。

み-4-1
078

ビブリア古書堂の事件手帖2
~栞子さんと謎めく日常~
三上 延

鎌倉の片隅にひっそりと佇むビブリア古書堂。その美しい女店主が帰ってきた。だが、以前とは勝手が違うよう。無骨な青年の店員。持ち主の秘密を抱いて持ち込まれる本——。大人気ビブリオミステリ、待望の続編。

み-4-2
106

ビブリア古書堂の事件手帖3
~栞子さんと消えない絆~
三上 延

妙縁、奇縁。古い本に導かれ、ビブリア古書堂に集う人々。美しき女店主と無骨な青年店員は本に秘められた想いを探り当てるたび、その妙なる絆を目の当たりにする。大人気ビブリオミステリ第3弾。

み-4-3
141

ビブリア古書堂の事件手帖4
~栞子さんと二つの顔~
三上 延

珍しい古書に関する特別な相談——それは稀代の探偵、推理小説作家江戸川乱歩の膨大なコレクションにまつわるものだった。持ち主が語る、乱歩作品にまつわるある人物の数奇な人生。それがさらに謎を深め——。

み-4-4
184

ビブリア古書堂の事件手帖5
~栞子さんと繋がりの時~
三上 延

静かに温めてきた想い。無骨な青年店員の告白は美しき女店主との関係に波紋を投じる。古書にまつわる人々の数奇な物語——それにより女店主の心にも変化が? 一体、彼女にどういう決断をもたらすのか?

み-4-5
240